目录

第一章 ……………………………………… 001

地毯商曾老六的奇遇 ………………… 003

新疆之行 …………………………………… 007

魅惑 ………………………………………… 012

新空间 ……………………………………… 022

乖巧的小龙 ………………………………… 035

第二章 ……………………………………… 045

吕芳诗小姐对曾老六先生的印象 ………… 047

"独眼龙" …………………………………… 050

曾老六的命运 ……………………………… 055

闹市中的"公墓" …………………………… 060

"独眼龙"和吕芳诗的约会 ………………… 071

情夫之间的约会 …………………………… 077

吕芳诗小姐关于海景房的假想 …………… 084

临终的告别 ………………………………… 090

第三章 …………………………………………… 095
　"红楼"夜总会的妈妈………………………… 097
　吕芳诗小姐对"红楼"夜总会和妈妈的看法 … 106
　记忆的压迫 ………………………………… 111
　琼姐失踪后 ………………………………… 119
　继续糜烂的生活 …………………………… 126
　都市中的原始森林 ………………………… 135

第四章 …………………………………………… 147
　集体迁移 …………………………………… 149
　T老翁的坟墓 ……………………………… 157
　有关京城的梦想 …………………………… 167
　重逢 ………………………………………… 177
　一个电话 …………………………………… 185

第五章 ……………………………………… 197
五金商D的佣人 ……………………… 199
小保安的深情 ………………………… 206
吕芳诗小姐陷入重围 ………………… 214
钻石城老爹的朴素生活 ……………… 221
小花的爱情生活 ……………………… 227
差异 …………………………………… 233
曾老六的钻石城之旅 ………………… 242

第六章 ……………………………………… 253
恐怖舞会 ……………………………… 255
曾老六的挣扎 ………………………… 257
情感升华 ……………………………… 259
蜕变 …………………………………… 263

东山再起 …………………………… 266

诉衷情 ……………………………… 270

新启示 ……………………………… 275

巨大的舞厅 ………………………… 279

煎熬 ………………………………… 285

陷阱 ………………………………… 289

欢乐谷的游戏 ……………………… 293

遥远的爱 …………………………… 294

永恒的"红楼" ……………………… 297

地毯商曾老六的奇遇

曾老六并不是一个老头,他是一个三十七岁的老青年,在京城开了一家经营艺术地毯的公司,生意还不错。他店里的货都是到新疆去收来的纯羊毛地毯,地毯上的图案奇奇怪怪,独特的色彩令人过目难忘。

曾老六雇了一些漂亮的女孩子,让她们背着一些小块样品打入城里的高级宾馆和有钱人家里。女孩子们又泼辣又伶俐,像一些攻无不克的小坦克,所以曾老六的事业进展很快。

曾老六早年被他那一对知识分子的父母送进名牌艺术院校去深造,但后来半途而废,成了家中吃闲饭的。再后来,他就慢慢地将自己打造成了一名地毯商。曾老六很喜欢他雇的这些女孩子,一律以绅士风度对待她们。这些火辣辣的女孩在一起时议论说,老板有点"性冷淡"。大概因为他三十七岁了还不结婚,也不曾同她们当中的任何一位有暧昧关系。

但是曾老六的确有一位固定的女朋友，他有时也会将她带回家来，他的家就在他的铺面的楼上。这个女孩在"红楼"夜总会做性工作者，她个子高挑，长得非常漂亮，她有个美丽的名字叫"吕芳诗"，这个名字是她的真名。曾老六的样子很普通，属于那种不太丑也不太好看的类型，但是每次当他一米七的个头立在吕诗芳的旁边时，他就会觉得自己有几分自信了。看来他的确被这个做小姐的女孩迷住了。

他还记得他第一次去"红楼"的情景。那里像一个大闷罐，彩色的激光如群蛇乱舞。他不会跳舞，就坐在长沙发上不动。过了几分钟，就有个女孩向他扑过来，将他压在了她的身下。"我叫吕芳诗，我用的是真名，这个夜总会里的小姐只有我用真名。"她说完这几句话就用热吻堵住了他的嘴。曾老六开始有点吃惊和不习惯，后来就什么都不知道了。当然他自己并不完全是被动的，要不他去那种地方干什么呢？他只是没料到自己会在舞池旁边性交。事后他只回想起一个细节：吕芳诗没有喝酒。她说她干这种事的时候从来不喝酒。"我总是很投入。"她说这句话时声音有点颤抖，暴露出曾经有过的冲动。她从曾老六手中接过钞票，点好，塞进长丝袜里头，然后就头也不回地消失在那些扭动的猛男猛女当中了。曾老六想，也许她还要去物色下一位顾客。那么，她是如何看上自己的？还是她见人就上？这些疑问只是从曾老六脑海里一闪而过，他不是一个喜欢深究的人。

过了不到一个星期，曾老六又去"红楼"了。他为自己的这种欲望有点害羞（他是比较规矩的老派男子），又有点自豪。在灯光和烟雾中，他对那位"妈妈"说：

"吕芳诗。"

三十多岁的妈妈将他带到一间很小的封闭的房间里,让他在那里等。"要不了多久,她干活很利索。"她将房门带关后离开了。

曾老六像傻大哥一样坐在窄窄的沙发凳上,一会儿工夫那两盏灯忽然出了问题,闪烁了几下居然黑了。曾老六不耐烦地站起来走向房门,将脑袋伸出去张望。不但妈妈已经不在对面的柜台后面,昏暗的走道里也没有一个人,看了半天,只有楼上不时传来一阵阵急骤的脚步声。曾老六心底升起不祥的感觉,他隐隐约约地听说过"红楼"敲诈顾客的事。他想退出,当他去推走道上的那张大门时,那玻璃门居然从外面闩上了!冷汗从他额头上冒出。他背着手,在昏暗中来来回回地走了几轮,最后决定还是回到那个小包厢里面去。他对自己咕噜道:"死猪不怕开水烫,我就这个样……"

思想一通,害怕也自然而然消失了。他在漆黑中待了一会儿,居然生出了睡意。一不做二不休,干脆就倒在那张沙发凳上睡起觉来。他还做了一个梦,在梦里,吕芳诗带了一个男的进房间来,要他去隔壁等,说他俩要用这个房间。他起先很惊讶,后来也不知怎么的,稀里糊涂地就去隔壁了。隔壁是一个更小的房间,连房间都不是,是一个死角,而且没有灯,站在里头转身都困难。更恐怖的是,头顶降下一个粗粗的棕绳圈套,而他,不由自主地将脖子伸进去尝试了一下,吓得发出怪叫。

他醒来时已是凌晨,整个"红楼"里头静悄悄的。他像贼一样溜到外面马路边,找到自己的车,一溜烟开回了家。在车上回想起夜间的荒唐事,他还不由得笑了起来呢。

后来,当然,他见到了吕芳诗小姐。他们出了"红楼",来到一家临海的旅馆,面对大群的海鸥翻云覆雨。那一回,吕芳诗小姐将一句话说了三遍:"我就是喜欢你这一种,哈!"然而他听了这句话并不满足,反而焦虑起来。

吕芳诗的服务态度特别好,无可挑剔。每一次服务带给曾老六的感觉都是畅快淋漓,而且事后令他精神焕发,仿佛重新找到了生活的意义。曾老六同她交往好几年了,她也从少女变成了成熟女性,但那种感觉的浓度一点也没减少。曾老六不止一次地问自己:"这是不是感情?"他对此没有把握。有一次,他在新疆进货时遇到劫匪,被绑起来关在一间茅屋里。三天三夜,只有蒙面人一天给他喂一次水。他就是靠着对吕芳诗小姐的想象度过那地狱般的煎熬的。奇怪的是那种想象里头又并没有性的冲动,只有一种没来由的激情。两个身体紧紧地缠在一起,汗水交流,痛苦不堪,内心却无比振奋。被解救以后好久,曾老六还时常回忆那奇妙的瞬间。有一回他忍不住就问了吕芳诗:"我觉得那绑匪头子好像认识你?"吕芳诗圆睁着美目,心神恍惚地回答他:"也许吧,我交往过的人太多了啊。"

同吕芳诗小姐的交往常有痛苦,这痛苦都是曾老六自找的。吕芳诗是当红美女,找她的人自然不会少,曾老六必须遵守行规排队等候。这排队的时间或长或短,有时一个星期,有时两个月。在没有把握的等待中,在一次又一次落空的打击下,曾老六常常觉得自己快要发疯了。他也尝试过去另外的夜总会找别的小姐,但几乎每次都是白开水,其间他还阳痿过两次,很丢面子。吕芳诗并没有对他施诡计来控制他,她说她惦记他,可她就是太忙,她是个敬业的女人。"难道可以不享受生活?"她朴素地对他说。于是曾老六就理解了她。可是到了下一次的等待期间,他仍要发疯。他为了这个女孩子,已经弄得有点神经衰弱了。

曾老六店里的总管林姐将他俩的关系看在眼里。她曾对他说:

"干脆将吕小姐娶到家里来吧,你也算个有社会地位的人,她应该会同意。"

曾老六哈哈大笑,说:

"我?就凭我这副样子?你真是太小看吕芳诗小姐了啊。"

"那么她要找什么样的人?"

"她?她谁也不找,只有我们找她!"

"啊,我明白了。我觉得你现在应该去新疆,地毯的美丽色彩会治好你的心病。你相信我吧,我是过来人。"

新疆之行

那一次,曾老六还真的坐上飞机去了新疆。旅途中他晕晕乎乎的,老觉得要出事。下了飞机他就去了他以前被绑架的郊区,找到那间茅屋。他这才发现茅屋很大,里头放了一台织机,一位老妇人站在织了半截的地毯旁边。

老妇人有点像维吾尔族人,但是会说汉语。

"您是从远方来的吗？您来订地毯吗？您看看这种颜色的怎么样？"

屋里很阴暗，曾老六凑到地毯面前去看，那些花色朦朦胧胧的看不清。看得久了，就发现中间有一个黑乎乎的球。那球肯定不是黑色的，会是什么颜色？

"您看它有不有点像美人？"

老妇人挨近他，指点着那个黑球热切地说。她好像对曾老六寄予某种希望。曾老六竭力想领略她的意思，但却是徒然。忽然，那球跳起来了，形成一个黑柱一直通到屋顶，而且还妩媚地扭动了几下。曾老六眨了眨眼，看见那黑柱"嗖"地一下又回到了地毯中间。

"它是什么颜色？"他声音颤抖地问道。

"深紫色。您要订多少条？"

老妇人指了指屋角堆得高高的地毯，她胸有成竹地注视着他。曾老六感到她的目光火辣辣的。她真的是上了年纪的老妇人吗？没错，她手上的皮肤老得像树皮，额头上满是深沟般的皱纹。曾老六觉得自己以前见过她。

"我全要了，如果还有，我继续要。"

"好。有些回忆并不是回忆，您说对吗？"

"完全对。妈妈，我觉得这里真美，像个宝屋。您真的是织工吗？"

"我当然是织工，要不我是什么呢？不过啊我很少染羊毛，我的地毯的颜色是织出来的。您瞧！"

她迅速地伸出手指着地毯上的某个图案。但是曾老六什么都看不出来，那只是一大块灰蒙蒙的有层次的东西。曾老六的眼睛睁得有些痛，他掏出手绢来擦眼睛，擦来擦去的，视野里面的东西仍然是朦朦胧胧的。老妇人忽然回过头来对他说："您好像打算在这里待一夜，旧梦重温？"

曾老六吓了一跳，结结巴巴地说：

"我还没想好……是的，我要在这里过夜！我可以睡在地毯上吗？"

"那块地毯就是为您准备的。"老妇人随手一指。

他朝她指的方向看过去，那里并没有什么地毯，只有一架梯子。梯子好像特别长，从屋顶的一个开口伸了出去。他忍不住走到梯子那边去看看。梯子是钢板制的，但是摸上去像有生命一样，在他掌心搏动着。他想询问老妇人时，她已经走了，茅屋的门半开着。曾老六有点紧张，他走到房子外面四处张望。

天迅速地黑下来了，前面那条大马路上不时有一辆大卡车开过，那速度就好像发疯一样，而且一律发出震耳欲聋的响声。周围一个人也没有。曾老六想，林姐是不是想要他用冒险来治疗自己的失恋？确实，经过刚才这一番奇异的体验，他的忧郁的心情已经亮堂多了。那么，他应该顺着那梯子爬上去吗？他刚想到这里时就听到屋内发出一声巨响。他进屋一看，发现那长梯已经摔成了好几段躺在地上。他纳闷地战战兢兢地接近一截断梯。他轻轻地抓住钢板和钢管，感觉到生命已经从梯子里头消失了。

虽然已经是夜里了，宽敞的茅屋里却仍有不知从何处射来的光线。屋里的织机啊，地毯啊，墙啊，木头的屋梁啊一律是灰灰的颜色，空气里好像还飘荡着一丝一丝的烟。曾老六神情怅惘地坐在一卷地毯上,侧耳倾听着屋外的声响。他感到那些卡车越来越疯狂了,好像是对着他冲过来,要将这茅屋冲垮一样。他从包里掏出压缩饼干和矿泉水,狼吞虎咽地吃了起来,他认为吃东西也可以为自己壮胆,到自己从前被绑架的地方来过夜,这不就像吃了豹子胆吗?他怎么变成这种人了?还有,他怎么一下飞机就往这里跑?他发展出受虐狂的精神疾病了吗?直到这时他才记起他的助手们在旅馆等他,业务合同都在他们那里,而老妇人也没有说她什么时候再来。她应该明天会来,因为她还要来同他做买卖啊。

外面已经完全安静下来了,曾老六靠墙坐在地毯上打起瞌睡来。不知什么时候,一睁眼,看见有个人在往屋里打手电。

"谁?"

"查夜的。你过得很好啊!"

那人笑嘻嘻地进来了,居然是从前那个绑匪头子。

"你不要紧张,我已经改邪归正了,这都是因为吕芳诗小姐的良好影响。我嘛,其实也就是个很一般的人,鬼迷心窍干上了那个行当。我出狱后找不到工作,妈妈就雇我做了这个工作。妈妈神通广大,你一定见识过她的地毯了吧?"

他叫曾老六过去,然后用手电照着织机上的那幅地毯,问曾老六是否看出来中间的那个球是什么颜色。在手电筒射出的雪亮光圈的照耀下,先前的那个黑球变成了深红色,再仔细看,那里头涌动着鲜红的血流。

"真可怕。"曾老六说。

"妈妈不是我这种人。"那人的语调有点沉痛。他突然又说:"你愿意同我谈谈吕芳诗小姐吗？啊，我可是很久没有见到她了。"

"我不想谈。"

"真遗憾。可是不谈她，我们就没有什么可谈的了。"

汉子转过身去向外走，他那灰色的背影显得非常落寞。曾老六想，自己将这些地毯全买回公司去，会不会发生意外呢？他隐隐约约地感到吕芳诗的性格里头有可怕的一面，然而这种难解的可怕也激起了他对她的更大兴趣。他眼前出现了一堵墙，墙面渐渐裂开一条缝，缝的那边是雾蒙蒙的天空，雾里头又似乎隐藏着一些白鸽。

曾老六不能确定现在是半夜还是黎明，因为他的手表早就停了。他从半开的房门望出去，外面是漆黑一片。曾老六有点伤感，但是毫无疑问，出发时的沉重感已经大大减轻了。似乎是第一次，他感到吕芳诗仍旧在他的身体里陪伴着他。莫非他此刻所经历的就是她所说的"享受生活"？

他又踱到织机旁，再打量地毯上的那个球。在少量的光线中，那个球又还原成了黑色。

关于回来的旅途，曾老六只有一些模模糊糊的印象。他一直睡眼蒙眬，他是被两个助手架着回到京城的。在飞机上，那个绑匪就坐在他后面，他看上去面目很模糊。他从容地从背袋里掏出一管注射针，将一些黑色的液体注射到曾老六的脖子上。曾老六拼命想反抗，可是软绵绵的动不了。过了一会儿，他就感到了那种针剂令他很舒服，很自在。两个助手也一直在他耳边说："放松，放松……"

过了一个星期地毯就运到店里来了。地毯上的那种阿拉伯图案和色彩让人百看不厌，所用的羊毛也很纯正。那批地毯立刻就销完了。后来他又同那边订了一批货，也销完了。再去订，就被告知没货了。

他曾几次询问助手在飞机上到底发生了什么，但两个助手说话时都躲躲闪闪，这就更让他怀疑自己是不是曾经出过丑。不过助手们向他保证，他绝对没有出丑，他只不过是瞌睡重重，那应该是旅途的劳累引起的。

然后林姐就休假回来了。林姐大惊小怪地说他"焕然一新"，接着又压低了声音告诉他："不瞒你说，我从前也做过夜总会的小姐。"

林姐一说完那句话，目光就变得风情万种，令曾老六想起吕芳诗小姐独有的那种目光。

曾老六不由得脸一红。他听到林姐戏弄的声音：

"老板老板，我说中了你的心病吧！"

魅惑

生意一帆风顺，又添了两间铺面，并且还在新疆找到了很好的货源，本应心情舒畅的曾老六却在情感方面（如果那也应该称为情感的话）出了问题。现在他几乎是不怎么在乎店里的业务了，完全交给林姐去打理。他自己呢，没事就去公园枯坐。

他已经有三个月没见到吕芳诗了,他去"红楼"问过妈妈,妈妈对此讳莫如深,还说了一句让他摸不着头脑的话。当时她说:

"你们不是一直在一起吗?不是还跑到新疆去了吗?"

因为走投无路,他甚至还去了一次父母家。他已经多年不回父母家了。

他们三人坐在那公馆似的阴暗的屋里,父母慈祥地看着他,坐下又站起,几次欲言又止。最后还是母亲鼓起勇气开口了。

"几个孩子里边,还是老六最让我们做父母的放心。这些年我们虽不见面,一想到你的事啊,我和你爹爹就心情舒畅。你的路走得对!还有你的个人问题我们也支持你!如今的女孩子,像她那样的越来越少了。"

"您说谁?!"曾老六大吃一惊。

"还有谁,吕芳诗啊!"父母二人异口同声地说。

曾老六面无人色地垂下头,话都说不出来了。

"不要泄气,你还有机会的。"父亲和蔼地拍拍他的肩膀,"你找了她,我和你妈妈都放心。那是一个有活力的女子,你不是也很有活力吗?"

"你们见过她了吗?"

"没有没有,怎么可能呢?"父亲一迭声否认,"我们从来不去那种地方。这件事,是你店里的林姐告诉我们的。她一告诉我们,我和你妈就坐在这里回忆啊,推理啊的,最后,我们就弄清了女孩子的身世。"

"那么,她有什么样的身世?"

"这种事,很难说清,都是些回忆片断。她时而出现时而消失,她属于那种我们把握不住的人。即使我努力回忆,我也不能用几句话来讲清她的事。她的形象在我和你妈的脑子里是清晰的,一旦说出来呢,总觉不妥当。"

父亲站起身背着手在屋里踱起步来。曾老六感到这两个人对吕芳诗的事兴致勃勃。母亲谈起她来时,脸上甚至变得光鲜了。但是曾老六还是不习惯让父母来谈论自己的事,再说他已经这么久都不同老人们来往了。他起身告辞,情绪并没有得到改善。父亲将一只手搭在他肩上,凝视着他的眼睛说:

"老六,不要让我们失望啊。我们活不了多久了,可是我们也有我们的梦想,不想放弃。人生是一条布满陷阱的山间小路,行路者要善于倾听各式各样的声音。"

他像过去一样说话装腔作势,但这一次,曾老六并不反感。

从父母家出来,走在弯弯曲曲的小胡同里,曾老六觉得他生命中的一扇门永远关上了。那是一张什么样的门?也许,他会要变成另外一个人了?他店里的女孩子们在他身后叫他:

"老板!老板!我们爱你!!"

她们有三个人,都跑得气喘吁吁的,汗水将前额的刘海都粘住了。

"爱?为什么?"他问道。

"因为想爱嘛!"三个人异口同声地说。

曾老六哈哈大笑,笑完后他那阴郁的心情就变明朗了。

"如果想爱就爱好了,只是不要爱我这样的,随便爱个什么人……"

他还没有说完三个女孩就连连跺脚,"呸"了几声,气呼呼地转身走掉了。

曾老六注视着她们的背影又笑出了声。他想，在女孩们的爱和他的"爱"之间有一条什么样的鸿沟呢？或是本质上一样？长久以来他就感到他交往的这个女人既是一个幽灵又是一个实体，两种感觉不可调和。当她成为幽灵之际，他渴望她的肉体；当他与那肉体交合之际，他又渴望她的幽灵。可是这一切痛苦都要结束了，他将变成另外一个人，一个不动声色的钓鱼人。

路过"红楼"时，他朝大门那里看了一眼。站在门边说话的那两个高个子女孩很像吕芳诗，就连穿的衣服都是一模一样，但曾老六凭直觉知道她们并不是吕芳诗。她们为什么要模仿她呢？她俩朝他转过脸来，那是两张无可挑剔的脸，比吕芳诗更美。曾老六垂下头，一脸涨得通红，他觉得她们的目光在嘲笑他。他硬着头皮走过去了。他不想回店里，就在街上信步乱走。他一边走一边问自己：曾老六，你要干什么？他不知道。

他来到一个白窗灰瓦的小区，一进小区就看见那间雅致的茶室，茶室里面好像有人在审问犯人。抱着猎奇的心理，他撩开珠帘走了进去。女店主慌慌张张地打着手势叫他离开，可他偏要待着。

"外面不是挂着营业的牌子吗？给我来一壶工夫茶！"

曾老六透过花窗看到隔壁房里有两个蒙面人围着一个女的，女的一开口，曾老六的两腿就软了，原来是吕芳诗！

"462748。"她吐词清晰地说。

她说完这几个数字，其中的一个蒙面人就匆匆跑出了茶室。一会儿工夫，另外一个蒙面人也跑出去了。曾老六在第一个蒙面人跑出去的时候就到了吕芳诗的面前。那个大汉用匕首逼着吕芳诗，所以曾老六不敢贸然做出任何动作。

蒙面人离开后，他才听到吕芳诗说：

"帮我将绳子解开。"

他帮她解开了绳子。他看见她的脸肿得像馒头一样。

她站了起来，极其高傲地叉着腰仰着头，问他道：

"你怎么来这种地方？现在不是上班时间吗？"

曾老六答不出她的问题，他感到自己处于一种暧昧的氛围之中。他想，要这是一个梦就好了，可惜不是。

"我现在没有时间陪你，我有些个人问题要处理。"

她大摇大摆地走出了茶室，上了一辆出租车。

曾老六愣愣地坐在桌边喝茶，他目光恍惚，成了一个失忆的人。女老板的声音从那间房里飘来，夹带着一股陈年旧事的气息。

"这个女人啊，这种事可不是第一回了。真可耻。我看哪一天她必定会躺在臭水沟里，她以为她是一只孔雀呢。"

曾老六忍不住不合时宜地说："她是谁？"

他说了这一句就后悔了，连忙站起来付账，离开。

女老板和女侍都朝他投来鄙夷的目光。

他终于回到了家里，他躺下了。吕芳诗小姐的行为并不让他难受，让他感到难受的是他自己的行为。她说得对，他不应该在上班时间到处乱钻。难道他是一个不会生活的废物？他这是怎么了啊。昏暗中响起敲门声，他听出来是林姐站在门外，但他不想开门，他心里充满了颓废的情绪。林姐不屈不挠地站在外面,隔一会儿又敲几下。

有一阵他觉得自己好像睡着了,大块大块的黑土被人铲着压在胸口上,他的头部在草地上像蜗牛一样蠕动。沉重的雷声不断砸下来,他听到自己的身体发出"喳喳"的碎裂声。"啊,啊……"他张着嘴,却发不出声音。最后一个炸雷伴随着巨大的黑影,将他完全淹没了。

林姐冲进来,将他房里的窗帘拉开了。林姐的身后还有一个人,是新疆那位经营地毯的老妇人。她的样子比上次显得憔悴,但是目光还是火辣辣的。曾老六像犯了错误的小学生一样低着头穿衣。

"曾老板,这下你要发财了。"林姐说。

当亮光照在林姐脸上时,曾老六吃了一惊。整个脸全都肿了起来,连鼻子都被什么东西打歪了。她变得丑陋不堪。

"昨天我同这位老妈妈去夜总会享受生活去了。"林姐不好意思地说。

老妇人从巨大的旅行包里拿出地毯的样品来。曾老六想,她真是有力气啊。她那苍劲的双手抓着样品,一件一件在他眼前展示。曾老六面对这些烟色的地毯样品眨巴着眼,他什么图案都看不到。

"您有多少,我全要了。"他机械地说。

"好小伙子,有志气!"

老妇人同林姐相视一笑,两人相拥着向门外走去。

曾老六拉上窗帘,准备继续睡觉。他在昏暗中扫了一眼桌上那些样品,心脏在胸膛里猛地跳了起来。并不是他看到了什么奇迹，他什么都没看到，样品静静地躺在那里。但不知为什么，他感到某种转机正在临近。他将自己的脸埋进小块地毯里时，那厚厚的拉毛地毯里头就伸出几只婴儿的小手，揪住他的脸颊、鼻子和额头。曾老六不由自主地喊道："妈妈！妈妈！"他于惊慌中将这些小块样品全扫到地上去了，西部沙漠的气味在空中飘荡。当他喊"妈妈"的时候，他脑子里出现的是老妇人的形象。老妇人坐在堆得高高的地毯上，严厉地注视着他。

"在西部的沙漠里，住着吕芳诗的家族。"他听见自己在轻轻地说，"金光灿烂的落日照亮了这些阴沉的灵魂。"

门开了，外面响起拍手的声音。是林姐和老妇人。

"您看我的老板有多么精神。"林姐对老妇人说。

两人站在那里哈哈大笑了一阵就下楼去了。

曾老六一动不动地坐在窗边，看着京城的天空渐渐地变暗，霓虹灯渐渐地亮起来，他突然明白了京城同西部的暧昧关系——那种深埋地底的盘根错节的关系，那种通过高高的天空里的游丝来传递信息的关系。难怪林姐在他情绪低迷时劝他去新疆联系业务呢。所谓"业务"到底是什么？不就是从沙漠里飘出的透明的气泡吗？在他同吕芳诗的那些交合中，他总是闻到沙漠的气味。

曾老六慢慢地感到了一件事，这就是，他同吕芳诗的分离很可能是永久性的了。此刻他虽然伤感，奇怪的是他觉得自己已经从颓废情绪中挣扎出来了。他是一个好奇心很强的人，他要弄清一些事。他对着镜子梳好头，穿好外衣，然后向楼下走去，楼梯在他的脚下发出意味深长的回响。

店里关门了，林姐在台灯下算账。她的脸仍然肿得很高，看上去惨不忍睹。

"我要说，老板，你总是能走在正道上。而我们，就总要在克服错误中前进。夜总会对我来说可不是一件好玩的事。老板，你享受生活了吗？"

曾老六认真地点了点头。他想，林姐也是属于沙漠家族的。

林姐走到那一堆地毯面前，在昏暗中指着一个图案要他辨认。

那正是那个黑球，他先前在新疆见过的、有点让人恐怖的球。

"血流成河啊。"他喃喃地说。

"你真敏感。"

她将日光灯全打开了。曾老六再看那个球，球已经成了天蓝色，而且扩大了很多。曾老六盯着它，脑海里响起一首摇篮曲。林姐在一旁催促地问他："怎么样？怎么样？"

"我觉得我可以爱了。"他一个字一个字地说。

"这就对了，'红楼'的那位妈妈最惦记的就是你。有时候，我坐在这铺里，竟会觉得我是坐在皇宫里头，我听到鸣锣开道的声音……你说奇怪不奇怪？有些事，表面看去是痛苦，其实却是幸福。"

她将日光灯关掉，回到台灯下。曾老六忽然发现她那张脸成了青面獠牙。

"我睡着了就会啃我儿子的小腿，你相信吗？"

曾老六没有回答她。他朝街上走去。街上今夜比较黑，有一些小鸟落在他行走的人行道上，轻轻地叫着。真奇怪，他从来没有看见过京城的街道上有小鸟啊。是不是哪个卖鸟的人放出来的呢？林姐也出来了，他听到她锁好店门，来到他身边。

从侧面看去，她的脸和脖子是一匹马的头部。曾老六想，也许他自己是一个羊的头？他俩缓缓地走了一会儿，连街灯也灭了，只有来来往往的出租车射出一些光。曾老六站住了，他怕踩着了小鸟，因为鸟儿越来越多，有的竟朝他裤腿上撞过来。

"瞧，吕芳诗。"林姐轻轻地说。

曾老六抬头一看，看到一个像塔一样高的影子从他们旁边溜过，那影子还惊起了一大群鸟。林姐忽然就撇下他，追着那影子去了。曾老六也想追过去，可是一抬脚就踩伤了小鸟，他听到惨叫就愣住了。他一动不动地站在那里，完全麻木了。也不知过了多久，他看到自己店里的灯亮了。会是谁呢？

是林姐。她还在那盏昏灯下工作，她那么喜欢昏暗。

"真是一个令人兴奋的夜晚。"她说。

她那肿成一条线的眼睛盯着台灯，她的一只手在做一种追逐的游戏，曾老六只看见白色的指头一闪一闪的。曾老六想，她也有可能是吕芳诗的另类情人。曾老六一点都不嫉妒她，他对她的兴趣越来越浓了。他回忆起林姐第一次来这里应聘时的情景，他至今记得她的第一句自我介绍是："我是个有事业心的人。"

"最近她每天晚上都要来同我见面。她已经离开了夜总会，对于她这种身份的小姐来说，离开夜总会就意味着自由了。"

"自由了？"曾老六问。

"是啊，我真为她感到高兴，我一直觉得她总有这么一天的。要知道我还没有获得自由呢！"

"难怪你还往夜总会跑啊。"

"我也想自由,可总是达不到。"

林姐的指头在黑暗中像几匹奔马,曾老六看呆了。

"那会是一种什么样的情景呢?"她出神地说,"她在贫民区买了一套房子,楼道里有蟑螂……我去过她的房间,窗户很大很大。从那高楼上向外望去,所有的东西都朦朦胧胧——不,我是说,你想看见什么就能看见什么。老板,你说说看,这会是什么样的生活呢?"

"可能那就是自由吧。"曾老六沮丧地低下头,避开林姐的目光。

"谢谢你,林姐,你陪我度过了美好的时光。京城的夜真迷人,你说是吗?"

这下林姐真的要回家了。曾老六站在街边看着她的背影消失在黑暗里。在人行道上,那些鸟儿叫个不停,叫声越来越费力了。

他回到楼上家里,摸黑走到书桌边拧亮那盏台灯。他开始读那部长篇小说,一会儿他就同久违了的主人公晤面了。那是一位穿紫色长衫的男士,总是随身携带着一根矛,他的脸上斑痕累累。

窗外是京城的槐树,那些叶子在空中一阵一阵地呻吟,黑乎乎的,一会儿招展一会儿退缩,看来起风了。曾老六极力去想象吕芳诗的自由生活,可是他想不出多少东西。会是什么样的生活?林姐大概达到过那种生活的边缘。连她都想不出那种场景,曾老六就更差得远了。他打定主意第二天一定要去"红楼",去观察,去同妈妈谈话,说不定能捕捉到某种气息。

新空间

曾老六在香烟缭绕的"红楼"里转了又转,始终没能找到那位妈妈。那些人全都在支支吾吾。"那么,现在这里是谁在负责?"他问。"谁负责?没有谁。各人对自己负责嘛,难道您不知道?"坐台小姐边说边朝他送了一个媚眼。"您就对我一点兴趣都没有吗?"她的小手搭上了他的肩膀,"您瞧,人人都在寻欢作乐。您闻到什么气味了吗?"

曾老六果然闻到了一种气味,但他一时想不起来那是什么气味。就此刻的感觉来说那是一种宜人的气味,一直沁入到他的心灵深处,仿佛将那个地方的某些结子解开了似的。他忍不住仰起脸来做深呼吸。他的目光所及之处,全是一对一对的男女在拥抱接吻。

"啊,我是很喜欢您的。您叫什么名字?"曾老六说话时目光也变斜了。

"我叫椰子,吕芳诗也很喜欢我。不过我不喜欢在'红楼'里面办事,我在这里有过不好的记忆。我们到您住的地方去吧。"

他们一起离开时,曾老六没有碰到任何熟悉的人,大厅里、走廊上全是些生面孔。那种宜人的气味一直伴随着他,令他对身边的小姐心存感激。

"您来自南方吗？"坐在车里时他问她。

"是啊。我是一条南方的蛆虫。"

她若无其事地自我描述让他吃了一惊，他沉默了。

曾老六将目光转向玻璃窗外，他看到"红楼"的妈妈在人行道上奔跑，浓妆的妈妈满脸都是焦虑。有一个披头散发的男青年手里拿着一根棍子，正在追妈妈。曾老六心里想，那么有风度的妈妈，竟然要在马路上出丑了。一股悲凉的情绪从他心里油然而生。一直到车子在店门口停下，曾老六都没有再说话。

在楼上，他们沉默的交合是和谐的。他想，这也许是两人都在对方的身体里寻找同一种东西？小巧的椰子将长发用力甩到后面，匆匆穿好衣服，拿了桌上的钱，一声不响地出了门。她没有回头看。

曾老六连忙到窗口去张望，他看到椰子身体挺得笔直，用自信的手势招来一辆出租车，钻了进去。一瞬间，他记起来了：在"红楼"里闻到的气味是南方墓园里的气味。看来，夜总会里的矛盾已经在猛烈爆发了。他在那里时，听到楼上舞厅里有很多人在发狂一样地蹬地板。

他穿好衣服，准备去巡视他新开的那家分店。他的事业如此顺利，他对林姐特别心存感激。要是没有她的话，他绝对不可能搞到今天这个样子。林姐是一块稀世宝玉，在深沉的夜里，他将她想象成吕芳诗的亲姐姐。也许她真的是，谁知道呢？

新开的这家分店是在他陷入消沉的这些日子里由林姐操办的。分店的店长是一位阴沉的中年男子，林姐从前在夜总会时的男友。这个人头发留得很长，遮住半边脸。他坐在桌旁算账，对曾老六爱理不理的样子。

"林姐说,地毯生意是你的老本行?"

对于曾老六的问题他只是从鼻孔里哼了一声,他看都不看他一眼。曾老六很诧异,心里想,这个人以为他自己是老板吗?林姐正好这时进来了。

"老板,你不要同他说话,他心里苦闷着呢。他丢了东西,一直在找,找不到。我们都帮不上他的忙。你来,我让你看一种新款式。"

曾老六跟着她走进旁边那间小房间。

"怎么回事?"他疑惑地问道。

"王强很有能量,他还是你的情敌呢!"林姐哈哈一笑,"他也在吕芳诗住的贫民楼里买了一套单元房。据我所知,他俩相互惦记。"

"啊。你怎么想到要这样一个人来管我的店子!"

"难道不合适吗?"

林姐从柜里拿出棕黄色的、风格粗犷的地毯样品,让曾老六评价。他脑子里立刻出现沙尘滚滚的风景,他明白了:这是王强弄来的货源。

"合适,非常合适。林姐真精明。"

"都住在京城,早晚要碰面的。"

他们从分店出来时,曾老六感到王强头发里隐藏的那只眼睛像刀子一样剜了他一下,他的头皮一阵发麻,脚步也乱了。他在人行道边上被绊了一下,差点跌倒,幸亏林姐拉了他一下。

"你真是引狼入室啊!"他揩着额头上的汗对林姐说。

林姐似乎陷入了沉思,她面带微笑,目送着老板消失在转弯处。

拐到另一个街区时,曾老六看见"红楼"的妈妈搂着一个小伙子在前面走。仔细一辨认,那小伙子正是上次追打她的人。曾老六连忙停下脚步让他们走远。他伸手招了一辆出租车。

"去贫民楼。"他对司机说。

"那种地方太危险,我只能将车停在外围。"司机的声音颤抖得厉害。

"好吧。"

他将头伸到窗子外面去看天,天一下子就暗下来了,成了那种灰黄的颜色。

车子开得很快,在曾老六不太熟悉的街区绕了又绕。没过多久,曾老六就认不出那些街道了。似乎是,他们还在市中心。曾老六想,京城建设得太快了,他从来没有搞清城市到底有多大。有好几次,他自己开着车去探寻,但每次都因过度疲劳而提前结束了。这些在人行道上匆匆行走的人们,这些五花八门的建筑,也许他以前看到过,他们和它们身上似乎有被他以前看到过的印记。也许正是在这种灰黄的天空下面,他同这些人交谈过了。司机的侧影是冷峻的,他似乎变得勇敢起来了,莫非他们快到了?

"我只能停在这里了,您顺着那条胡同走到底吧。"他冷冰冰地说。

曾老六掏出钱夹,但是司机说:

"我不能收钱。您快走!"

说着他就发动了汽车，拐了个弯，一溜烟似的消失在大街上。

曾老六朝前面一看，哪里有胡同？根本没有，只有一堆高矮各异的灰色楼房立在远方那浅黄色的雾霭之中。脚下似乎有条路，又似乎没有路，是无边无际的广场。不知怎么，当他看远方时，他可以看得清，而当他低下头时，视野里头则是朦朦胧胧的，好像有很多小鸟在雾里头出没。

他机械地迈动脚步，倒也没有走太久，就到了那些建筑物面前。会是哪一栋呢？没有人可以问。他探察了三栋楼，大门都关得紧紧的。等了又等，里面也没有人出来。他站在那里，将耳朵贴到铁皮门上，居然听到里头有小猫的叫声。曾老六踌躇了一会儿，鼓起勇气用手指按下了"1512"这个房门的号码。没人回答，但是大门立刻就开了，他有点庆幸，于是进了电梯，上到十五层楼，然后战战兢兢地出电梯。

楼梯间果然是又暗又脏，几扇小窗被厚厚的灰尘全部蒙住，几乎没有什么光透进来了。他面前有很多门，哪一张会是1512？它们都没有门牌号码。他试着推第一张门，一推就开了，但又没有完全开，只开一条缝，有个男人在门里头抵着门。曾老六听到那男的在说：

"吕芳诗这样的女人已经不把界限放在眼里了，还有什么事是她做不出来的啊？难道有吗？"

曾老六感到血往头上冲，他的脸很厉害地发热了。

"让我进去！"他嘶哑着喉咙喊道。

那男人咕噜了一句："这家伙真顽固。"然后就从门边让开了。

曾老六差点摔了一跤。

房里比走廊里更黑，有五六只猫在发出恐怖的嚎春的叫声。曾老六摸到椅子，坐了下来，心里的一块石头落了地。他的面前是那个很高的影子，很像前几天他同林姐见过的那个人影，林姐当时说她是吕芳诗，后来还去追逐她。曾老六伸手去触摸这个人影，影子立刻往后一退。

"您是谁？"曾老六发出令自己毛骨悚然的问话的声音。

"你的一个朋友。"他听出根本不是吕芳诗，是一个陌生的女声。

"您在等我吗？"

"我们不等任何人，是你自己要来的。"

曾老六看到先前站在门边的男人过来了。那男人用一根棍子从后面打了一下他的双腿，他立刻跪到了地上。接着那女的从后面压到他身上。她紧紧地搂住他，用力一掀，将他掀得仰面朝天后，又再一次扑到他身上了。他看不清她，他的手摸到柔软的肉体，大概是乳房肚子之类，他还听到她在咬牙切齿地咕噜着什么。

虽然被裸体的女人压在身上，曾老六一点冲动都没有，他感到呼吸非常困难。这个女人到底要干什么？

"我看可以带他到阳台上去了。"男人在他们上面说。

这时他被猛地一下拉起来了，这两个裸者一边一个将他架着往前走。穿过一道门，他来到了用玻璃封闭着的阳台上。阳台上比房里要亮得多，曾老六看到脚下也是厚玻璃，透过玻璃隐约可以看到楼下的情形。往前看，则是京城，只不过这是一个灰色的京城,有些浅灰色的鸟儿在建筑物的上方飞翔。当曾老六被那男人一把按在椅子里头时,他心里一阵伤感涌上来。现在他看清了,这两个人的确没有穿任何衣服,他们大概都是四十岁左右,样子很普通,有点像做粗活的工人。令他惊讶的是男人和妇人的身体都非常匀称,有种自然的美。他简直看呆了。

"很多年过去了,我们还是这个样子。"男人和蔼地对他说,"有一年秋天,很多人往城外跑,你在那人群里头吗?"

"是啊,我就在他们里头。当时一切都乱套了,幸亏时间不长。"

妇人不安地在椅子里头扭动着,站了起来,然后又倒下,趴在玻璃上观看楼下的情况。

"瞧,瞧……"她气喘吁吁地说。

曾老六蹲下来细看楼下的情况。他可以看到十四楼的阳台,阳台上有一只红棕色的猫,一动不动地立在那里,女王似的母猫。再往下看,还可以看到十三楼的阳台。十三楼阳台的玻璃破了一块,从那缺口透进来的不是光,而是某种深蓝色的物质。十三楼的一男一女正在争吵,他俩指着那个深蓝色的缺口发出恐怖的叫声。再往下是十二楼的阳台,一个穿白色浴衣的年轻女人懒洋洋地从躺椅上抬起一条长腿。曾老六觉得她就是吕芳诗,他差点叫出了她的名字,可是她转过脸来了,是个红脸膛女人,一边颊上文了一只黑蝴蝶。曾老六的头开始发晕,他不敢再看了,他的脑袋轰轰地响。他听到身旁的女人在说:"懦夫,懦夫……"她一边说一边抚摸着他的背部。

曾老六蹲在玻璃上发呆时,那男的在他上面发表了一通演说。曾老六在心里暗自将他的演说形容为"如雷贯耳"。实际上，他有时听见了他的话，有时又没有听见。然而即使没有听见，他也同这个人有种奇怪的共鸣。他很想看清他的样子，但是不可能，这个人在演说时也变成了很高大的一个影子。

"吕芳诗小姐的生活方式是否可能呢？这个问题总是回到我们每日的生活之中。在这栋楼，还有其他的贫民楼里，她的倩影融化在朦胧的气流中，给我们每个居民的思考带来某种目的性。看吧，前面是电视塔，它投下长长的浓黑的阴影。从我们进入阴影的第一天起，我们就同那无边无际的宇宙之网结缘了。我们在这个网的里面，但每时每刻又突破到它的外面。当我们突破到外面时，我们才发现自己仍然在里面。哈，何等有刺激的游戏啊！现在我和我的女友已经赤身裸体了，我们决定这样轻装上阵。吕芳诗小姐优雅地躺在她的椅子里头，对于我们的挣扎不屑一顾。那么，我们是否能够像她那样生活？还有这个来这里的流浪汉，这个不自量力的小男人，他是否可能像吕芳诗小姐那样生活？看那电视塔，看它上方那阴沉绝望的天空，还有那些垂死的灰鸽！它们都在诉说着同一个目的。"

曾老六站起来了，他的目光投向前方。当然，他没有看到电视塔，就连先前看到的那些建筑物也变成了混沌的一团黄不黄，黑不黑的东西。曾老六伸出一只手，想去触摸这个男人，但他往后一退，曾老六的手摸了个空。

女人抚摸着他的背脊安慰他说：

"这种事啊，你不要心急，习惯了就好了。先前我们刚搬来时，我们的双脚总是踩不到地。那些蟑螂不愿和我们同眠，弄出许多噪声来。这一切都过去了，现在基本上一切就绪了。"

曾老六突然感觉到女人的手掌心里有块磁铁，这块东西同他的心脏发生了感应，他的情绪一下子就振奋起来了，双目似乎在炯炯发光。

"好。"女人说，她将手掌停留在他的心脏部位，"她同你有约会吗？如果没有，你要主动约她。"

"我很想约她，可是约不上。现在我连她的影子都看不见了。"

"这正是她喜欢的那种关系。你会习惯的。"

男人对曾老六说他该走了，还说他们一般来说不接待客人，不愿意让别人看见他们赤身裸体。这一次，是曾老六硬要进来，而他心一软就同意了。但是他们违背了贫民楼的原则，日后要受到惩罚，被迫做更多的工作。现在他们的工作就已经压得他们伸不直腰了，成天汗水淋淋的，所以干脆裸体。

曾老六说，他也想在贫民楼买一个小套间住下来，这是否可能？

对于他的这个问题，两个人一齐摇头。他们一边说着"绝对不可能"，一边推着他往外走。他被推到楼道里，门"砰"的一声关上了。一出房门曾老六就看见了那个穿白色浴袍的、很像吕芳诗的女人，她在朦胧的光线里一闪就闪进了电梯里，曾老六看见她停在了二十五层。他心里想，这楼里的人思想真解放，穿着浴袍的女人还可以到处走。他心一动，就也钻进电梯上到二十五层。二十五层同十五层的感觉截然不同，楼道里的光线比太阳光还亮，刺得他睁不开眼。也不知这光线是从哪里来的，因为并没有看到照明灯。

曾老六过了好久才适应，他眯缝着眼打量那一排套间，看见每个套间的门都敞开着，而且房里都有人。那些男人和女人都一式地穿着白色浴袍。有人在和他大声打招呼了：

"喂，小伙子！你不是小偷吧？我们观察你好久了！要么你就进来，要么你就离开！你是哑巴吗？"

曾老六激动地朝那人走去。他的房里连墙都是玻璃做的，透过这些"墙"可以清楚地看到别人家的情况，甚至可以看到楼外的天空，因为别人家也是玻璃墙。在强烈的光线的刺激下，曾老六感到周身燥热。

里面那间房的桌旁坐着穿浴袍的女人，很像他先前看到的那一个。她面对玻璃墙，一动不动地坐在那里。

"我的夫人眼下陷入了情感矛盾。"男人嘲弄的声音响起，"你不要看她，你看也没用，她不会回过头来的。有两股力在相互作用，将她的头部固定在那个方向了。她每天吃完早饭就坐在那里保持这个姿势，一直到夜里。"

曾老六走到夫人背后，直统统地问她：

"夫人，您认识吕芳诗吗？"

"我是她的爱人。"她回答时身体一动不动。

"那么，您不是他的夫人？"

"我是吕芳诗的爱人。"她一个字一个字清楚地说。

男人进来了，他一把搂住曾老六，推着他进了浴室。浴室里也是玻璃墙，但每面墙上都粘了一些彩色塑料纸，光线就没有那么强了。曾老六感到自己的眼睛好受一些了。男子一脚踢去关上了门。

"我总是在这里头思考。你要洗澡吗?"他喘着气说道。

"不。"

"到贫民楼里头来了,还不洗个澡?你太狂妄了!"

男人坐到马桶上,微闭双目,又说:

"这就是我思考的姿势。你看怎么样?"

"我看您很舒服。夫人怎么看?"

"夫人?你问得真好。我的一举一动都是得到夫人的默许的。你看,她有些不安了。你不该问她那种很蠢的问题。"

浴室里有股怪味,很臭,像是坏掉的咸鸭蛋。又因为没有窗户,那臭味就更浓了。曾老六很想出去,但男人显然不愿意他开门,他坐在马桶上,满脸陶醉的样子。沉默了一会儿,曾老六简直想呕吐了。他猛地一下拉开门,冲到客厅里。就在这时,他看到女人转过身来了。她正是那个脸上文了黑蝴蝶的,身材修长的女人。她步态优雅地走过来。

"多么美丽的天气啊!小伙子,您在感到羞耻吗?这是完全没有必要的。他思考时的样子多么迷人!"她说最后一句的时候用手指着浴室。

曾老六凝视着这个有魅力的女人,可惜在太强烈的光线里头,他同样看不清人的脸,那张脸模模糊糊的。

"我找一个人——"他迟疑地说。

"您当然是来找人的。我看见她了,她在八楼,可是她身边有卫士,您接近不了她。那么,您去8楼吗?"

"对,再见了,夫人。"

曾老六在电梯里头按了八楼的按钮。等待时他的心怦怦地跳得厉害，门开时他却发现自己到了一楼。他想再进电梯，可是电梯门怎么按也打不开了。他又想从消防楼梯上去，可是消防楼梯在哪里呢？他在过道里钻来钻去的，走了好几个来回，还是没找到消防楼梯，看来这栋楼根本就没有消防通道。他觉得这种设计让人不寒而栗。黑暗中忽然又响起那种猫叫，这一回好像有几十只，它们就在这些过道里，凄厉的惨叫此起彼伏。曾老六的喉咙里不由自主地发出一声吼叫，他不顾一切地冲到了大门外。

外面是阴天，曾老六将目光投向八楼，他的目光所及之处，有一扇窗子关上了，那是一扇绿色的小窗。过了一会儿，另一扇窗打开了，一个女人的头部伸出来，朝他挥手，是脸上文了黑蝴蝶的夫人。她挥手是什么意思？像是招呼他进去，又像是敦促他快离开。他走过去推那张大铁门，但铁门已经关得死死的了。他又按"1512"这个按钮，大门还是没有任何反应。他听到夫人的声音从八楼那里传来："你这个草包！"曾老六愣住了。他想，时候已经不早了，还是回家吧。

坐着出租车回家的路上，曾老六又将头伸向车窗外。他发现京城的天已经变成了蓝天，落日的余晖洒在树上，建筑物上，透出少有的脉脉温情。而那些心事重重的灰色行人，也好像被这柔和的气候感染了似的，脸上浮出某种想交流的表情。快到家时他看到林姐在人行道上行走。林姐长发飘扬，神采奕奕，边走边同旁边的青年男子说话。那男子就是曾老六新开的分店的店长，曾老六觉得他惊人的英俊，而且变得那么年轻了。为什么在店里时他没感到这一点呢？一定是某种成见蒙住了他的眼睛。

他坐在房间里没有开灯,他在等待光线变暗。他似乎听到了"红楼"夜总会里头的喧闹声,里头还夹杂着妈妈的狂笑。曾老六的心情仍然很激动,又有种如释重负的轻松。他已经窥见了他生活中某种诡秘的纠缠,难道不是吗?那么今后,他将怎样继续发展自己的情感生活呢?他不是一个钻牛角尖的人,这种问题也想不清。他只能确定一点:从今以后,他会变得对生活更加有耐心。

天空全黑下来了,他站在窗前。奇怪,为什么霓虹灯没亮呢?到处都是黑的,到处都是小鸟——地上、树上、建筑物上。黑沉沉的京城里只有它们在活跃着。他伸出手去一抓,抓到了两只细小的。他将它们放在桌上,探出身子,再一抓,又抓到了一只。鸟儿们的叫声很轻,像是挤在一起快睡着了时的呓语。他一共抓到八只,再去抓就抓不到了。他坐下来,用双臂拥着那一堆雏鸟,一下子变得思绪万千。很久以前他在家里的阳台上养过小鸟,他的饲养以惨痛的失败告终。后来他就下决心不再关注这种生物了,再说他的注意力也转移到别的事情上面去了。

不知什么时候,他竟然伏在桌上睡着了。他醒来时已是黎明,朦胧的房间里一点声响都没有。他的腿很麻,他站起来活动一下时,发现窗帘依旧没拉上,于是心里一阵激动。下面的街道空空荡荡的,街灯还亮着。被灯光照亮的那一块地上有很多灰色的羽毛,风一吹来,那些羽毛还飞扬起来,旋出一种图案,就像一些活物。曾老六的口里不由自主地吹出一声口哨,接着又一声。尖锐的哨声在京城的上空荡漾,他自己都被吓着了。那本是招引鸟儿的口哨,但是鸟儿却并没有再飞来。这时天明了,街灯一齐熄了。街对面有两位女郎匆匆行走着,她们正是"红楼"那两位长得酷似吕芳诗的小姐。

曾老六去洗了个澡,镇定地面对镜子穿好了衣服,梳好头发,拿上他的公文包,走下楼去,开始了新一天的生活。

乖巧的小龙

新疆来的那位老妇人坐在店里,正在同曾老六的助手交谈。曾老六觉得他们之间的关系很亲密,助手甚至称老妇人为"妈妈"。曾老六努力回忆自己上次在新疆遇见她时的情景,却什么也回忆不起来,他脑子里的那个方向成了一块空白。看来助手小萧在那里就同老妇人结下了特殊友谊——超出买卖关系的友谊。要不他们怎么将声音压得那么低,而且显然是在说些题外的话呢?曾老六不好意思偷听,就匆匆地坐车去分店了。

分店里一个人都没有,那部电话机响个不停。曾老六拿起话筒,里头传来"红楼"的妈妈的声音。她问他是不是曾老六,他说是的。她正要找他呢,她说,而且有点淫荡地笑了起来。曾老六问她是什么事,她说是关于吕芳诗的事。又问他要不要叫吕芳诗小姐过来说话,曾老六说"好"。

"老六吗?"梦寐以求的略带沙哑的声音响了起来,"今天早上的天气多么好啊。我又去了趟海边,那些海鸥变得穷凶极恶了,见东西就抢，将我的食品袋啄了好几个窟窿呢。老六，你在听吗？"

"我在听啊，芳诗。"他的声音有点哽咽。

"我还到了那个房间。从房里向外望去，那海美得……美得……"

电话忽然断了。曾老六愣在那里，一下子失去了知觉，林姐进来叫他他也没听见，直到林姐用力摇晃他的肩头他才回过神来。

"曾经理啊，你不该接电话。这部电话经常被人搞恶作剧，我们称它为'命运咨询'电话。你在这个时候不该接。"

"为什么这个时候不该接？"

"因为你的事业到了关键的转折点嘛。"

林姐和王强两个人拥抱着坐在一张沙发上，王强紧紧地盯着林姐。

曾老六脸色苍白地站在那里听王强汇报工作，他的脑袋轰轰作响，没有听进去几个字。后来王强就沉默了。

"怎么了？"他做梦似的问。

"同西北方面还要不要加强联系？"王强说。

王强锐利的目光扫了他一眼，他立刻脸红了，猛地一下回到了现实。

"西北方面非常重要，如今已成了我们的命脉。也许你、我，还有林姐，我们都是从那里发源的。今天早上总店那边又获得了西北方面的关键信息，那位神秘的老妇人……等一下，我说到哪里了？"

他的脑子里又成了一片空白。林姐过来了,林姐安慰他说,她和王强已经领会他的意思了,都怪那个电话让他受了惊吓,现在既然店里一切就绪,他应该回家去好好休息一下。林姐推着他上了车,替他关上门。

司机小龙问他要去哪里。

"不知道,随便开吧。"

乖巧的小龙加快了速度,他们的车很快就到了郊外。他们停在一棵大树下面,车门一打开,曾老六就看见奇怪的事发生了。刚才天气还是好好的,怎么一下就像到了世界末日一样了呢?到处都是阴沉沉的,黑云垂得那么低,天好像要塌下来一样,可以听到隐隐的雷声。

"我们到了哪里啊?"

"我也不清楚。我经常梦见这个地方,可是还一次都没来过呢。"

小龙站在车子对面说话,曾老六已经看不见他的脸了,只看见一排白牙一闪一闪的。他突然对这个小伙子很反感。

"我想在这附近随便走走,你在这里等我吧。"

周围有些黑乎乎的凸出地面的东西,像是一些平顶的农舍,他朝着其中的一个走去,一直走到面前,再用手摸了摸那东西,才确定那并不是农舍,是一大块岩石,岩石上似乎还留着阳光的余温。他停留了一会儿,又走向另一个黑乎乎的东西,一摸,也是岩石。这里一共有五个,他都摸了,都是岩石。在这个黑沉沉的天底下,这些石头静静地散发着阳光的余温。曾老六没想到京城边上还有这样一块地方,他暗暗打算以后还要到这里来。他将身子靠在巨石上,回想起那个电话,还有吕芳诗的嗓音。不知为什么,他心头的悲伤已经减轻了,差不多已经消失了。

"小龙!"他喊道。

没有人回答。他的声音阴惨惨的,令他毛发直立。

他记得汽车停在右边那棵树下,他就往那边走。他看不见路,不过不要紧,脚下是平坦的。令他苦恼的是每当他走了短短的一段路,就有巨石拦在前面,始终到不了那棵树下。他都已经绕过七块石头了,第八块又挡住了他。他觉得自己已经迷路了,就坐在第八块石头上休息。前方有些影子在贴着地面飞驰,也许是什么野物。他忽然记起来他上个月狠狠地训斥过司机小龙,莫非这是他对自己的报复?可是天气怎么变成这样了呢?这并不是小龙能够掌握的啊。

他感到他身下的这块石头很热,慢慢地竟热得有点烫手了。他站起来,无意中抬头一望,居然发现巨石的顶上微微发出红光。曾老六惊出一身冷汗,拔腿就跑。他这一跑却很顺利,再没有石头挡他的路了。他横了心,也不再看路(反正也看不清),只顾往前冲。他听到了沉闷的隆隆响声,他对自己说:"还来得及,还来得及……"跑啊,跑啊,估计跑出一里多路了,再跑心脏就要破裂了,他才放慢脚步。

"经理在练跑步吗?可惜今天空气不太好。"

小龙笑嘻嘻地对他说。曾老六又看到那一排令他反感的白牙在闪光,小伙子正在悠闲地溜达呢。那车就停在树下。

坐进车里后他很疲倦,一会儿就睡着了。直到车子猛地一停他才惊醒过来,小龙已不在车内了。外面车水马龙的,居然是"红楼"的大门口。莫非有人叫小龙停在这里的？曾老六鼓起勇气下了车，走进夜总会。

夜总会里头冷清清的，一般要到傍晚才会热闹。他刚刚想到要去找妈妈，妈妈就从大堂侧面的一张门里走出来了。她穿着工作服，围着黑丝巾，一脸的严肃。

"吕芳诗小姐从昨天起开始坐台了，你知道吗？"

"啊！我能见到她吗？"

"今天不能。不过你跟我来吧，也许可以远远地看到她。她正和那位先生跳舞呢，那个人可不是一般的人。"

他昏头昏脑地跟着妈妈上楼，转了好几个弯，来到一间密室里头。妈妈把门关上，叫他坐下。他的椅子正对着一个很小的窗口，从窗口望出去就是舞厅。舞厅里空空的，正在放哀乐。他再用力一瞧，就看见了吕芳诗。吕芳诗一袭黑裙，正在同一个穿黑礼服的胖子跳舞。两人的舞步缓慢，舞姿却透出淫荡挑逗的意味。曾老六虽然全身在发抖，他的好奇心还是令他睁大了双眼盯着他们，他还从未看到过用哀乐伴奏的交谊舞呢。跳完一曲，吕芳诗就同那人一起倒在地板上了。

"我没有骗你吧。"妈妈在旁边说。

他站起身来，说自己要回去了。妈妈笑了笑，说：

"这几天，我们整个'红楼'都属于吕芳诗小姐和这位先生。"

"他是谁？"

"一个身处高位的要人。曾经理，你可不要自卑啊，你再等一等，说不定会轮到你的。你要不要去上次待过的那包厢里等？"

"不。"

"啊，你想通了！我没说错吧？"

曾老六下了楼，到了外面街上，那哀乐还在耳边回荡。他问自己：是不是真的想通了？好像是，又好像不是。他正要坐出租车，却看见小龙气喘吁吁地跑来了。

"快上车，经理！不然来不及了。"

"去哪里啊。"

"是你女朋友给的地址，她有重要的事要找你！"

小龙一反往常的嘻嘻哈哈，变得非常严峻。他们风驰电掣般地穿过那些街道，最后来到一个曾老六觉得很眼熟的区域。下了车，他才发现这就是吕芳诗住的贫民楼。那么，他真的要同她见面了吗？他的全身又抖了起来。今天他已经好几次发抖了，他感到心脏那里不太舒服。他想了想，又一次按了"1512"这个数字。门开了。门里头站着干瘦的老头，一张脸像皱抹布一样。

"吕芳诗小姐吩咐您到传达室里面等她。"

他机械地跟着老头进了传达室，在油腻腻的板凳上坐下。这是个大约六平方米的小房间，因为没有光源，很阴暗，白天也开着一盏小灯。曾老六记起他上次并没有看到这个传达室。房里除了三张板凳以外连桌子都没一张，但是四面墙都被木架占据了，木架上放满了陶制的棕色坛子，总共大概有两百多个。这些坛子看上去年代很久了，但是被擦得很干净，有些坛子打破后还被修补过。

"这里面装的是什么？"

"都是他们寄存的骨灰。这里的人死了后都不愿到陵园去，就寄存在我这里。你看，已经两百多了，都装不下了。"

"怎么死了这么多人？"

"这栋楼有一百多年历史了嘛。"

老头让曾老六耐心等待，说小姐一会儿就会过来，然后他就出去了。曾老六坐在板凳上，回想起那一次在"红楼"的包厢里等待的情形。他觉得自己一定是丧失理智了，要不怎么会一次又一次地做蠢事？可是已经来了，难道不等她就回去吗？曾老六不能。

为了打发时间，他就来数那些坛子。这些坛子虽然大小一致，但每一个都不一样。坛子上没有写名字，也许只有传达老头知道每个坛子里装的是谁的骨灰。其实知道或不知道还不是一样，反正大家都愿意待在这种地方，这就叫"物以类聚"吧。他想象半夜里，鬼火从每个坛子里飘出来，将整栋大楼装饰起来的情景，不由得微笑起来。这些鬼魂多么固执啊！他一共数了五遍，两百一十五个坛子。这栋楼里一共有两百一十五个人住到传达室来了。是为了在寒冷的夜里相互取暖吗？

两个穿黑衣的蒙面人冲进来了，口里嚷嚷道："有内奸！有内奸！"曾老六觉得他们的声音在哪里听到过。其中一个将曾老六的手腕反到背后，给他后脑勺来了一拳。曾老六昏过去了，但很快又醒了。

"给我滚！"面前那个塔一样的家伙咬牙切齿地说。

"吕芳诗小姐叫我来的。"曾老六有气无力地申辩。

"啊，这个贼一样的小男人，他竟敢提吕芳诗小姐！"

说话的是背后扭着他手臂的汉子。面前的那座塔又重重地给了他一个耳光。他们俩推着他往外走，将他猛地一下推出大门。

他摔倒在地上，好半天起不来。里面抛出来一句话：

"你就死了这条心吧！"

铁门关上了。曾老六一回头看见了小龙。小龙跑过来扶他。

"是你同他们串通的吗？"他阴沉着脸问道。

进到车里之后，小龙递给他一张纸条。纸条上写着地址，还有签名，那潦草的字迹正是吕芳诗小姐的。那一天在那个旅馆里，她在他的记事簿上写下了她的名字。

曾老六想伸出头去看看外面，但他的脸肿得那么厉害，连眼睛都睁不开了。他模糊地看见烈日当空，阳光刺得他眼泪直流。他猛地一下记起来了，这两个家伙就是先前在茶室里绑架吕芳诗小姐的歹徒啊。不过吕芳诗小姐又好像同他们是一伙的？这到底上演的是一出什么戏啊？她将他骗到这里来，就是为了教训他，要他认清自己的位置吗？他的位置究竟在哪里？这时小龙说话了。

"经理啊，那两个恶棍我认识，他们是黑帮，就住在我住的那条街上。有好几次我想冲进去救你，都被那该死的传达老头拦住了。那老头说你们是在演戏，还说要让你们'过瘾'。他说好多人都想过这样的瘾还找不到机会呢。我被他一说就犹豫不决了，我害怕犯错误。万一你们真的在演戏呢？"

小龙的话让曾老六觉得很意外。他想，这个小伙子确实乖巧，自己先前错怪了他。表面上阴错阳差，实质上这出戏是他自己主动参与演出的嘛。吕芳诗啊吕芳诗，你不过才二十几岁，怎么会这么老奸巨猾？他忍不住"噗"的一声笑了出来。他这一笑，小龙仿佛吃了定心丸一般，他紧握方向盘，加快了车速。

他回来了。他走进店堂时，新疆老妈妈正好出去，老太婆意味深长地看了他一眼，那眼里满是亲切与慈祥。他的助手站在他面前，垂着眼说："林姐要我告诉你，她辞职了。她已经把所有的工作都交给王强了，她还说王强是最合适的人选，他能帮店里建立起许多意想不到的商业联系。她又说她不能见你的面，她喜欢一刀两断。"

虽然助手垂着眼，曾老六还是看出他很兴奋，很好奇。曾老六像一堆破烂一样倒在沙发椅里头，一天的奔波让他的精力完全耗尽了。

"你还有什么要说的吗？"他问助手。

"没有了。"

助手一边离开一边回头看经理，他的好奇心空前的高涨。

现在只剩曾老六一个人了。他有点诧异，因为他的店在白天还没有像现在这样冷清过呢。难道都要同他一刀两断了吗？他眼前浮出王强那张阴险的被头发遮住一半的脸，不由得起了鸡皮疙瘩。"那简直是个杀人犯嘛！"他冲口而出。可是王强是林姐的人，林姐是不会害他的。想当初他在京城创业的艰难，要不是林姐他能搞到今天这个规模？那么，深思熟虑的林姐给他安排了什么戏？她不是说了"意想不到"吗？想到这里，曾老六的心底又有某种模糊的希望在蠢蠢欲动了，他记得这个王强也在贫民楼里买了单元房，林姐还说他是他的情敌呢。可是王强为什么不来呢？他现在应该在这里的啊。曾老六有点焦急地走向大门外去张望。他看到一辆黑色的车子向他驰来，然后停在离他不远的人行道上了。从车里走出那两个熟悉的黑色身影，他们仍旧蒙着面。

曾老六连忙退到大门里头，关好门，将外面的卷闸门也关了。他一边做这些事一边诅咒自己。很快外面就响起了砸门的声音，一下，两下……但是他的卷闸门十分结实，没有特殊的工具是绝对砸不开的。曾老六想，现在他还怕什么呢？没有什么好怕的了。于是他就掏出手机坦然地坐下了。那两个人将门砸得山响。

"王强吗？你能过来一趟吗？……对，工作上的事！我想同你马上谈谈。……什么？你因为私人的事离不开？老天爷！竟有这种事！难道能不以工作为重？……不一定？！莫非你想搞垮我？……你还叫我好自为之？！你这个混蛋！谢谢，天不会塌下来，我也不会垮！"

他愤愤地关了手机，这时他才注意到外面已经安静了，可能那两个家伙已经走了吧。他麻木地在店堂里走动着，关掉每一盏灯，然后就像机器人一样上楼到家里去了。

他站在敞开的窗口，他的思维还在运转，可是他回忆不起今天发生的一切了。他听到自己里面有个声音在不停地叫："曾老六！曾老六！"那是个陌生的声音，又有点熟悉，在京城的某个地方听到过。外面多么黑啊，终于天黑了！今天一天就像一年。今天到底发生了什么？他伸手摸了摸被打伤的脸，奇怪，这伤怎么好得这么快？

第二章

吕芳诗小姐对曾老六先生的印象

妈妈对吕芳诗小姐说:"他是来自西北的地毯商人。"

妈妈的这句话是在"红楼"夜总会大楼的楼梯上说的。吕芳诗小姐低着头仔细寻思妈妈这句话的含义。过了好一会,她俩快要走到舞厅的门口了,吕芳诗小姐突然抬起头来,直视着妈妈的眼睛说:

"您在这个人身上看见骆驼的影子了吗?这可是关键的。"

妈妈被她问得有些慌张,朝四周东张西望了一会说:

"这我就弄不清了,你要随机应变。"

妈妈一甩手离开她,到舞厅里头应酬去了。吕芳诗小姐目送这位夜总会的妈妈消失在人流之中。她紧贴墙壁站了一会儿,然后突然一拐,拐进了紧邻舞厅的那间空空的小房间,飞快地反闩了房门。

从那个很小的窗口可以监视舞厅里的情况,但是外面却看不见里面。吕芳诗小姐一边打量舞场一边就着幽暗的灯光往脸上补妆。她看见妈妈在跳探戈时仰面跌倒在地,脸上仿佛有血在流。再定睛一看,原来她并没有跌倒,已经被她的穿黑礼服的舞伴从地上拉起来了。那么多的人,音乐如雷声涌动,吕芳诗的太阳穴跳得厉害。但总的来说她还是冷静的。

她看到了什么呢?这是一个男人,穿着灰色的西装,背对着她。男人是刚刚进舞场,有点犹豫的样子。他的肩非常宽,宽得同他的身高有点不相称。妈妈的那些话忽然在吕芳诗小姐的脑海里复活了,每一个字都叮当作响。她转身开门,匆匆地赶往那个杂耍场。她的长腿,她的敏捷,她的果断都是很大的优势,反正她三下两下就拨开人群站到了那个人的面前。舞池边的风流行为就这样发生了。也不知道有多少鄙夷的目光朝他们投来,反正他俩都不知道。在曾老六这方,是被突然激起的热情烧得发昏的结果;在吕芳诗,更像是深思熟虑的预谋的行动。事后她忧郁地对自己说:"难道我是一只发情的山猫?"

吕芳诗小姐生在一个多子女的家庭里。那时她是一只丑小鸭,家里没有人来关心她的成长。他们全家老小挤在两小间黑乎乎的房子里,那里头有温暖也有恐怖。恐怖的记忆是父亲追打她的场面。她的腿长,跑得快,却总是跌倒。她一跌倒,父亲用细竹子做成的鞭子就抽过来了,于是她就像蚯蚓一样在泥地上扭来扭去的。她渴望独立。

她才二十一岁,已经经历过了一些男人。在她的记忆里,地毯商人曾老六并不是最能刺激她感官的那一类,而是——怎么说呢,而是一个捉摸不透的类型。他比较沉默,即使在那种时候说情话，也只有一个字——一个听不清楚的字。吕芳诗感到满意的是，他体格不错，年纪也轻。她记得他脸上的轮廓比较扁平，没有什么特点，正好是她喜欢的类型。吕芳诗小姐来自平民家庭，大概是因为这一点，她喜欢她的嫖客身上显现出来的平民特色。比如有一个长得像她父亲，但性情特别温和的老家具商，吕芳诗就一直同他保持关系。连红楼的妈妈都感到惊讶，因为那人并不是很有钱，出手也并不大方。妈妈感到吕芳诗违背了行规，可又拿她没有办法。因为她太走红了，总是会有大富翁在她身上大把花钱，妈妈便会因此受益。

吕芳诗小姐同曾老六先生的第二次交合比第一次更为刺激一些。她又听到他在那个时候说了那个字，共两遍，可惜还是含含糊糊，她怎么也听不清。她看见因为取下了眼镜，他那双近视眼凸了出来。她暗暗高兴地想："他多么丑啊！"躺在他怀里，她觉得自己应该问他一点事情，为了礼貌。

"你刚才在咕噜什么？"她问道。

"啊？我发出声音了吗？"

"算了。你这个家伙，你真幸运，找到了我这样的。"

说完这句话时，她看到有一只海鸥居然撞到他们房间那巨大的飘窗上头，然后一头栽下去了。她全身赤裸地奔向那飘窗，然而眼前灰蒙蒙的，什么也看不清。她听到自己那轻巧的脚步声在地板上急响。这时曾老六已戴上了眼镜坐在床上发呆。

"我怎么有种末日来临的感觉？"曾老六看着房顶的装饰灯说道。

吕芳诗小姐听了一愣，然后又"扑哧"一笑。她觉得这个男人很有意思。可是她没有时间了，有人等着她。她匆匆地穿好衣服，将那些钱猛地一下插到外衣的内口袋里，咚咚咚地走出了房门。她不是那种一开始就要将事情弄个水落石出的女孩，她只是隐隐地感到同这个人的交往一下子断不了。

吕芳诗小姐坐车离开酒店，然后下了出租车来到京城的大街上。她走得很快，她的小挎包里的钱夹突然一下蹦出来掉在路边了。她弯下身去捡钱夹时，听见自己的两个膝盖发出奇怪的声音，像是成年女性的哭泣声。她想，自己大概生出了幻觉。接着她又轻蔑地笑了一下，她不相信这个地毯商人与别人会有什么不同。冷笑过后，她脸上的表情就变得柔和了，那人含糊地嘀咕过的那个字又在她记忆里响起。可是她已经到达了目的地。她放好钱夹，兴致很高地往玻璃旋转门走去，她已经看见了站在大堂那边的那个英俊的男子的背影。当那人转过身来时，吕芳诗发现这个人只有一只眼睛——并不是另一只残废了，而是该长眼睛的地方什么也没长！他朝她一招手，吕芳诗打了个冷噤。

"独眼龙"

同"独眼龙"交往了好久之后，吕芳诗小姐仍然摆脱不了曾老六。"独眼龙"因此恼羞成怒，不断地变着法子严惩这位情人。据说有一次他将她扔在一个小县城的山洞里头了，那种黑暗的洞穴，有七八里路长，洞底尽是尖尖的石头。吕芳诗小姐硬是凭着顽强的意志爬了出来。可是她也离不了"独眼龙"，于是继续同他交往下去。

百思不得其解的"独眼龙"问吕芳诗，曾老六到底有什么好？

她想了想回答："都不好。"

"都不好还保持来往？！"他声色俱厉地低吼。

"不知道。"她迷惘地说出这几个字。

"独眼龙"陷入了沉默，他在考虑自己是否应该退出。吕芳诗小姐却不让他退出，她偏要两边都保持关系，这让"独眼龙"相当吃惊。他感到这种女人有点类似妖女，他抗拒不了她的投怀送抱。

吕芳诗自己也常想这个问题：为什么她有了"独眼龙"，还要想着曾老六？"独眼龙"是个了不起的情人，能够给她带来欢乐与激情的那种。这个喜爱独来独往的强盗头子，似乎将吕芳诗童年时代的种种遐想都付诸实施了。吕芳诗觉得他应该是住在高楼屋顶的阁楼里。也许，住在她去过的那种山洞里？因为他的头发里面总是散发出远行者的风霜的味道。每次她都要问他：

"你从哪里来？"

他的回答是极其乏味的，声音也是干巴巴的。

"刚刚帮一个兄弟去催账了，还是去年发的货。"

要不就说：

"要开辟新渠道，财源缩小了。"

"人的一辈子很短。"

吕芳诗一边撇嘴一边疑惑地望着他，她觉得这个男人在描述他内心的情绪,而她并不喜欢这种直接的描述。可是他的背影是多么迷人啊。曾老六也很迷人,然而眼前这个男人的背影直接使她产生了冲动,二十一岁的吕芳诗又怎么离得了他?

一次,她老老实实地对他说:

"我快要融化了。"

他的回答令她吃惊:

"我应该摆脱你。我跑啊跑啊,每次都被你绊倒。"

"'独眼龙'啊'独眼龙',你就不能说点别的吗?"她叹道。

"说什么呢,芳诗?说我眼里的这条龙吗?"

他很烦,想走,于是他就走了。吕芳诗看见他快步在人群里行走。他很少坐车,他走路时旁若无人。

后来,他的每一次离开都像是诀别。

哪怕是他从这地面上突然消失,吕芳诗也总有办法发现他的行踪。

有一回,他痛下决心从此不使用任何通信工具了。他藏在一幢高楼的图书室里头,终日靠阅读古代传奇打发日子。黄昏时,落日的余晖射在书架上,他在书与书之间踱步,很高兴地听到自己的脚步声正在消失。然而他拿书的手发抖了,就在扉页的右下方,出现了几个紫色的小字:**晚九点我在大厅等候**。他将那本书扔在地板上,然后又弯腰捡了起来。

她并没有在大厅里等候,而是直接上到了十七楼,进了图书室。那一次,他们弄倒了一个书架,那些书砸在了他俩身上。当时吕芳诗喃喃地说:

"'独眼龙',你的名字多么美妙啊!"

她说这话时,他看见的是从天花板缓缓下降的绞索。他知道自己正在违反行规,把戏不可久玩。

"我生下来后,我母亲将我扔在医院门口,她怀疑我是妖怪。"他说。

"啊,'独眼龙','独眼龙'!"

她连连吻着他右脸上的那只独眼,流下了眼泪。她暗想,要是这样同他一直待到地老天荒该多好。她同他之间的关系什么问题也没有,一目了然。她想到这里便颤抖了一下,然后挤出一句阴沉的话:

"我喜欢做一个性工作者。"

"这同我喜欢在黑社会混是一回事。""独眼龙"回应道。

他俩的身体立刻分开了。这时图书室里的灯嚓嚓地响了两下就灭掉了,吕芳诗小姐只得摸索着出门,他也没送她。

没有电梯,消防楼梯是多么漫长啊。她差不多整整走了一夜才下到那栋楼的后面。那时东方已经快要发白,她的两条腿酸痛得像要断了一样。她咬牙切齿地说:"'独眼龙',你去死吧。"

她倒在后门那里,是"红楼"的妈妈将她抱上出租车的。

她居然生病了。不过很快她就恢复了,她不是一个娇气的女孩。

吕芳诗小姐去问妈妈关于"独眼龙"的行踪。妈妈盯着台灯灯罩上的图案看了半天,诡秘地笑着,说:

"不要去找他。"

她知道妈妈说的是肺腑之言。情绪低落的她去了老家具商那里。

那一天，吕芳诗小姐反复地向老头子提到一种常年生活在水中的蝎子，搞得老头子也神经兮兮的，念叨着："那是什么样的蝎子？真有那种蝎子吗？"他巴不得她的这种幻觉延续得越久越好，这样她就会在他这里待得久一些。

他真诚地对她说：

"芳诗小姐啊，你把自己想象成蚂蟥吧。"

"我心里一片白茫茫的。"她耳语般地说出这句话。

"大西北的沙漠会将你拯救。"老头的豪言壮语般的预言响起。

她从老头那里回住处的时候是半夜，她走在街上，看见一个影子在旁边追随自己，心中一喜，猛地向那影子转过脸去，说：

"是谁在惦记着我？"

"您要吃夜宵吗？"一个低沉的声音说。

原来是个卖馄饨的老汉。吕芳诗小姐心一沉，两腿一软往地上坐去。但她立刻又如弹簧一样蹦了起来，因为她看见妈妈远远地走来了。

"芳诗！芳诗！用不了多久，太阳就会从西边出来了！"

她不停，更用力地跑，直到甩开了妈妈，拐了一个弯进了寓所的大门才停下来。她喘着气，走进她那只放着一张单人床、一套桌椅的小房间。

她的房里什么装饰都没有，看不出是个女孩的闺房，倒像个单身汉的住宅。她在桌旁坐了下来，轻轻地说：

"曾老六，你这大西北的风啊，我想你了。"

她对自己情绪转换之快感到吃惊。她刚说完那句话手机就响起来了。是他，曾老六。

"吕芳诗小姐陷入了重围，快要完蛋了。"她说。

"你是在家里吧？我这就来。"

她站起身走到窗边朝下望了一眼。这一望就改变了主意。顾不得浑身肮脏，她将随身小包挽在手臂上向外冲去。

在人行道上，她高举一只手臂，嘶哑着嗓子叫道："出租车！"

钻进车中时，她感到自己很像一个泼妇。

"小姐去哪里啊。"司机怪声怪气地说。

原来司机就是"独眼龙"。怎么搞的，她明明看见他穿着灰色长外套在人群里行走，这么快又成了出租车司机？

"去你的墓地。"她冷冷地回答。

她爬到副驾驶座上，搂住"独眼龙"的腰，车子猛地刹住了，两人都冲到前面的玻璃上。"这样非撞死不可。"他说。

曾老六的命运

"我这辈子算完了。"曾老六站在那张铁灰色的门旁想道。他已经站了好久了，有几个经过他身边去乘电梯的年轻女子满腹狐疑地看他。他觉得自己真是丢人，但冷静下来一想，又意识到同吕芳诗小姐打交道的男人是不应该害怕丢人的，因为她自己就是一个根本不怕丢人的女人。

被关在那张冷酷的铁灰色的门外，曾老六像傻瓜一样站在那里。他到过一次这间房里，那是他从新疆回来的那天早上，他接了吕芳诗小姐的电话就直奔这里来了。窗帘没拉开，她也没开灯，恩爱的氛围就在黑蒙蒙当中产生了。在那之前，要说自己同她之间有什么恩爱，他会要踌躇老半天。他记得当时他问过她是什么鸟在叫，她回答说，京城的鸟儿太多了，尤其在黎明时分，她根本就分不清到底有几种，是什么品种。如今这张门就像吕芳诗小姐那张布满阴云的脸，让他心里压抑得不行。

总共站了将近一个小时，曾老六才强迫自己离开。

怪事，他没有约司机小龙，小龙却在路边等他。

"谁叫你来的呢？"他和蔼地问他。

"是林姐。全公司的人都在为您担忧。"小龙说话时有点羞涩。

"屁话。我有什么事要你们操心？你倒是说说看？"

"对不起，经理。是林姐说的。她说同一个什么组织有关，她说您是自愿被挟持。天哪，这不关我的事！林姐叫我在这里等您。我是战争孤儿，谁都可以指挥我……"

"你是战争孤儿？！"曾老六大吼一声。

"是的。"他小声回答，悲哀地垂下了头。

曾老六知道他在胡说八道，可拿他没办法。这个小青年终日处在幻觉之中，开起车来随随便便的，早晚要出事的样子。林姐怎么找了这样一个人来为他开车？莫非因为他曾老六一直重用她，她就做些小动作来损害他？

"那是什么战争？"曾老六的口气缓和了。

"还不是天天可以看见的那种。我们家里，只剩下我一个人了。"

小伙子索性将车停在路边哽咽起来。曾老六气愤地打开车门下车，一会儿他就到了自己公司门口。他看见有一名职员在门那里探了一下头，很快又缩进去了。看来林姐在公司里将他描述成了怪物，曾老六气得浑身直抖。

林姐向他迎上来说："曾经理，您在新疆种下的枣子树有了意想不到的收获，今天我的手机都要被订货电话打爆了。要不是吕芳诗小姐——"

"你说什么？"他阴沉地问。

"我说要不是吕芳诗小姐拖您的后腿，让您提前回来，您就要成为京城的大富豪了。她是个明察秋毫的女孩。"

林姐目光清澈地看着曾老六。曾老六一下子拿不定主意要如何回答，他觉得林姐让人害怕，这个女人太深不可测了。他硬着头皮走进自己的办公室，将门用力关上，将电话拿掉，坐下来阅读昨天的晚报。当然他一点儿也没有读进去。电话铃声一直在外间响个不停，预示着他的生意蒸蒸日上，可是他现在一点都不在乎这个了。他的头疼得很厉害，他用拳头用力抵着太阳穴。虽然这种霉运对他来说已是家常便饭，曾老六的反应还是很激烈，他就像掉进了冰窟一样完全麻木了。不知过了多久，店里都已经静悄悄的了，他才忽然记起了一件事。

他换上一身工作服，从公寓的后门溜了出去。他叫了一辆三轮车，坐在车上在那些小巷里七弯八拐的。后来他让车夫将车停在破旧的五层楼房前面了，这就是他上次偶然发现吕芳诗小姐从里面出来的楼房。大门一推就开了，对面墙上贴着一张白纸，上面写着：**请走右边**。

右边是一张油漆剥落的旧门。他从微开的门缝里闪身进入那道门，可是里头还有一道门，也没关。他听到冲锋厮杀的声音，是有人在里头看电视。那间房子很大，占了一楼的整整一边，天花板也非常高，更显得房里空空荡荡。电视机像小电影一样大，吕芳诗小姐孤零零地坐在那里观看。场面很血腥，很紧张，音乐很恐怖。她在那把围椅里头缩成一团，一副吓坏了的样子。看见他进来了，她就起身啪的一声关掉了电视机，转过脸来。她的脸在灯光下显得像一个假面。

"这是一部西部片，背景就是你做生意的那个地方。"

她笑起来，他看见她的牙齿上有血。

"啊，你的牙……怎么回事？！"

"不要怕，这种事常有。我们这种人，腥风血雨是常事。"

曾老六感到她的声音有点陌生，她真是吕芳诗小姐吗？她的做派，她的眼风还同原来一样，可在这种地方，她变得很不像他认识的吕芳诗小姐了。尤其是牙齿上的血，她还故意将嘴张得很大。欲望在他体内退潮，他踌躇着要不要离开。

"你昨天没有来，所以你今天来也没有用了。"

她的话很奇怪。她烦躁地在这个空空的房里找什么东西，完全不将他放在眼里。他向门边退去，然后，招呼也没打，一闪身就到了门外。他在小巷里疾步如飞，竭力想摆脱吕芳诗小姐给他的恐怖印象。

回到家中之后，他还在想：有人将西部的那些怪事拍成了电影吗？自从他从青年时代从事地毯生意以来，西部就成了他生活中的一个符号。他的事业的成功与失败，他同"红楼"夜总会的吕芳诗小姐的纠缠，都与那个神秘的地方密切相关。他虽然一年里头只往那边去一两次，在心底他已将那块土地当作自己的故乡了，京城对于他来说反而是一个虚无缥缈的暂居之地。就比如此刻，阳光射到屋当中的地板上，这是京城的阳光，这阳光一点暖意都没有，一点都不像真实的阳光。而新疆就完全不同了，当他同他的助手一块坐在维吾尔族人家的葡萄架下喝茶时，他听到过浓荫深处传来他死去的祖父的说话声。老人亲昵地叫着："老六，老六……"在新疆落日的余晖里，他家的每一个故人都会复活，甚至会在街上面对面地向他走来。也就是在那里他遭遇了绑匪，凭借对吕芳诗小姐的怀念度过了地狱般的一夜。此刻他站在房里回忆那个夜晚时，就羡慕起那个时候的自己来了。那种痛苦是大海一般的激情，同现在这种不死不活的阴暗生活有天壤之别。他有点懂得刚才吕芳诗小姐所说的"腥风血雨"的意境了，可是如果他自己常年居住在那种地方也会受不了。故乡是给人怀念的，不是让人居住的。难道他不是一回想起戈壁的阳光内心就颤抖起来吗？

他猜想，吕芳诗小姐牙间的鲜血是她自己弄出来的。她在大西北的沙漠里游荡，阳光晒得她的神经高度紧张，她将牙关咬得嘎嘎作响。他进去时，她已经在那间空房里坐了很久了。为什么他不多一点儿耐心呢？他总是事后聪明，后悔莫及……如果她是在大西北游荡，她和他就有着同一个故乡。当然不排除别人也将那种地方当故乡，比如黑社会的那一个。曾老六想到这里时就郑重地对自己说，下一次，他一定要同吕芳诗小姐谈论新疆的风俗人情，深入地谈下去。

他打电话叫餐馆给他送午餐来。

那孩子垂着眼将盘子放到桌上，轻轻地说：

"'卫民'公寓发生了火灾。"

"什么？"

"就是五层楼的那一栋。"

他像猫一样溜出去了。曾老六愣在那里。

闹市中的"公墓"

京城有一片贫民住宅，那个小区有个奇怪的名字叫"公墓"。吕芳诗小姐是从她的同事那里得知这个地方的，当时她听到这个名字，感到很新鲜。

"你能告诉我为什么叫这个名字吗？"她问段小姐。

段小姐翻了翻眼，皱着眉头回答：

"我刚买房的时候听到流言，说那里住的全是死人，我差点就打消了住进去的念头。我们那里面的高楼都有上百年房龄了，也不知谁给它们取了个这样的名字。不过呢，这名字听顺耳了也不错，你说呢？"

"我也想买啊，你们那里还有房源吗？"吕芳诗的两眼闪闪发亮。

"我也觉得你比较适合住那种地方。干我们这行的，只要热爱自己的工作，就适合住我们小区。"

当天她就跟随段小姐去看了房。

吕芳诗小姐记得自己起先是同那位中介人和段小姐站在她家里欣赏墙上挂的黑白照片。那时她定下要买的二手房的房主还没回来。镜框里的照片上都是一些古人，一律穿着奇奇怪怪的、不知哪国的服装，而且所有那些男男女女脸上的表情都是在打瞌睡。段小姐说：

"这些人都是我的没见过面的邻居。那个时候的人们真美啊。"

吕芳诗小姐想观察中介人的反应。她看到中介人板着一副铁青的脸，仿佛在生段小姐的气。也许段小姐觉察到了什么，她就借口说要去找自己的小猫，然后就出去了。屋里的氛围变得怪异起来。吕芳诗小姐拿来椅子让中介人坐下，可是这位青年硬邦邦地说："不。"

"我看房主今天不会来了。"他忽然又说。

"可是我们约了他啊。"吕芳诗焦虑起来。

"约了又怎么样？他可不是那种你叫他来就来的人。我去看看。"

他一去就没回来。

吕芳诗小姐就这样被遗弃在段小姐家里了，一直到天黑那两个人也没回来。段小姐住的是一室一厅的单元房，也同吕芳诗的房里一样简陋。吕芳诗想，我们这些做性工作的人，怎么生活上一点都不讲究呢？我们的心思到底在哪上面呢？她有点儿忧郁，想起了地毯商人曾老六，想起他对她的跟踪。那天她是在家具商为她租的大房子里，那些大西北的录像全是老商人为她租来的。她一个人坐在那里看那些个战争片，有点麻醉自己的味道。曾老六走了之后她有点后悔，她决心振作起来。到"公墓"购买房产就是她要振作的一个姿态。

很久以来她一直觉得段小姐与众不同，遇事沉着笃定，却原来她住在这样的怪地方。据她说，搬到这里来的人没有再搬出去的，最后都死在这里。那么卖房子给她的那人应该是个死人，现在要同她办手续的人就应该是房主的亲戚朋友。吕芳诗小姐疲倦得要命，就在躺椅上睡着了。

段小姐回家时已是半夜。她开门进来，凑到吕芳诗小姐的耳边说：

"他来了，你看！"

吕芳诗看见门口那里从外面伸进来一条瘦腿，穿着黑裤子黑鞋。

"那是谁啊？"

"是你的房主。他不愿进屋，他们都是这样。你明天搬来就是，我刚才给你办好了房产证，你把钱汇到这个账号就是。"

段小姐说话间那条腿已不见了。她将一包东西塞到吕芳诗的挎包里。

吕芳诗那弯弯的眉毛跳了几下，她想，这是不是凶兆？

段小姐让她到她床上去睡。她还说她自己不睡，因为夜里楼里到处是好玩的事，她要走家串户，娱乐娱乐。吕芳诗很想同她一块去，但实在困得睁不开眼。段小姐就拉着她将她推到床上，熄了灯，自己离开了。吕芳诗小姐睡在那舒适的床上，却并没有睡着。有一个念头烦扰着她："独眼龙"会不会也住在这个小区？不知怎么，她认为如果她知道"独眼龙"也住在"公墓"，她就不该买这处房子。可是她想不清这里面的道理，她太困了。

吕芳诗小姐醒来时已是上午十一点。段小姐出去工作去了，桌上放着煮好的鸡蛋，还有面包、奶粉。一张纸条压在杯子下面，段小姐在上面写着："十一楼的 1115 号房间是你买下的，你可以去看看。"吕芳诗小姐心里想，一定是段小姐帮她付了款，所以才有房门钥匙了。她举着那两片很旧的铜钥匙朝着亮光处仔细打量，实在猜不透她的同事为什么要对她这么好。她将鸡蛋和面包就着冲好的奶粉吃了，收拾好房间，就下到十一楼去看自己买下的房子。

1115 号房间的门敞开着，房间的位置和格局都和段小姐的房子相似，房里的家具也是很简陋，就是一张桌子几把椅子。再呢，卧房里有一张床一个衣柜。她正在疑惑房间的门怎么会没有锁时，一个黑大汉从厕所里出来了，吕芳诗小姐有点紧张。

"请问您是原来的房主吗？"她有礼貌地问。可是立刻意识到了她的错误，窘得一脸通红。

那人在椅子上坐下来，也不回答她的问题，只是向她抱怨："我头疼得厉害，是不是煤气泄漏？你到厨房里看看好吗？"

吕芳诗走到厨房里，检查了煤气灶，一切都正常。

"我没发现不对头的地方。请问您贵姓？"

"我姓桃，你叫我桃子好了。可是这有什么关系？啊，我头疼死了！会不会出事？他们怎么会派你这种人来？"

"我叫吕芳诗，我买了您的房子，这是房产证。喏，这是我的名字。我很抱歉打扰了您，如果您还没准备好，我明天再来。"

吕芳诗小姐已经镇定下来了。她在脑子里飞快地转着念头。她想，这名大汉不可能是死去的房主，可能是房主的儿子或亲属。那么先前从门缝里伸出一条腿的那位又是谁？也可能房主根本就没有死，是段小姐在设迷魂阵，故意说他或她死了。那么，她又是什么目的？

"你不要走。""桃子"挥了一下手，命令她坐下。

她坐了下来。不知怎么的，她突然觉得自己轻松了。她这样急吼吼的，到底是为了什么？她真有什么事要急着去完成吗？她平静下来了，甚至对眼前这个黑大汉产生了好奇心。

"我在等人。"他说，"我不能同你打交道，我要通过那个人来交接房屋，这是必要的手续。你不要以为你拿到了房产证，这房子就属于你了。事情远不是你想的那么简单，你必须和我一块等他。"

"那么他今天会来吗？"

"你怎么问这样的话？你连他是不是一个人都不知道。"

"我是不知道。"吕芳诗小姐叹了口气。

"可我是知道的。我们这种人还有什么不知道的呢？"

他的眼睛很大，他老是翻白眼，他翻白眼的样子很可怕。吕芳诗小姐记起十多年前，她还是一个小女孩时，在外公家见过一个喜欢翻白眼的老人，那个人同这个人长得很像。那时她以为老人看不见她，就在她鼻子底下搞鬼，结果呢，老人全知道了。

吕芳诗小姐从她坐的地方向前望去，看见了长长的楼道。真奇怪，楼道怎么会那么长呢？有一个年轻女人从远远的尽头往这边走。她等了好一会，那人还在走，有点像原地踏步。她的脚步声清晰地响着。

"这就是您在等的人吗？"她轻声问道。

"是啊。""桃子"说，"你看她的品位如何？"

"我不会看。您是指她的着装吗？"

"千万不要提什么着装，你会让人笑话的。"

"桃子"目不转睛地望着走道那头的女人，吕芳诗注意到他的眼神正在逐渐变得恍惚，他的手也在颤抖。她回想起段小姐对"公墓"的描述，在心里猜想眼前发生的事会同什么有关。

她突然站起身，走到那边关上了房门，房里一片寂静。"桃子"好像缓过神来了，他问吕芳诗小姐：

"你是新房主吗？"

"应该是吧。我有房产证。"

"房产证？那东西没什么用。你是二十世纪七十年代出生的吗？"

"大概是吧。我现在糊涂了。"

"门外那位小姐也是二十世纪七十年代的。这些年里头发生了好多事，尤其是那股西北潮。你应该去过大西北了吧？很多人都将自己的灵魂留在那边了。"

他用闪电般的动作打开一把电动剃须刀，仰着脖子在那里划来划去的。吕芳诗小姐感到很厌恶。她站起来准备走了。

"吕芳诗小姐，你到哪里去呢？这是你的房子，我是你的客人。我知道你今天有个约会，就在这房里。不过呢，你约会的对象是不会出现的，还不到时候。你听到驼铃的声音了吗？"

"这房子真的归我了吗？"她阴沉地问。

"你还不相信啊。这是你的家。我要走了，我已经习惯了风餐露宿的流浪生活。我祝你好运。"

他收好剃须刀，提着他的小包要出门了。吕芳诗觉得他的躯体一下就缩小了许多，他不再是黑大汉，成了一个轻飘飘的单薄的中年男子，他走出去时一点声音都没有。吕芳诗感到空气里有伤感的味道。

她走进小小的厨房。厨房里的几样设施似乎要勾起她的回忆。那是什么样的回忆呢？比如这个铁锅，这个抽油烟机，这个煮蛋器，她在什么地方见过它们？实在是想不起来了。那电饭锅的电子计时器突然叫了起来，弄得她胆战心惊。啊，黑大汉煮了一锅大米饭，难道他是为她煮的？他说她将要同人在这里约会，是什么意思？在这个小天地里，吕芳诗感到自己的任何动作都没有定准。她去拉冰箱的门，拉不开，一用力，冰箱差点翻倒在她身上。她连忙退出了厨房。

她应该回到段小姐家去，可段小姐不是上班去了吗？那房门已经锁了，她进不去。吕芳诗想了想，拿出手机来拨通了曾老六的电话。曾老六的声音在电话里头又细又弱，仿佛是从另外一个星球传来。

"芳诗吗？你下来吧，那种地方不能久待。"

"天哪，出了什么事？我这就下来。"

她进了电梯。有个男的也在电梯里同她一道下楼,那人的脸隐没在阴影里,他的身材很像"独眼龙"。吕芳诗小姐目不转睛地盯着他,她很想看到他的脸,可就是看不见,因为两盏灯里面的一盏坏掉了。不过"独眼龙"是不可能在这里的,他两天前去西北了。

来到大楼外面,她用力吸进一些新鲜空气,恨不得将楼里的气味全吐出去。可是这是自己今后要居住的地方啊,她不是已经买下了一个单元房吗?她忍不住又将房产证拿出来看了看。没错,写的是她的名字,房管局的印章也很清晰。"桃子"刚才说房产证没什么用,他的意思是不是像这种房屋你想拥有就可以拥有?这个念头令她感到害怕。她安慰自己说:"没关系,我还有时间。我可以想清楚再决定。大不了浪费一笔钱罢了。"

但是在后来的日子里,她再也没法摆脱她在"公墓"小区的那个家了。她在"红楼"夜总会很少遇见段小姐了,她总是躲着她。偶尔遇见一次吧,她就说有急事,不能与她多谈。

吕芳诗小姐让人将房里的旧家具和厨房用具搬走,全部换上新的。但是在好长的时间里,她仍然感觉得到厨房里那种怀旧的氛围,还有卧室和小客厅里那种空虚惆怅的氛围。她在"公墓"小区碰到了一件不合常理的事。

公寓楼下的传达室是住户们取他们订阅的书报的地方,那间传达室却是一间空房。一个老头每天站在里头,他没地方可坐,只是隔一会儿出来溜达一下。空房的四壁全是骨灰盒,他们的书报就放在骨灰盒上面。吕芳诗订的报纸放在进门右手边的那个盒子上,老头嘱咐她记住那个地方。

有一天，她忍不住向这个样子难看的老头建议：由她送一把椅子下来给他坐。

老头的脸立刻阴沉下来，说：

"有的人从事着不光彩的职业，从来没有做自我批评的习惯，为什么呢？还不是因为惰性太重吗？！'公墓'是一个锻炼人的地方。"

吕芳诗偷眼瞟着他，看见他的样子很傲慢。她立刻败下阵来，垂下头，快步溜到了外面。那一刻她觉得"公墓"这个名字名副其实。

她同曾老六是在名叫"乌鸦"的高个子女人家见面的。那女人皮肤白皙，明眸皓齿，有点像戏子。吕芳诗在楼梯间被这个女人叫到她家里去，心里莫名其妙地痛苦起来。

"你的男朋友在澡盆里。"那女人说，朝卫生间努了努嘴唇。

吕芳诗小姐一推开卫生间的门就被上面的那两盏浴灯刺痛了双眼，接着她就什么也看不见了。她听到了曾老六温和的次中音，曾老六用那双长着老茧的手握住了她的手，牵着她来到客厅坐下。这时那女人已不见了。吕芳诗检查了每一个房间，没有发现她。

"你倒是很有本事嘛。"她撇了撇嘴。

"你是说那个女人？我不认识她。我把门闩得紧紧的，她还是可以进来。这是我租的房，你看这里怎么样？"

"老六啊老六，你怎么变成这种人了？"她谴责地说。

"你认为我是猎奇吗？那你就弄错了。你看，这个房间面向大海，开往东海的船只都会在这里出现。"他一边说话一边拉开窗帘。

吕芳诗看见了大玻璃窗，外面黑黑的，哪里有什么海呢。她也看清楚了曾老六，心里升起对这个男人的欲望，但是她的欲望没有得到回应。曾老六激情洋溢，两眼像星星一样闪光，他用手指着那玻璃窗让吕芳诗小姐看海鸥，看落日。他紧紧地搂着吕芳诗，但她知道他没有性的冲动。究竟发生了什么事？

"你失踪的这些日子，我无时无刻不在想念你。"他说。

"老六！！"

"那个戏子是我们的敌人。你来了她就溜了。"

"老六！"

"难道你不觉得我们的感情最适合在这里开花结果？"

"我不知道。我还没有弄清这是什么地方。这套房，你租了多长时间？"

"没有期限。"

"怎么会这样？"

"就是这样的，芳诗。我在想是不是要将铁门加固一下，免得那种人老是溜进来。你看，我连自己店里的生意都不去管了，林姐一定气坏了。"

"我能不能住在你这里呢？"

"啊，你在笑话我吧？你不是买了房吗？我们离得很近。"

吕芳诗小姐变得很沮丧，从前那个对性事充满兴致的曾老六已经消失了。可是他的目光是多么热烈啊，那目光几乎要将她融化。他兴高采烈，一下打开这扇窗，一下打开那扇窗。吕芳诗看到房里共有三扇大窗，这是很不同寻常的。但窗外黑黑的，看不到任何景色。她低头看了看手表，才中午十一点多，怎么会这样黑呢？这时她又闻到了曾老六头发里的沙漠气息。她知道他总是往那边跑，中了魔一样。当初她不就是因为这种气息才被他迷住的吗？他，还有"独眼龙"，他们都有同样的气息。她在这里越坐得久，就越觉得她与他的关系难以维持，因为他已不是原来那个曾老六了。

"我要走了。"她站起来说。

"真的吗？你会来同我一块吃晚饭，对吗？"

"看情况吧。我想你不会在乎的。"

"不对，我非常在乎。我想，我们之间要建立一种最美好的关系。在沙漠里遇险时，每次都是你帮我渡过了难关。现在你成了我的唯一了。"

吕芳诗像梦游一样走出去了，曾老六竟然没有来送她！到底什么地方出了问题？她摇摇晃晃地下了楼。

"红楼"夜总会的妈妈急匆匆地向她跑来，说：

"段小姐出事了，我们已经将她送回楼里，是她要求的，她神志清醒……"

"她受伤了吗？"吕芳诗猛地一下清醒过来，问道。

"比受伤还倒霉，她失去了生活的意志。"

吕芳诗小姐一边同妈妈往大路那边走，一边陷入了奇怪的冥想。

吕芳诗同妈妈一块钻进车里时，听到妈妈在说：

"芳诗，失去生活的意志可不是一件小事。不过呢，在'公墓'小区里，什么样的病都可以治好。"

"我是第一次听说这样的事，妈妈。"

妈妈的目光迷惘而伤感，脸上黑黑的，好像一下老了十岁。

那一天，在回"红楼"夜总会的路上，许许多多的小鸟在吕芳诗和妈妈的耳边吵闹不休。下车走进夜总会之际，两人都闻到了那种奇怪的气味，那气味令人尴尬，令人亢奋。妈妈松了口气，做着鬼脸说：

"那是个淫荡的小区啊。"

"独眼龙"和吕芳诗的约会

后来的日子里，他和她总是在街上的人流中约会。有时候是她从窗口看见他，她就冲下楼去找他。有时候呢，却是他看见她坐在出租车里，于是他就去拦车。他拦车时十分粗鲁，同司机打起来。这时吕芳诗就跳下车帮司机的忙，用提包砸他的头部。这种厮打一般在警察到来之前就结束了，他和她会一块跑到附近躲藏起来。

"独眼龙"再也没有打过吕芳诗小姐的手机了，她那黑暗的内心为此产生了一个空洞。然而每次邂逅之后，他们都会一块待在附近的一个黑黑的地下室里。他总是能找到那样一个房间。他俩手牵手摸索着走进那种房间时，吕芳诗就听到闹钟里的布谷鸟报时的声音，他们待过的不同的房间里全都有这样的闹钟。在狭窄的床上，吕芳诗摸到了豹子的躯体。绸缎一般的皮毛，热乎乎的，它的口鼻湿漉漉的，似乎在流血。

"芳诗，芳诗，""独眼龙"的声音往往在豹子的旁边响起，"你能触到我吗？我整整找了你一天啊。"

"我也是。我觉得我触到你了。这只豹就是你吧，否则是谁？"

那种时候，她往往很慌乱，因为她失去了欲望。

豹子始终在身旁。"独眼龙"起身下去了，他走到窗台那里，将窗帘拉开一点儿，细细的一条阳光投到地板上，干干净净的阳光。接着他就不见了。

吕芳诗小姐每次都要多待一会儿才离开。她心里慢慢生出一个主意。

她潜伏在他有可能出现的地方，他一出现她就扑上去揪住他。她的指甲太尖利，他没办法，只好跟她走。她和他来到她所居住的"公墓"小区时，到处都黑得伸手不见五指，然而却有一些红色的小光在空气中闪闪烁烁。"我们回家了。"她凑在他耳边说，"你觉得这里如何？"

"多么清爽的墓园啊。"他发出感叹。

"你没在这里住过吗？"

"五十多年以前住过。那时这里还有鳄鱼呢。"

吕芳诗小姐本来是想回家，不知怎么搞的，她错入了另外一栋楼，大概因为彻底的黑暗使她失去了方向感吧。

"我看你怎么办。""独眼龙"取笑说。

这栋楼里没有电梯，只有一扇门闭得紧紧的。吕芳诗一发狠，抓着他一道朝那扇门撞去。他俩到了里面，他们闻到了旷野的气息。

"会不会是鳄鱼池啊？"他说，"到处都会出现这种不可救药的事。"

脚下居然是毛茸茸的草地。他们性交的时候吕芳诗小姐很想穿透男人的身体游进鳄鱼河。他们的上方尽是各种各样的人在讲话。

"我看这条已经绝望了，它的时刻到了。"

"那就拖走，要用结实的笼子……"

"这是个五代的家族……"

"别看游得慢，生殖力旺盛得……"

"上面总是有太阳照着嘛。"

"牙齿有所退化，不过消化能力越来越强。"

吕芳诗小姐听见了自己的声音——又细又弱：

"'独眼龙'啊，你到底在哪里？"

他们完事后"独眼龙"的身体就摸不到了。吕芳诗坐在草地上出神地想，只有这个"独眼龙"才是这样的，完事后就触不到他了。还有谁也是这样的呢？她又记起了十七楼的图书室，那厚厚的窗帘当中的一道夕阳，多么温馨的记忆啊。那一天，她在大堂里等他，幸福感充满了她的全身……

吕芳诗小姐想，她应该回到自己的家里去。她就问旁边的男人愿不愿意去。

"为什么不呢，只要你不走错我们就可以去。"

吕芳诗觉得他有点油腔滑调，可是他以前并不是油腔滑调的人啊，她顿时有种很不如意的情绪。她站起来，径直往那扇门走去。周围还是比较黑，她也不知道那是不是门，她只是粗略地估计了一下就伸手去推。她没有推错，但门外并不像外面，倒像是房子里面，有滞留的空气的霉味。"独眼龙"一声不响，但她知道他就在她旁边。

吕芳诗小姐果断地往墙上摸去，她在找电梯的位置。她从牙缝里说：

"我要上十一楼，十一楼是我的家。"

"芳诗，芳诗，你不要固执了，你根本就没有家。"

她听到他的声音有点颤抖。莫非她在这里有危险？这样一想全身就变得僵硬了。她要不要听他的？

"你只有一些洞穴可以待。你待左边那一个吧。"

他的声音到下面去了，他大概蹲下来了。

吕芳诗小姐也蹲下来。她又看到了那些闪烁的红色小光，它们似乎要形成某个图案，但又始终没有形成某个图案。

后来有一个她所熟悉的身影将她搀起来，扶她进了出租车。那人开车将她送到了"红楼"夜总会，她一进大门就看到妈妈。

"芳诗芳诗，我在焦急地等你啊。'独眼龙'明天要约你。你老不回来，我担心得不行，你可不能失约啊。那种人不能得罪的。"

妈妈的脸上擦了那么厚的粉，一脸假笑。

"芳诗小姐，这一次可是真正的西北风。"

妈妈的声音压得很低，吕芳诗觉得有人躲在屏风后面。一些不三不四的人在大堂里走来走去，吕芳诗不禁想道：这里要出事了吗？妈妈已经上楼去了，她的话又在吕芳诗耳边响起："……真正的西北风。"刚才她不是在"公墓"小区，同"独眼龙"在一起吗？曾老六和他，到底谁是"西北风"？

吕芳诗小姐这回的新客户是一位亿万富翁，一位很严肃的老年人。他很欣赏吕芳诗的敬业的好品质,他们双方都对对方评价很高。他们完事后,吕芳诗一时被热情冲昏头脑,就对老人谈到了高楼上图书室里发生的奇怪的事。她说自己看到一队一队的人在那些书架前来来往往,却没有脚步声。老人让她躺在他身上,用干枯的大手抚摸着她赤裸的背,说:

"我们京城,是有悠久历史的啊,你怎么忘了呢?那些角角落落里发生的阴暗活动,都是因为爱啊。我不是这里的,我生在荔枝乡,那种乡下一年到头水汽蒙蒙。我不喜欢家乡,出来后就没回去过。喂喂,芳诗小姐,你睡着了吗?你怎么累成这样了?"

吕芳诗确实睡着了,她在做梦。多么奇怪啊,她居然听着老人的心跳进入了鳄鱼河。鳄鱼河里有很多人,都是来冒险的,到处都是交谈的声音。吕芳诗想,为什么先前她要从"独眼龙"的身体里进入这条河,没能成功,现在却一下就成功了呢?可是她在梦中想不清这种问题。

"这条的时刻到了。"

"你看哪条更美?"

"各有千秋啊。牙齿退化并不算毛病。"

"刚才我游进了它嘴里。你认为我可以取代它吗?"

这些人说个不停,突然,吕芳诗听到了自己的声音:

"他说我的洞穴在左边,我怎么找不到?"

她的左臂像鳍一样摆动了两下。她看到那条老鳄鱼正用昏暗的目光看着自己,她觉得那目光很熟悉,在哪里看到过呢?那是令她心如死灰的目光啊。啊,她想起来了,那就是"独眼龙"的目光啊，没想到她同他在这里又相遇了。她朝着他走过去，老鳄鱼却沉入了混浊的水中。她又想举起她的左臂，却举不起来。她就将自己的脖子往左边扭过去，看到了她生平最害怕的那种图案，一点一撇，还有一个钩子。她脚下一滑，在水中胡乱扑腾起来。水没过了她的头顶，她感觉到肺部出血了，血正从她的口中冒出来。有一双手稳稳地托住了她。

她睁开眼，看到面前笑盈盈的面孔，是"红楼"的妈妈琼姐。

"芳诗啊，你可不可以换一种方式爱他呢？"

"爱谁？"

"还有谁，你的西北风嘛。你听，大雁正在南飞，那么多小孩在野地里吹口哨，快冲过去吧！"

妈妈的眼睛又黑又亮，正期待地看着她。

"我的左边有钩子……"吕芳诗迟疑地说。

她站起来了。她和妈妈站在京城的古槐树下，眼前是那条熟悉的马路，车水马龙，人行道上人们都低着头匆匆前行，表情很凝重。

吕芳诗小姐同妈妈手挽手在街心花园踱步，小声地说话。

"你啊，不要死纠缠，换一种方式。"妈妈说。

"可是它啊，把自己完全埋在水里了。"吕芳诗的声音变了调。

"世上有很多它，这个它，那个它，其实都是一个。"

"妈妈啊！"

"你要用力跑，不要怕那些钩子。"

吕芳诗注意到妈妈的嘴唇发黑，那不是涂的唇膏。她记起妈妈是个病人。她搂住妈妈，心肠变得柔软起来。妈妈多么瘦弱啊。据她说，是西北风将她吹成这个样子的。吕芳诗小姐想起妈妈那个多年的小情人，那个恶棍，不禁脸上浮出一丝微笑。这个"红楼"夜总会的创始人，的确很像大西北的魂。她又想起了病危的段小姐，心里头不由得紧张起来。

"段珠小姐是你们当中最有耐力的，"妈妈说，"她要是熬过了今天就不会有问题了。有人说她已经脑死亡，可我看见她的小手指在动呢。"

吕芳诗突然将妈妈的手一甩开就奔跑起来，一会儿就消失在人流当中了。

情夫之间的约会

据说在"公墓"，如果你要找一个人，就得到楼下的传达室去等候。而这些传达室呢，都是陈列骨灰的房间。于是曾老六就在六号楼的传达室等候了。他要找的人是"独眼龙"，吕芳诗小姐告诉过曾老六，说"独眼龙"就住在"公墓"小区里头，至少最近不会搬家。十分钟以前他就在伸长了脖子张望，有些人进来了又出去了，但都不是独眼的男子。帮他联系的传达室工人好像打定了主意要站在外面不进来。曾老六想，这样也好，免得自己感到窘迫。他很久没见到吕芳诗小姐了，他之所以突发奇想约"独眼龙"吃饭，是想从吕芳诗小姐的这位情夫身上体验她留下的蛛丝马迹的气息。这真是一个疯狂的念头，可现在也只有一不做二不休了，因为刚才传达工人说：

"我帮你去叫，他马上就来。你可不要走开啊。"

接着他就用电话通知了那边，他说马上就到。

可是他为什么还不到呢？曾老六看见一名中年男子进来了，但他不是独眼。他目光锐利，眉毛漆黑，样子有点凶。

"是你约我去吃饭？"这个人问。

"啊，不是。我约的是一个叫'独眼龙'的人。"曾老六十分尴尬。

"我就是'独眼龙'。你以为我真的只有一只眼？那都是伪装的。"

"那你为什么要伪装？"

"为了赢得爱情嘛。有时候你就得这么干。芳诗小姐要找一个古人，我得到了信息，就在心里想，我就是那个独眼侠。"

曾老六领着"独眼龙"去饭馆时，一路上觉得心里怪别扭的。外面灰蒙蒙的，影影绰绰的有些人在走，这是"公墓"小区特有的风景。

饭馆门前挂着一面旗，红旗旁亮着一盏灯。曾老六凑到旗子面前去辨认那上面的字，但他认不出。

曾老六没来这里吃过饭。他俩一进去，里面的人就一阵风似的退到后面去了。待他们坐下后，服务员才出来。他让他俩点了酒菜后又进去了。

宽敞的店堂里只有他俩坐在那儿。那个服务员很快就将酒菜端出来了，曾老六怀疑是剩菜。酒是烈性酒，但他们两个都很能喝。因为店堂里没人,他们碰杯的声音就很响,响得让曾老六心惊肉跳。

"你,你是怎样化装成独眼的?"曾老六的舌头有点不听使唤了。

"搞个面膜往脸上一贴嘛。""独眼龙"不动声色地说。

"难道她看不出来?"

"你说得对,她很聪明。可是人总是只看他们自己喜欢看的东西,你说是吗?"

"这倒也是。"

说了这几句话后,曾老六忽然感到店堂里很憋气,他很想跑开。"独眼龙"的酒量比他大,他镇静地坐在那里。过了一会儿,他又不慌不忙地从衣袋里拿出刮胡刀和小镜子,给自己刮起胡子来了。其实呢,他脸上光溜溜的,根本用不着刮。

"这酒真、真厉害。猪尾巴和香肠不太新鲜了。"曾老六说。

"你是一个喜欢拘泥小节的人。"

"她这样抱怨过我吗?"

"不不,我看她就是喜欢你的拘泥小节。"

"独眼龙"将一些白酒倒在刮胡刀上面,好像是为了消毒。然后他收起了刀和小镜子,也不再喝了,就坐在那里观察曾老六。这时曾老六差不多醉了,他听到"独眼龙"在说话,可是他自己的口张不开了。

"我们俩,在不同的时间住进旅馆的同一个房间,你看见的是海鸥,我看见的是山雀……芳诗小姐具有博大的胸怀,我自己也如此……我是在自吹吗?也不是。我们自己的禀性使我们痛苦……"

曾老六伏在桌子上，他看见墙上出现了一些黑影。他转过背去，看见另一面墙上也有一些人影。他的脖子转动起来有困难了。"独眼龙"在他上面讲话，他的声音很洪亮，店堂里形成巨大的共鸣。曾老六盯着这个男人，却一点也不明白他话里面的意思。但是他觉得他的话里头有一种异常的吸引力，不断地令他想起他从前站在戈壁滩时看到的景象。曾老六一用力，也发出了幼儿一般的童音，他唱起一首儿歌，这首歌一共只有两句。

他在"独眼龙"的帮助下同饭店的老板结了账。那位老板眼里射出的寒光让他一下子醒了酒。

他一出饭店就同"独眼龙"分了手。外面的新鲜空气令他很舒服。他脑子里出现这个疑问：刚才的男子真的是"独眼龙"吗？接着他马上又打消了怀疑。肯定是他，他从吕芳诗小姐身上感受到的那个"独眼龙"正是这个样子。现在呢，他又从这名男子身上感受到了吕芳诗小姐。在他的记忆里，他那高个子的情人正笑盈盈地走过来，轻盈的步伐充满了自信。不知怎么的，他记忆中的吕芳诗小姐总是穿着一件牛仔衬衫，有点像出租车女司机。他已经有一个月没见到她了。"红楼"的妈妈告诉他说，她同一名老年富翁外出度假去了。"金钱和美貌，这是最佳搭配。"妈妈故作天真地对曾老六说。

曾老六并没有在"公墓"租房子。上次他在小区的一套公寓里设了那个迷局，将吕芳诗小姐引了过去，只不过是出于一时的冲动。他那样干的目的，自己也并不十分清楚。可是现在，他是多么想念她啊。她到底算不算他的情人呢？她明明是那种大众情人嘛。他想到他自己，还有"独眼龙"，他们都是将自己同吕芳诗小姐的关系变成迷局，从一开始就不知不觉地这样干了。这是为什么？还有那位老富翁，应该也是这样的。从前他认为最大的谜是吕芳诗小姐，现在他却常常觉得最大的谜是他自己了。

他已经走了好一会儿，还可以看见刚才吃饭的那个饭店，门口那面旗子被灯光照耀着，在夜气里射出血红的光，让人感到又怪异又恐怖。他低下头朝小区的大门快步走，还没走到门口就掉下去了。

他狠狠地撞在泥巴地上，发出沉闷的响声。开始他痛晕过去了，过了好一会儿，他的手可以动了，他就向旁边一摸，摸到了另一个人的腿。那小腿冷冰冰的，难道是死人？

"是曾老六吧？""独眼龙"的声音响起来了。

"我在公墓里头，这里才是真正的公墓。你想出去吗？"

"我想出去。这里真闷。"

"你顺着左边的墙往外爬吧。"

"独眼龙"的声音越来越远，他好像到另外一头去了。曾老六的背摔坏了，动一下就痛得要叫起来，但他终于咬紧牙关移到了墙边。他在移动的过程中还触到了另外的人的肢体。他觉得这里头摆满了尸体，好像都是死了没多久的。虽然什么都看不见，曾老六还是强烈地感觉到了上方那一团模糊星光，于是他的动作更有定准了。有一具尸体说起话来：

"安分好呢，还是不安分好？"

他摇摇晃晃地站起来，似乎要向曾老六扑过来一样。曾老六屏住气等待他的动作。但是他叽里咕噜地抱怨着什么，也走到另一头去了。

曾老六开始了思考,虽然在这种地方思考对他来说特别费力。那么,"独眼龙"是住在这个地下公墓里头?曾老六用力吸进这腐败的尸体发出的气息。奇怪,他突然对这种气味产生了好感。就在刚才,他还着急要出去呢。他暂停了爬动,躺在墙根等待。他想看看"独眼龙"会有什么动作。

但是"独眼龙"并没有什么动作,他消失了。除了上方那一团似有若无的星光,曾老六什么都看不见。刚才还被摔得半死,现在心里头又被唤起了激情。曾老六的嘴里开始莫名其妙地叨念:"芳诗,芳诗……"他不想马上出去了。他竭力回忆"公墓"所在的位置,因为他对这个小区是熟悉的。啊,他想起来了,公墓的出口好像是在自行车棚后面。有一天夜里,他看见很多人影从那里出来,到车棚里拿了车骑上去,在小区里游荡。那些车子行走的时候东倒西歪,坐在车上的人像剪影一样,不过也没有看到谁摔下来。现在他就在这个公墓里头,周围的尸体到底是不是尸体?刚才他触到那个人的腿不是打了一个寒噤吗?

他已经快爬到门口了,却又听见"独眼龙"的声音从里面幽幽地飘出:

"从这里出去了,就不要再想回来的事了。"

曾老六一愣,心里想,原来他还在里面啊。那么,自己要不要出去呢?起先往外爬时,觉得自己待在那里头会死,现在又不是这样想了。说不定在里头还好些?往日那无穷无尽的等待的镜头又一次出现在他眼前。啊,那种生活,那算是什么生活?那不算生活。

他还在犹豫时，什么人一把将他掀到门外，接着那门就关上了。

曾老六站了起来，他听见自行车轮子轧过的声音，那么多自行车！奇怪，那些幽灵怎么那么重，压得车子轮胎和钢丝钢圈都在作响，仿佛那些车子都驮不起他们了一样。他也学着他们的样从车棚里推出一辆车，骑了上去。天哪，这就是自由！他不再有疼痛，他正在飞，就要飞越那个游泳池了。有一个人在他耳边说：

"把好车龙头，想到哪里就可以到哪里。"

他想到吕芳诗小姐的公寓去（他看到那栋房子里亮了不少灯，因为已是夜里了），可又怕自己掉下摔死。他只能达到那些公寓的二楼的高度，他可以自由地拐弯，却不能后退和飞得更高。他没飞多久就稳稳地落到了地面。他加入了自行车队的大军，旁边那些人都对他推推搡搡的，他很快就跌倒在地。有几个人从他身上踩过去，他觉得这些人的脚特别重，像要把他的肠子都踩出来了一样。他担心自己会被他们踩死，于是就地一滚，滚到旁边的花园里。他被花园里的一种毒虫咬了，半边脸立刻肿起来了。白天里他看见过这些毒虫，密密麻麻地分布在那些矮树上。他还傻乎乎问过传达工人为什么花园里不洒杀虫剂，那位男子用一声冷笑回答了他。

他肿着脸站在那里，骑车的幽灵们全都从他身边飞过去了。

曾老六回到他的地毯商店已经是半夜了。林姐站在大门那里迎接他，她的样子显得很憔悴。

"曾经理，你不觉得我们的事业在节节上升吗？"

曾老六没有回答，他用手捂着肿起来的那边脸，从林姐身旁擦过往楼上冲，进了自己的房，也不开灯，倒头便睡。

吕芳诗小姐关于海景房的假想

那一个月里头，吕芳诗小姐始终同老年富翁 T 打得火热，她太喜欢这个老爸爸了。但在她心底，她一点都没有忘记曾老六。在那个豪华的旅馆房间里，她看到很多海鸥在黑暗中飞来飞去的。老翁 T 说，那是他在放幻灯片。可是房里并没有放胶片的放映机啊。T 诡秘地笑着，不回答她的问题。吕芳诗就在心里想，或许老头可以看见她的思想。

他们干脆躺在那里谈论起天花板上的海鸥来。吕芳诗说曾老六是她的初恋情人，那些海鸥就是见证人。

"不是一般人说的那种初恋。在他之前，我爱过好多人了。"她补充说。

"你想重返奇境吗？我可以帮你。"T 说。

"您怎么帮我？"她感到惊奇。

"有钱能使鬼推磨。"

吕芳诗突然对老头的话很反感，她很想给他一个耳光。但 T 是一个很冷静的人，他似乎故意在等待她发作。吕芳诗从 T 的脸上看出了这一点，她的愤怒一下子就消失了。她又怎么猜得出眼前的老头的心思？

她穿好衣服，匆匆地向老翁告辞了。

她不愿意回曾老六的电话。她知道她无法通过与他的会面来旧梦重温，反倒是刚才在T那里，她感到自己同曾老六旧梦重温了。她对自己说："我一定是变态了。"就在T的房里，当那只飞翔的海鸥撞到她脸颊上时，她全身抽搐起来，达到了性高潮。

她经常看见海鸥，那一次同"独眼龙"在十七层的图书室里也看到了。它们穿过窗帘向她撞过来，当时她以为鸟儿们要袭击她，就失口叫出了声。她还记得"独眼龙"站在那里，迷惘地对她说：

"芳诗小姐，你同你的父亲已经和解了吗？"

吕芳诗小姐想着这件事的时候，脚步变得有些沉重了。她一抬头就看见了T。T从五层楼的那个房间探出半截身子，白发在空中飘扬。吕芳诗心里想，老头子是多么孤独啊！想着眼里竟有了泪。她想回到T那里去，可还是打消了念头，硬着心肠离开了。老头那种透视心灵的能力让她害怕。

她听到曾老六在她身后叫她，她回转身来看着他，可是他并不是曾老六，他是她的一个老顾客，一个不那么难看的中年人。她喜欢这个人的声音。

"阿宁，你能带我去海滩吗？"

她上了他的车。因为堵车，车开得非常慢，比走路还慢。吕芳诗不耐烦了，打开车门下来走。阿宁立刻追了上来。

"芳诗小姐，您应该往这边走！"

他指着路边的一条小胡同。京城这样的小胡同很多，吕芳诗又是个不记路的人，所以她觉得她从未走过这条胡同。

这确实是一条她没走过的胡同。它特别窄，刚刚可以供两个人并肩行走，两边都是高墙。吕芳诗隐隐地感到这里面的阴谋，她想退出去，可阿宁紧紧地搂着她，不停地在她耳边说：

"我们就快到了，您再忍耐一下，只要几分钟……您听！涨潮了，就在那边。我们快一点！您可千万别停下……您的那件事就是最近发生的，我没说错吧？您看……"

吕芳诗小姐被他吵得头都昏了。她心乱如麻地同他一道拐进了那座青砖瓦屋。那里面有很大的院子，一大群鸟不像鸟的飞禽"呼"的一声飞到了屋顶上，停在那里观望。

"这是什么鸟？"她问阿宁。

"海鸥嘛。您都认不出它们了吗？"

青砖瓦屋有两层楼，吕芳诗上到二楼，阿宁跟在她后面。

楼上是一个空空荡荡的大厅，光洁的地板上放着三副棺木，棺木的外面都漆着美丽的图案。阿宁走过去按了一下一具棺材的一个按钮，棺盖就打开了。吕芳诗小姐朝里头一望，看见紫色的缎子上躺着一个人，那人好像是一个熟人，可她说不出他的名字。也许，他是她从前的顾客？他睡得很沉。

"芳诗小姐，您快一点，外面起风了。"阿宁朝窗外努了努嘴。

他打开了另外一具棺材，又说：

"您不能入睡，对吗？可是这里面很好，您会得到休息的。"

她跳了进去，里面还有个枕头，她将枕头枕在头下，就在海鸥的喧闹声中入睡了。她好多天里头第一次睡得这么死。

她醒来时看到上面有一个人在望着自己。竟然是段小姐。

"段姐，你完全康复了吗？"

"我在这里睡了三天三夜，醒了好多次。我终于习惯了海鸥的声音。"

"那么，这是海景房？"吕芳诗问。

"这是我初恋的地方。"

吕芳诗小姐激动得跳了起来。可是段小姐后退了几步，说：

"不要动！你可不能碰我啊！"

段小姐的样子显得很虚弱，她摇摇晃晃，仿佛站不稳。吕芳诗暗想，她是不是一个活人呢？她用一只手撑住棺木艰难地站在那里。吕芳诗为她感到很难过。她的声音从那边传来：

"芳诗，你一个人回'公墓'小区吧，你不是休息过了吗？"

"那么你呢？"

"我？我是不要紧的，总得有个人守着这些海鸥吧。"

"这样，我在京城里就可以随时看到海景房了。"她同意了段小姐。

然而下楼时，她心里还是觉得这一切很蹊跷。

她穿过院子时，那一群鸟不像鸟、鸡不像鸡的飞禽见她来了，又一齐"呼"的一声飞到了屋顶上。

从那狭窄的胡同里走出来，来到大街上，吕芳诗看见她的父亲在她前面走。

"爹爹，你是回家去吗？"

她匆匆地赶上他。他望了女儿一眼，意味深长地说：

"我女儿如今出落得……就像仙女。现在京城还有你待的地方吗？"

"没有。"吕芳诗小姐沮丧地垂下了头。

她现在明白了她小时候爹爹为什么要用力打她。

这位父亲耸了耸肩，"哼"了一声，又说：

"俗话说得好，三岁看到老嘛。不过我爱你。"

"我也爱你，爹爹。你能带我去海边吗？"

"你还用得着爹爹来带！那不就是吗？"他指着一辆车。

车子停下，阿宁探出头来，他不知为什么穿着工装。

吕芳诗小姐坐进去之后，听到她爹爹在外面凄厉地哭喊：

"芳诗啊！！"

车里还有一个人，是老翁T。T戴着一顶礼帽缩在一角，像一具木乃伊一样。吕芳诗小姐靠近T时，闻到了树林的气息。她一把抓住老翁的手，那手颤抖了一下。T的两眼在暗处骨碌碌地转着，那种样子在旁人看来是很恐怖的。可吕芳诗并不感到恐怖，她觉得T是她的精神支撑。

"有的人盼着回家，有的人呢，以汽车为家。"阿宁回过头来说道。

吕芳诗小姐则回过头去看汽车后面，她看见了爹爹。爹爹在车水马龙当中绝望地挥动着双手喊着什么。他是喊她吗？

他们的车子转了个弯，吕芳诗看不见爹爹了。她感到老翁的手像青蛙一样在她手里搏动，低头一看，是那些粗大的静脉在搏动。人身上怎么会有手指粗的静脉？跳动得又如此有力？看来T的确非同寻常啊。

T一路上沉默着。也不知行驶了多久，到了什么地方。吕芳

诗小姐感觉不到时间了。突然,阿宁将车子停下了,外面是荒地。他很不耐烦地说:

"你们出去吧。"

于是吕芳诗就跟在T的后面出来了。她很谨慎地看了看周围。

T的魁梧的身体佝偻着,在这荒地里显得很可怜。

"我来看看我的坟墓。"他说。

"在哪里呢?"

"就在我们脚下,我隔一段时间就来。你看!"

吕芳诗顺着他的手看过去,她看到了阴沉的天空,但仅此而已。

接下去T的样子变得那么恐惧,这是吕芳诗小姐没料到的。老翁一个劲地挥着双手说:"不——不!不……"边说边后退,就好像有一个幽灵在缠着他一样。吕芳诗也吓得脸变了色。

这时她发现阿宁在车旁向她拼命打手势叫她上车。她又怎么能将老头抛在荒地里?可是T一直在退着走,都走出好远了。吕芳诗实在害怕,可又不愿在心里承认害怕。她骗自己说:"我去问问阿宁。"

于是她跑到了阿宁身边。阿宁叫她立刻上车。

他俩往城里驶去。

沉默了好久,吕芳诗小姐终于开口了:

"他是你什么人?"

"他是我们家的世交。"

"你将老人丢在那里,不怕出意外?"

"不要担心,他不会有事。你同他跳过舞,没感觉到异样吗?"

"他的动作有点僵硬。我一直以为是年龄的缘故。"

他们的对话至此结束了。在车里头有好几次,吕芳诗觉得自己要发疯了似的。她打开车窗将头伸到外面,她立刻遭到了大群海鸥的袭击,有一只还将她的额头啄出了血。她听到自己声嘶力竭的喊声:

"爹爹!爹爹啊!!"

阿宁猛地刹了车,将她扯到车里面来,关上了车窗。

吕芳诗小姐瘫在后座上。

那一天,吕芳诗小姐真的来到了她同曾老六幽会的那个旅馆房间。尽管已是深夜,外面一片黑暗,只要她一拉开厚厚的窗帘,就会有几只海鸥飞进来,掉在她房里的地板上。她紧张得几乎停止了心跳,哆哆嗦嗦地关上窗户,连灯也一并关了。她用应急手电去照那几只海鸥,发现它们都死了,一共四只。她坐在黑暗里思考老翁T的事。

临终的告别

吕芳诗小姐和段小姐的临终告别是在段小姐自己的公寓里。这个事实一点都不富于传奇色彩。

段小姐躺在那张舒适的床上,一张脸缩得只有手掌那么大了。她在自己的头顶用黑缎子扎了一个大花结,这种打扮使她看起来怪怪的。她虽然已半昏迷，说着胡话，一双鸡爪一样的小手还是紧紧地抓着吕芳诗的手不放。吕芳诗紧张地盯着那张门，她担心段小姐的男朋友们随时会到来。

但是那些人谁也没来。

段小姐清醒过来时就告诉她说：

"我早就同他们一个一个地告过别了，我可不想把遗憾带到坟墓里去。再说这里是'公墓'，不会允许遗憾啦、后悔啦这一类的事存在。"

她说这话的时候显得很理智。

吕芳诗小姐决定尽量少开口。

段小姐隔一会儿就问她：

"你记住我的遗言了吗？"

于是吕芳诗就点头。段小姐曾嘱咐她将她火化，然后将她的骨灰放到下面的传达室里去，但不要告诉任何人这是谁的骨灰。她说："如果人有灵魂的话，我的灵魂就要在这个大公墓里头舒舒服服地享福。"她讲这句话时，吕芳诗发现她眼里喷出欲火，一副发情的样子。

吕芳诗点过头之后，就听到段小姐在说：

"其实我知道，你答应了也没用。我同我的朋友们都说了，他们都答应了我，那又怎么样，谁也不会去做的。这种事不会得到保障的，都是偶然的。反正我这一生过得不坏，你也是。"

她一口气说了这些话之后，突然显出喉头被噎住了的表情，眼珠鼓了出来。她的指甲嵌进吕芳诗手掌的肉里头，吕芳诗痛得尖叫起来。然后她的身体抽搐了两下，渐渐变硬了。

吕芳诗小姐举起手板心来看，看见上面被抠出了两个窟窿，血糊糊的。她诧异地盯着段小姐的那只手看了又看，轻轻地对自己说：

"这哪里是什么鸡爪？明明是鹰爪嘛。"

她到浴室里打来热水，帮段小姐洗了脸，抹了身体。她想帮她换上干净的衣服，可是她发现没法换了。因为这个小身体已经紧紧地缩成了一团，就像从前在子宫里头的那个样子。吕芳诗小姐是很有力气的，她将朋友的身体用力拉了几下，便听到了骨头断裂的响声。她连忙住了手，打消了换衣服的念头。她坐下来，拨通了火葬场的电话。

她想在他们来之前到外面去透透空气，就心神不定地下楼了。

"你有房产证吗？"

一个骑在自行车上的细长的男子凑近她问道。接着他就驶过去了，一会儿就消失在中午的阳光里，仿佛不是一个真人。吕芳诗愣在那里，她感到小区里头静得可怕，莫非刚才那人是从公墓里头出来的？

接着她又听到一个女声在问：

"你有房产证吗？"

周围一个人也没有，是她自己在说话吗？她已经在这个"公墓"小区住了快半年了，对自己的业主身份仍然是怀疑的。她也说不出个原因来。也许这种小区的住户都会有像她一样的感觉？

她绕着小区走了一大圈，再也没有碰见任何人了。火葬场怎么还没来人？她又一次拨打那个电话，开始没人接，后来有人接了，却是曾老六。

"你上来吧。"他说。

"什么？你在哪里？"

"我在段珠家里。我已经将她送走了。"

吕芳诗小姐的腿发软，她强撑着往她和段小姐住的那栋楼走去。

曾老六神情忧郁地坐在段小姐的客厅里，他正在翻阅一本笔记本。

"这是什么？"吕芳诗问他。

"这是我的日记。近来我的记忆退化得厉害，我开始记日记了。"

吕芳诗有点气愤，因为他提都不提段小姐，居然在这个时候看日记。

"你把她弄到哪里去了？"

"当然是公墓里，她委托我做的。"

吕芳诗翻动着段小姐血迹斑斑的被褥，她有点想哭。一个活生生的人，怎么就到公墓里去了呢？回想从前，她的房子还是段小姐帮她买的呢。那时她多么热心啊。她一定是觉得"公墓"小区是世界上最适合她们居住的地方，所以她才不由分说地帮她安排好了。吕芳诗对曾老六说，她很想去公墓里头看看，因为实在是放心不下。

"你找不到那个地方的。"曾老六讽刺地微笑着说道。

"我想我找得到。因为我爱她。"

吕芳诗小姐说了这句话之后脸色就变得很难看，并且冷笑了一声。

"芳诗，芳诗，你误解我了。我一直没告诉你，我其实是公墓里头的成员。我知道段珠到了那里之后不会寂寞的，人生在世，不就求一个不寂寞吗？死了也是一样。"

吕芳诗回忆起段小姐谈及灵魂时那副欲火中烧的表情，心中的愤怒一下就消失了。她抬起头来，看见窗帘在动，外面还有鸟叫的声音。啊，是海鸥！这里怎么也有了海鸥？！曾老六也在倾听。

他俩就在那血迹斑斑的被子上翻云覆雨，气喘吁吁。过后两人又同时看见了鳄鱼河。太阳啊，礁石啊，都离得那么近，一伸手就能触到。

第三章

"红楼"夜总会的妈妈

"红楼"的妈妈姓琼,也许三十来岁,模样俊俏,嗓音动听,吕芳诗叫她琼姐。曾老六、"独眼龙",还有T老翁等人则称她为"妈妈"。男人们称她为妈妈时都有种肃然起敬的感觉,因为"红楼"是京城最大的夜总会之一。谁也说不清这个目光如闪电的女人是如何样在京城创下这么大的家业的。就连在"红楼"工作年数较长的段小姐,当被吕芳诗问及这个问题时,也只是粗俗地回答:"这有什么奇怪,她也像我们一样,是一名性工作者嘛。在这个行业里干的人,都是有雄心壮志的。"

吕芳诗小姐被她的话逗得大笑。但是段小姐不笑,她皱了皱眉,似乎生气了。吕芳诗想揣摩她话里的意思,可揣摩不出来。

琼姐不是本地人,她来自南边的小岛,是为着追求自己所爱的男人来到京城的。大约是为了钱,那名男子一到京城就出卖了她。他将她锁在三十层高楼的楼顶上,等待黑社会的人来带走她。

那些人还没来，琼姐就明白了自己的处境。她用床单结成绳，赤身裸体顺着绳子爬进下面那层楼的房间里，"砰"的一声落在地板上。

当时睡在房里的是一名年纪较大的五金商人。他睡眠不好，眼睛近视，并且因晚餐吃得太少而产生了性饥渴。琼姐落在地板上时老头正在做关于性交方面的梦。似乎在某个熟悉的树林里，有很多姑娘在围着他转，他去抓她们呢，又一个都抓不到。于是老头摸黑下了床，一把抓住了琼姐，将她抱上了床。琼姐感到自己同这个老头间的性活动充满了报复的快乐，她从头到尾一直在大叫大嚷。

她三天三夜没出这名富商的房门。在老人昏花的眼里，她那亚热带的橄榄色的皮肤，那黑幽幽的眼睛和乱糟糟的长发，使她看上去近似于一名妖女。所以直到她离去，他也没弄清她是人还是妖。

门外的那位守候了两天后，灰溜溜地从京城消失了。

琼姐同老年富商之间的关系维持下来了，她可不是个忘恩负义的人。当年她向老头提及要创办夜总会时，老头中气十足地大吼了一声"好啊！"她的资金似乎有很大一部分是从他那里来的，不过她还有别的来源。自从她从三十层楼的房间里赤身裸体爬下来之后，她就觉得自己已经成了一名女英雄，什么都不害怕了。什么都不怕的人最适合在京城这种地方当老板，所以她就成了夜总会的老板。

然而有人感觉到了（比如五金商老头，比如她的二十五岁的小男友），琼姐经营这个夜总会是"醉翁之意不在酒"。这倒并不是说她无意于赚钱，只不过赚钱不是她的主要目的。她到底要干什么？吕芳诗小姐探问过五金商和小男友，他们的回答自相矛盾。似乎是，他们也在放烟幕弹。

她是一个成功的妈妈，"红楼"的小姐们都愿意服从她，就连吕芳诗这样的叛逆性格的女孩，凡事也愿意同她商量。吕芳诗小姐至今记得自己初入此行时妈妈曾对她说过："你是一个有远大前程的女孩，将来会成为幸福的人。"那个时候她浑身都是青春的激情，并没去想过前程啊，幸福啊这一类的事，不过吕芳诗一贯感到妈妈有料事如神的特异功能。如今吕芳诗是不是已经成了幸福的人呢？有时她觉得是，有时又觉得不是，但她倒没有什么好抱怨的，难道她不是想得到的都得到了吗？

这位妈妈只在一件事情上引起过吕芳诗对她的怨恨。那时吕芳诗刚来不久，同一名混血的网球教练打得火热。那男人很有钱，他还能够让吕芳诗在身心两方面都得到极大的陶醉。可没有几天，妈妈就下逐客令了。她命令那名网球教练滚到她的眼睛看不到的地方去。妈妈说话当然不是儿戏，她有黑社会的网络。于是那个人就从妈妈眼皮底下消失了，吕芳诗痛不欲生，妈妈则冷眼相对，说："干不了就回家。"在后来的日子里吕芳诗才渐渐体会到了琼姐的苦心，也尝到了服从她的好处。她总是深谋远虑，吕芳诗将她当作自己那混乱的生活中的主心骨。

在夜总会工作的女人中能够做到将青春保持一个很长时间段的极少，"红楼"中只有琼姐和吕芳诗做到了。吕芳诗才二十七岁，所以算不了什么。但这位琼姐是怎么回事？根据可靠消息，她已经过了四十，并且有一个女儿。但是在别人眼里看来，无论是相貌还是身材，她都像一个年轻姑娘。她也有"出老"的时刻，那往往是情感上受了挫折。她会短时间地显出憔悴，但一两天内她就恢复了，照旧妖艳，照旧放浪，照旧使一些男人神魂颠倒。五金商的看法最老到，他说：

"琼小姐是风。"

老人虽然是个近视眼，看人倒是挺厉害的。

当年初出茅庐的吕芳诗小姐问琼姐：

"夜总会是什么？"

"是原始森林。"琼姐一本正经地回答。然后又补充：

"这里面有很高的文明。这种文明最适合你我，你说对吗？"

于是吕芳诗小姐傻里傻气地点了点头。

虽然吕芳诗小姐对琼姐亦步亦趋，她仍然一点都跟不上她的思路。尽管跟不上，她仍然要亦步亦趋，就像是出自本能一样。那一次，吕芳诗看见琼姐在舞场里像眼镜蛇一样独舞时，她还以为她很自豪呢，可是过了几分钟她就晕倒了，没有人去扶她起来，大家都在围着她跳圆舞。吕芳诗想过去救她，却怎么也挤不进去，再着急也没有用，直到曲子终结她才得以靠近妈妈。这时琼姐已经醒来了，她在吕芳诗的搀扶下站起来，然后伸出两个指头比画了一下。吕芳诗疑惑地问："两个？"

"不，是两次。我晕过去两次了。"她虚弱地说，"我不能再跳独舞了，真可怕，我看见了……"

"我们不要谈这事了。"吕芳诗哀求说。

"为什么不谈？那是个狭窄的深洞，我看见了钟乳石。"

后来琼姐还是常跳独舞，有时像蛇有时像狮子。晕倒的事还是时有发生，不过她再也没有向吕芳诗提起过钟乳石洞了。一般来说夜总会的经理很少介入娱乐活动，但琼姐就是有这个兴趣，她的精力太旺盛了，没有任何人会像她这样经营夜总会。她整天泡在里头，既当经理又当妈妈，不过她更愿意别人叫她"妈妈"，"夜总会就是我的家。有时，舞会散了以后，我会睡在舞厅的地板上想念南方的椰子树。"她对吕芳诗说。

吕芳诗小姐问她将来会不会回家。她回答说：

"那是不可能的。一个人不可能有两个家。"

吕芳诗又问她找到幸福没有。她俏皮地扬了扬头说：

"你看呢？"

有一次，她同一个样子难看的驼背老汉离开夜总会，整整失踪了一个月，后来她又若其事地回来了。吕芳诗等待琼姐将原委告诉她，她知道她一定会。有一天她终于说起了这事。她说老汉是她父亲，他很早就从家乡出走到了大西北，在那边的荒地里栽种红柳。他经常到京城来找琼姐，他想要女儿同他一起去西北，在那种纯净的空气里生活。琼姐并不是一点没动过心，因为她父亲是个很会描述的人。有好几回她都差点跟父亲走了，但在最后关头又改变了主意。这一次，她把夜总会的工作都交给了副手，本来是打算去西北试住半年的，可是住了一个月之后她就觉得自己的神经快要崩溃了，于是不顾父亲的劝阻赶了回来。

"西北的风景不美吗？"吕芳诗问。

"美极了，无法形容，是种让人发狂的美。我父亲当年就是为追逐那种美，一直追到了西北。天哪，我真说不出来！"

吕芳诗小姐从琼姐那冷峻的表情里看出了大西北的美景，她不由得打了个冷噤。她不忍心再追问琼姐了，只是一个人独自痴迷地想象着沙漠和冷月，想象在天穹里独步的滋味。她听到琼姐在说：

"原始森林最适合你我。"

隔了好些年，琼姐又一次说这句话。这一回吕芳诗觉得自己有些听懂了，因为她想起了这些年里头夜总会里发生的事，想起了她同男人之间的恩恩怨怨。在一个仅仅有沙漠和冷月，小河和红柳的地方，琼姐和她这样的女人确实不能久留。她们这样的女人是什么样的女人？吕芳诗模模糊糊地觉得，她俩都竭力要摆脱某种东西。在以往的日子里，那种东西时近时远，只有夜总会沸腾的生活可以让她忘记它，那也是琼姐要既当经理又当妈妈的原因。而且，她俩都爱眼前的这种生活。

琼姐的男朋友小五据说比她小十六岁，她同他生了一个女孩，已经五岁了，可是他们至今没有结婚。在这方面，琼姐似乎是个彻底的享乐主义者。小五有点怨恨她，可又欣赏她。琼姐去大西北时，父女俩痛哭了一场，以为她不再回来了。琼姐时常遭到小五的殴打，有时忍无可忍，她会奋力回击。小五的鼻梁就被她打断过一次，后来花了昂贵的手术费将其复原。她评价小五说：

"他缺乏文明的素质。我同他的关系是一种凑合。"

可是他们一直凑合到了今天，而且凑合得很有乐趣。

琼姐、小五和老五金商之间的三角关系整个"红楼"全知道，琼姐也懒得去遮掩。倒是旁人常常觉得要为他们遮掩一下，结果弄得这些管闲事的人们自己很尴尬。老五金商已经七十岁了，样子极其衰老，可是头脑里的智慧不减当年。在琼姐眼里，他的魅力胜过大批中青年男性。一年里头总是不定期地有一次，这两个人会登上飞机飞往南边的某个小岛，在那里过上一星期销魂的日子。她一走，红楼的管理就大乱，原有的秩序荡然无存。一些小姐甚至同外面的人里应外合，将夜总会的保险柜都撬开了，导致惨重的损失。

这位妈妈回来之后，皮笑肉不笑地听完会计等人的汇报，却并不去追究，后来简直就将那事忘记了。也许是因为她洞悉人性，对这种行径早就有所估计？没有人知道这种事，连吕芳诗小姐也弄不清。

在"红楼"顶层的阁楼里，在透过巨大的玻璃窗射进来的斜阳之中，琼姐面带微笑地向曾老六透露了"红楼"糟糕的财务状况。这是一间奇怪的玻璃温室，里面只放了几把简单的木椅子，踏进这间房就像进入了太空一样，人在房里说话有回音，并且会无端地觉得那些玻璃上有自己的重重影像。琼姐一般不到这里来，只在需要同人进行某些郑重地谈话时才会来。这一次，因为曾老六绝望地向她打听吕芳诗的下落，她就带他来了这里。

"妈妈有什么打算吗？"曾老六问，同时就被房里响起的回声吓了一跳，并因此而脸红了。

"能有什么打算啊，到明年年底就收场吧。"

"去大西北吗？"

"哈，你也听说了！不，不去大西北，我要另起炉灶。"

琼姐眯缝着眼,似乎在观察那一团云彩里裹着的东西。然后她挺直了上身,压低了声音说:

"对于我来说,每一天都是新的开始。你现在该明白我为什么要告诉你这件事了吧?这是'红楼'人的风格。"

"我明白了。"曾老六沮丧地说。

他也将自己那暗淡的目光转向那团云彩。就在这一瞬间,他感到自己那黑黝黝的处所里有一些磷光在闪烁,而且还发出细小的啪啪的响声,像用火石打出的火星一样。

他们一块从楼上下来时,曾老六一下子感到了极端的饥饿。他匆匆地赶到街边的小面铺吃了一大碗酸辣面,吃得全身冒出热汗,双目炯炯发光。他看见自己的手在微微发抖。他在心里对自己说:

"曾老六,你踏上了一条满是荆棘的小道啊!"

他一出面铺就看见她的车子过去了。她显得精神抖擞。

曾老六想起来了,这位妈妈曾对他说过,吕芳诗小姐是个对生活非常认真的女孩。"我也是。"当时她嘲弄地补充说,"我和她有时看上去就像丧家狗一样。"她说这话时他同吕芳诗小姐刚刚认识不久,彼此之间刚刚开始那种追逐游戏(一开始就是他追她)。曾老六没想到这种游戏持续到了今天,而且会一直持续下去。

琼姐同曾老六谈过话之后就陷入了债权人的包围之中,他们都威胁说要将她送到牢里去。他们当中有一位在众目睽睽之下拿起一个玻璃水果盘用力砸向琼姐,她立刻昏过去了。不知为什么,每次她昏过去,周围的员工就跑开了,好像急于摆脱某种干系一般。琼姐在她的办公室里一直躺到半夜,她额头上流出的血在地板上有一大摊。窗外的凉风吹进来,终于将她吹醒了。她全身疼得像针扎一样,而且想呕吐。

有人将门把手弄响了。琼姐高声发问:

"是老D在那里吗?喂!"

是老D,老D溜了进来,一脸委琐。这个年老的五金商越老越难看,而且因为高度近视已经差不多半瞎了。平时他走路要人搀扶,现在却独自摸到这楼上来了。琼姐很意外。然而,老头并不是来送钱的,他是来同这位妈妈"共度艰难"的。琼姐很高兴这个瞎子的到来,她在呕吐之际紧紧地握住他的手,似乎要从他那衰老的躯体里头吸取力量。他们就这样偎依着坐在地板上,一直坐到天亮。员工们走进办公室,他们将这两位一体弄进轿车,开往某个度假村。据说后来五金商从度假村逃跑了。他对人说:"我可不想做替罪羊,妈妈也不会同意的。一人做事一人担!"

琼姐为还清债务做了些什么呢?她什么也没做,她只是咬着牙在苦熬。吕芳诗和曾老六他们眼看她一天比一天像骷髅,都急得像热锅上的蚂蚁。后来还发生过殴打事件,她像一堆破布一样躺在人行道上。没有任何人去营救她,她自己一步一挪地回到了租住的公寓("红楼"已经被查封了)。

吕芳诗小姐对"红楼"夜总会和妈妈的看法

"红楼"夜总会因为债务问题被查封已经有一个月了。然而在这一个月里头,"红楼"所有的活动都转入了地下。地下在哪里?属于京城的哪一块?没人说得清。琼姐一袭黑衣,早出晚归,像幽灵一样行踪难以确定。

在某个巨大的地下娱乐城里,吕芳诗小姐同邂逅的曾老六谈起了往事。那一回吕芳诗大概喝多了酒,吐露了一些真情。

坐在像水晶宫一样的酒吧里,吕芳诗的目光飘忽不定。

"'红楼'是热带雨林,我们都是在那里成长起来的。那种生长的速度啊,就像变魔术一样。第一次面试时,妈妈就考了我的听力。老六,你知道吗,我们的员工具有超出常人的听觉?"

"我感到过,但我不知道每个人都这样。"

"我可以肯定地告诉你,每个人都如此。当时妈妈闭上眼,问我听到了什么,我回答说我听到许多春笋从地板缝里绽出来。妈妈就说我合格了。其实呢,我有点信口开河,我只是模模糊糊地闻到了春笋的气息。"

坐在曾老六对面的吕芳诗将嘴唇和眼眶涂得很黑,表情严厉,样子一点都不性感,但曾老六心中却为她掀起百丈波涛。一些半人半兽的家伙绕着他们的小桌子转来转去,还将毛茸茸的爪子搭在吕芳诗小姐的肩头上，将长长的猪嘴凑到她的脸颊上。

"你回转头看看你身后吧，那是妈妈在那里筹钱。"

曾老六一回头，看见了一只山猫孤零零地坐在桌边。山猫的两眼像燃烧发光的电石灯。

"你听到妈妈的声音了吗？"曾老六问。

"当然听到了。这个地方并不像它看起来那么敞亮透明，有几块很大的阴影，妈妈就坐在阴影里头。"

曾老六在竭力回忆，因为他记不起自己到地下娱乐城来时的初衷了。当时是下班时分，他似乎正匆匆地赶往飞机场。他的车子被别的车撞了，幸亏他和小龙都没受伤，小龙站在路边一筹莫展。他想叫一辆出租车，但是不知为什么所有的出租车都不肯停。他突然感到极度疲乏，不愿去机场了。他只想找一个茶馆去喝杯茶，休息一下。有一个扎花头巾的老妇人出现在他面前，对他说："先生要去酒吧吗？跟我来！"

他就这样跟着她来到了地下娱乐城。他在这里遇见了一些熟人，那些人纷纷同他打招呼，但他们的目光都不射向他的脸，而是射向别的地方。曾老六记起来了，这些人都是"红楼"的工作人员！

"妈妈肯定会筹到需要的数额。我们大家也在帮她。"吕芳诗说。

"那么，我能做些什么呢？"曾老六有几分热切地问。

"你？你什么都别做，就当没这回事最好，要忘记。你看我们，全都在喝酒狂欢。当我们这样做的时候，某种转机正在暗地里到来。我们先前在'红楼'工作的时候，完全不区分白天黑夜的。

你还记得吗？"

"我记得，那么美好的记忆。"

"在茂密的林子深处住着一条母蛇。"她的声音变成耳语。

"你就是那些小蛇中的一条。"

"你再来一杯吗？"

"不了，我该回去了。我在这里无事可干。"

他走出酒吧时又见到扎花头巾的老妇人。老妇人拦住他的路，一个劲地朝酒吧里努嘴。曾老六看见刚才吕芳诗小姐坐过的位子上也坐着一只山猫，而那边那只被她比喻成妈妈的山猫要大很多。两只山猫相互注视着，老妇人吹了一声口哨，两只山猫一齐从后门跑了出去。

"我们见过面。"老妇人说。

曾老六定睛看了看她，觉得她很像那位新疆老妇人，但是又有什么地方不像。不像的地方是眼睛，她生着一双空洞的眼睛，白多黑少。

"我要出去。"曾老六说。

"这不太容易，我们是在地底下，你忘了吗？"

老妇人突然伸出手在他的肋骨上抓了一把，曾老六痛得大叫。一个老人怎么会生着这么有力的手？简直像一只机械手，他的骨头都要被她捏碎了。曾老六在痛苦中看见那几个半人半兽的家伙过来了，他们从他身边擦过，又走掉了。老妇人说：

"你跟着他们走，快！"

曾老六机械地迈动脚步，他被裹在一团雾状的东西里头，什么都看不清。他听见吕芳诗小姐在他耳边说话。

"跟我来，老六！调整好脚步——一、二、一！一、二、一……对了！小心啊，我们要进'红楼'的大门了。"

过了一会儿眼前就黑了，他被什么东西绊倒跌坐在木地板上。

"这是哪里？！"他大声问。他感觉周围空空荡荡的。

"老六啊，别嚷嚷了，这是我俩第一次见面的地方。"

吕芳诗小姐柔声地说，声音里居然透出羞怯。

"我们亲爱的妈妈，将'红楼'的舞厅改造成了老虎的铁笼子。老六，你还记得我们的初恋吗？妈妈酷爱跳舞……你听，那是她！"

曾老六触不到吕芳诗的身体，他用力想象着妈妈翩翩起舞的样子。他真的听到了有节奏的脚步声，不过他怀疑是幻觉。

"这有什么用处？"他问，声音里有点嘲弄。

"不要问这种问题，老六。我们挽救'红楼'靠的是意念，你不会明白这种事的。你想，我怎么能不同妈妈站在一起？我的生命就是她给我的啊！嘘，不要走动，你听到了吗？"

这种黑暗，这种空空荡荡的氛围忽然令曾老六有点愤怒。为什么他一点都不能进入她和妈妈的世界？难道他是个傻瓜？多年前的那个晚上，在这个乱哄哄的舞池里，在眼镜蛇女王的身旁，到底发生了什么？

啊，他真的听到了脚步声。在他和吕芳诗的右边，隔得很远的地方，有几道光在晃动着。吕芳诗小声告诉他说，那是法院的人。

"我们往前走两步，那人就往后退两步。"一个清脆的嗓音说。

"我们可要小心，这是那人经营了多年的老巢。"

"老巢又怎么样，照样可以打个稀巴烂。"

"哼，不要太自信。"

曾老六听出来他们一共只有两个人。那两个人既不离开，也不走拢来，他们在那边破坏地板。吕芳诗又小声地对曾老六说，这两个法院的人其实也是妈妈的人。他们潜入"红楼"来搞破坏，为的是给外人造成这样一个印象——"红楼"已经没有使用价值了。曾老六听得头皮发炸，只想快点冲出去，可是吕芳诗小姐冷静地说："你冲不出这个严密的包围圈。"

她刚说完这句话，曾老六就站起来了。他朝着那两个拆地板的人走去。他走到那块地方时，钉锤的敲打声和木板的炸裂声就停止了。曾老六发觉吕芳诗小姐已经躲起来了。

"这个人，他在舞池里洗过澡。"那个混浊的声音嘲弄地说。

"他大概怀旧。"清脆的年轻的嗓音又响起来了。

曾老六摸到了墙。他顺着墙快走，希望马上到达舞厅大门那里，然后就下楼，跑出去。直到绕着这个舞厅走了好多圈以后，他才忽然一下意识到，他的算盘完全打错了。他坐在那里，心里很绝望。

那两个人还在拆地板。

"你看他跑得出去吗？"

"我看他心里一点底也没有。琼姐不应该让这种人进来。"

"我们可以将他收拾掉。神不知鬼不觉……"

很久以后，曾老六仍然回忆不起那天夜里他在地下娱乐城干了些什么,又是如何样被吕芳诗小姐领到"红楼"的舞厅,然后从那里跳楼的。那楼层不高,他只受了一点轻伤。他盼望吕芳诗来探望他,她却没来。

记忆的压迫

五金商人 D 的日子过得越来越混乱了。年迈的他早就已经失去了性的能力,但欲望还在体内。欲望使得他在几个女人之间穿梭。经常是,早上他还在京城,下午就出现在南洋群岛上。还有的时候,他几天几夜都在普通列车上度过,为旅行而旅行,有神秘的红衣女郎陪同。老 D 已经同死神见过几次面了,所以很熟悉那种感觉。他觉得自己越来越沉着了。当他经过车厢与车厢的连接处时,他会着迷地停留在那里,反复想象两节车厢脱离时的情景。这时列车员便会很紧张地盯着他。

琼姐将破产的消息告诉他的那一天,他很兴奋。他觉得这是这个世界在向他挑战,并且他感到久违了的汹涌的活力又一次在体内激荡。他从琼姐那里出来之后就躲起来了,他要看看身无分文的琼姐如何样对付眼前的局面。好久以来他就感到这个学生的翅膀已经硬了。

他坐在郊外的一个偏僻小公园的亭子里等人。他的耳目虽然遍布全城,可他并不知道是谁将要到来。事情总是这样的。

中午时分那人来了，约四十五六岁模样，戴着草帽，神色慌张。

"是伸出援手还是彻底摧垮？"他问老D。

"谁能救得了谁啊！！"老D哈哈大笑，"赎罪的思想是没有意义的，你要端正态度！"

那人窘迫地低下头，脸涨得通红。老D知道他在演戏，就不耐烦了。

"将她往死里逼啊，你不是一贯精通这个嘛。"

"她在我眼里还是那么、那么美。"他结结巴巴地咕噜道。

老D很厌烦地从鼻子里哼了一声。那人脸色大变，匆匆离开。

他坐在亭子里，因为刚才的兴奋而极度疲倦。他伏在那张石桌上，感到自己的身体正在离开地面。他的嘴歪斜着，他看见了巨大的水母和珊瑚，还有那张俏丽的脸。他含糊不清地嘀咕：

"小姐，你真是个美人坯子。"

D在郊外公园意外死亡的消息傍晚时传到了琼姐这里。从早上起她就特别亢奋，她已经下定了要改变命运的决心。老D的死亡给她当头一击——最大的资金来源被断绝了。可这早就是意料之中的，她为什么还是这么慌张呢？当她从地下通道进入黑暗的舞厅时，在她那个庞大的离奇的策划中，老D的援助不是已经被排除在外了吗？琼姐紧紧地皱着眉头，一只手捂着心区，那里面的钝痛得不到缓解。

这个消息是吕芳诗带给琼姐的。她天真地说：

"琼姐啊，我看见他那张脸就像小孩的脸一样，他一点都不痛苦。他是很轻松地离开的，你应该感到欣慰。"

他有遗言：不让琼姐看见他的尸体。那么，死亡是预谋的。

吕芳诗小姐陪着琼姐去了医院，因为她的病情太危险了。

在那个公共大病房里，给琼姐输液的时候，她俩同时发现盐水瓶里的药水变黑了。琼姐在衰弱中昏死过去，吕芳诗拔掉针头就跑进护士室。可是护士室里一个人都没有，只有哗哗的自来水在盥洗槽里流着。她狂叫着，楼上楼下地跑，浑身汗水淋淋，还是没有任何人回答。似乎是，每一间房里都没有人，也没开灯，弄不清那些房间是病房还是诊室。吕芳诗回到琼姐的病房时，看见一名男病人从床上坐起来了，他的床在琼姐右边。

"您知道值班医生在哪里吗？"吕芳诗问他。

"这个病房没有值班医生，一切都要自己承担。"他平静地说。

琼姐的脉搏还在跳，这就是说，她死不了。吕芳诗小姐不敢动她，只是轻轻地握着她的手坐在那里。灯光下那盐水瓶里的药水又变得很清了。琼姐睁开了眼，说：

"那里那么多蛇，我下死力钻出来了。"

"不要说话。"吕芳诗说。

"不，我要说。这其实是一件好事，我很高兴。我已经将'红楼'全部破坏了，那栋楼变成了废楼，我们再也回不去了。过不了多久，我也要搬到你的'公墓'小区里面去了。我们在你那里会找到一些上等的客户，这件事我有把握。只有一件事我没有把握——他们会拆除'红楼'大厦吗？"

"我看不会。我们可以在深更半夜回到那里。那种原始森林，到处鬼魅横行，我们神不知鬼不觉的……"吕芳诗沉浸在遐想之中。

琼姐的脸色好了起来，她居然坐了起来，说自己可以出院了。吕芳诗想阻止她，她就凑到她耳边说：

"这里的护士全部是老D的人，你还没有发觉吗？"

琼姐说话时，旁边床位的男病友一直站在她身后。吕芳诗小姐警惕地瞪着他，她觉得他不怀好意。可是琼姐一点都不防备他，还用目光同他调情。突然，男子伸手在琼姐头上敲了一下，琼姐居然夸张地将身子往床外一偏，男子正好接住了她，将她搂在怀里。他焦急地向吕芳诗挥手，一边高声说：

"快去叫医生，不然她就没救了！"

吕芳诗小姐将手放到琼姐鼻子那里，断定她是真的昏过去了。

她又将大楼搜索了一遍，累得说不出话来了，可还是没找到医生，也没看见任何一名护士。整个医院只有这一栋楼，他们都到哪里去了？吕芳诗心里升起一种预感，她急急忙忙往琼姐的病房赶。

果然，那名男子和琼姐都不见了，只有一名患肺心病的老妇人正坐在角落里吃饼干。她用沙哑而衰老的声音问吕芳诗：

"你是来住院的吧？"

吕芳诗小姐回答说不是。

她的声音立刻就变了，又有力又严厉：

"不住院，跑到这里来干什么？"

吕芳诗小姐不理她，可是她看到琼姐的羊毛围巾留在病床上了。她弯下身子拿了围巾就走。

"放下！！"老妇人的声音洪亮得吓人。

吕芳诗小姐走出了好远还听见老妇人在那里诅咒她。她将琼姐的围巾围在脖子上，感受着她的气息。现在她想回自己的家。她刚一产生回家的念头，就有一辆车向她驶来。

她上车没有多久就靠着座椅靠垫睡着了。她醒来时看到副驾驶的位子上坐了一个人，那个人在同司机聊天。

"就在半空中烟消云散了吗？"那人问道。

司机哈哈一笑说："什么都没留下。"

"可那是一座大厦，是实实在在的钢筋水泥，怎么会变成烟？"

"你想想'红楼'这个名字就明白了。"

吕芳诗小姐吃惊地坐直了身体。

"那种楼里啊，都是些不怕死的家伙在里面活动。我有个侄女也常出入那种地方，她从小就敢做那种穿墙的活动，你信不信？"

司机的声音很刺耳，他故意将车子向旁边的铁栏杆撞去。吕芳诗发出尖叫，副驾驶座位上的男子转过脸来，居然是琼姐的男友小五。

"你有什么打算啊，小五？"吕芳诗问他。

"我能有什么打算？同她死缠烂打罢了。"

"你不爱她了？"

"这不是爱是什么？你说得对，也许不是爱，是疯。"

"那么，'红楼'已经不在了，你到哪里去工作？"

"不在了很好，这是琼姐的计谋。它化为了气息，那些气息无处不在。"

司机将车停在路边，小五让吕芳诗小姐同他去一个地方。

他们来到一个大厅，大厅里很黑，摆着桌椅，桌子上点着蜡烛，有的桌旁坐了人，有的没坐。但是一会儿吕芳诗就注意到从旁边的一个侧门那里不断有人进来，这些人都是气喘吁吁、衣衫不整、动作紧张，似乎是从同一个地方跑来的。大厅很快就被他们坐满了，交谈声此起彼伏。

"你接到上级指示了吗？"

"在爆炸的一瞬间……"

"我原以为那里总要留下点什么，没想到干干净净。"

"哈，琼姐这个人！"

"我倒希望是我干的。我问琼姐，她说谁也没干。"

"自动爆炸。这种老楼有时就会发生这种事。"

吕芳诗小姐坐在那里，脸上红一阵白一阵，她也说不清自己为什么激动。小五不住地朝她使眼色，轻轻地说：

"芳姐，你就这样心甘情愿放弃吗？你是'红楼'的当红美女啊！"

他虽然是轻轻地说的，却有几个脑袋凑拢来听。他们都听见了，都在怒视着吕芳诗。有人在笑，还有人朝进门那里努了努嘴。

吕芳诗回头一看，是她的老情人T。T的样子很恶心，完全失去了往日冷静的风度，露出色眯眯的老嫖客的颓败气质。一瞬间，吕芳诗很后悔自己同他厮混了如此长的时间。当T张开双臂来拥抱她时，吕芳诗将他一推。她这一推可闯了大祸，老人的额头撞在金属门把手上，立刻就流出了血。他软绵绵地倒在了地上。

吕芳诗想弯下腰去扶起老头子,可是小五将她推开了。他一边蹲下去一边恶毒地说:

"8月29日在那个旅馆里,你训练了那些鸟儿,不就是打算干这样的事吗?这下你可以如意了。反正夜总会也不存在了,没人会追查你。"

他将老人的上身扶了起来,吕芳诗感到T锐利地盯了她一眼,她立刻打了个冷噤。不知怎么,她先前围在脖子上的琼姐的围巾到了T的怀里,T正用围巾去擦他额头上的血,一边擦还一边用嫖客的目光打量吕芳诗。吕芳诗无动于衷,只想快点跑开,可是小五始终挡住大门不让她走。后来她忍无可忍,纵身一跳,从小五的背部跃过,灵巧地落到门外,然后飞跑起来。

她顺着走廊拐了几个弯,并没人追她。她累坏了,看见前方靠墙放了一只长沙发,就往那上面一倒,大口喘气。

"你压着我了。"有人说话。

原来是曾老六。

"我真不明白,'红楼'已经没有了,你还这么急匆匆的干什么?"

"老六,老六,你救救我吧,我快被逼死了。"

"谁逼你?"

"过去的那些个家伙。"

"天哪,你的眼睛在出血!"

"可能是因为看见了不好的东西吧。这到底是什么地方?"

"这是——这是……我不能说,让我们去那边吧。"

吕芳诗闭着眼,让曾老六搀着她慢慢走。她听到一些人从他们的身边跑过去了，她甚至听到了熟悉的鸟叫，但是她不愿睁开眼。啊，这个男人多么温柔啊！这么多年都过去了，他为什么还在她身边？

"芳诗，我们完了。"

曾老六一边说一边拉着她往地上坐去。

吕芳诗小姐睁开眼，她看到了自己置身的长长的水泥平台，平台在楼房外悬空。他俩面对着落日，满天的云彩正像从高炉里流出正在渐渐冷却的铁水。她很害怕，用指甲死死地抠进他的手臂，直抠得他喊痛。

"你的琼姐把窗子关上了，我们被关在外面，他们全在里面。"

"她为什么要这样对待我们？"

"她是你的妈妈，妈妈总是为小姐好的。也许她认为你把老T伤害得太厉害了？这种事我也看不透。"

"曾老六，你真是个懦夫。"

吕芳诗站起来了，她捡起平台上的一块碎砖去砸玻璃窗。她看见曾老六吓得脸都白了，用双手抱住头坐在那里。

她居然成功了，玻璃上出现了一个窟窿。她用砖头将那窟窿弄大，弄得手上鲜血淋漓。这期间曾老六一直在发抖。最后，她用她的高跟鞋朝那里踹了几脚，玻璃彻底从窗框上脱落了。她抛下曾老六跳了过去，她对他鄙夷到了极点。

在她对面，一个旅馆似的房间的门敞开着，她一走进去，门就"咔嗒"一声自动锁上了。

对面的宽床上坐着裸体的老T，老T身上皱巴巴的，胯间那灰色的生殖器已经缩得快要没有了。他有些吃惊,又有些迟疑,他似乎已经认不出吕芳诗了。吕芳诗站在他面前发了一会儿愣,他还是没说话。

"我是吕芳诗啊,老鱼!"她叫他的小名。

"你是谁?还不快走,我爸爸要来了!"

吕芳诗小姐感到老人犯糊涂了,在乱说话。他根本没有父亲。外面有很多人在跑过,她听到脚步声很害怕,她自己也不知道为什么怕到了极点。她哆哆嗦嗦地摸上了床,抱着老翁那酸臭的身体,两人一道钻进被子里。她听见T在说:

"我们去见我爸爸。"

琼姐失踪后

自从"红楼"俱乐部在半空消失以来,吕芳诗小姐一直没有再见到她的老板和妈妈琼姐,但这位琼姐又仿佛无处不在。

有一天,吕芳诗因为追逐"独眼龙"时崴了脚,坐在人行道旁痛苦地呻吟,突然看见前方落下了一具红白相间的降落伞,那长发的飞行员很像琼姐。她还没有喊出声来,就因为疼痛而晕过去了。

她醒来时,已经在小五家里。小五和琼姐的女儿小牵正在用彩笔往她脸上画东西。

"你妈妈呢?"吕芳诗问小牵。

"我不能告诉你。"小牵诡诈地眨眼。

"你在我脸上画什么?"

"画你要找的那个人。"

小女孩乖巧地将一面镜子递给吕芳诗，吕芳诗立刻看到了镜子里的猿猴。她扔了镜子，一声不响地看着小牵，全身都在抖。

小牵慢慢地收好镜子和画笔，大声宣布:

"我要走了!"

小女孩出门时，将头上的丝绸花结掉落在地上。

吕芳诗小姐铺好床，将那花结捡起来打量。那上面爬着好些蚂蚁，绸子上浸透了糖浆，黏糊糊的，有股不好闻的味，看来这小孩很不爱干净。她看见小五进来了。

"谢谢你帮助我。"她说。

"你谢错人了，不是我。是一个蒙面汉送你来的。他叫——"

"是'独眼龙'?"

"不是。我认识'独眼龙'。这个人说他1993年前住在'公墓'小区。"

"真吓人啊。"

"最近以来吓人的事比较多。我想起来了，他是个左撇子。可这世上的左撇子很多，算不了什么特征。你看，蚂蚁爬到你身上去了，快给我，我来扔掉。"

他拿着花结出去了一下，然后又进来洗手。

"小牵是个很麻烦人的孩子。我和你琼姐一贯喜欢自找麻烦。"

"她到底在我脸上画了什么？"

"什么也没有，你不要担心。这孩子心地善良。"

吕芳诗要回家，小五就用他的车送她。在车上，小五反复地叨念："她是不会回来的了。"他握着方向盘的手抽搐着，令她感到很危险。于是她一声不响，因为怕分了他的心。

回到"公墓"小区里，吕芳诗小姐突然又记起了"独眼龙"，于是心里针刺一般疼痛。她已经有一个月没见到他了。今天在报亭那里猛然见到，忍不住伸手去拉他，却抓了个空。她硬是看着他消失在人流中，追也追不上。"公墓"小区里总是这种黄昏的景色，幽灵们骑在自行车上游荡，几个小饭馆的灯光在雾中闪烁。传达室的老头告诉她说，他丢了一个骨灰坛子。早上还在，中午就不见了。

"谁会要这种东西？"

吕芳诗安慰他说，说不定明天就放回来了，不要急。

"我难道会着急？"他大声反驳，"你不要误解我！"

吕芳诗蒙头蒙脑地钻进电梯，然后上楼，走出电梯，走到家门口。

有一个人站在那里，手里端着骨灰坛子。吕芳诗迟疑地说："原来是你拿了……怎么回事？"

"我自己的东西不能拿吗？"

"可是传达室老头在着急。"

那个人笑起来，露出白牙。

"我就是要拿走，急死他。他是个集体主义者，我偏要搞单干！"

121

吕芳诗觉得这人很面熟，可就是想不起在哪里见过。他站在这里，难道他要到她家里来吗？吕芳诗不想让他进去。于是她也站着不动，等他来开口说话。

他端着个坛子，一点都不显得累，倒好像有什么事要向她表白似的。可他每次一开口又咽回去了。他总是说："你……"

吕芳诗小姐很烦躁，就开了门，那人立刻就挤进了屋。

他将骨灰坛子放在桌上，坐下来，终于说出来了：

"我是'红楼'的员工。琼妈妈要我们团结一致。"

"怎样团结一致？"

"就是做好本职工作，四海为家。"

他突然想起了什么焦虑起来，于是端起坛子说要走了。

吕芳诗将他送出去。她看见门外有个人，手里也端着骨灰坛。那个人很面熟，她估计他也是"红楼"的员工。啊，难道他们都从京城的中心向这种地方迁移了吗？白天她晕过去时，小五说是一个"公墓"的人将她送到他家里的。

吕芳诗小姐躺在床上，回忆从前在钟乳石山洞里的那一幕。那一天，一切都显得那么不真实，"独眼龙"说说笑笑地同她走进阴影里头，突然推了她一把就消失了。开始她还能模模糊糊地看到钟乳石上头的点点亮光，后来就什么都看不到了。啊，那种感觉！她现在的感觉很像那种感觉！琼姐的消失让她的生活变成了一团乱麻。也许她就在附近？刚才那人不是说她还在发出指示吗？从前在山洞里爬动的那个她，和现在躺在这里的这个她，哪个更真实？吕芳诗小姐想不透这种问题，但她感到她必须赶快做一件事，只有这样她才能恢复一贯的自信。她洗了个澡，简单地化了一下妆，戴上墨镜就下楼了。电梯一到达一楼她就往传达室走去。

她捧了一个骨灰坛就向外走。待传达室老头反应过来，她已经走到了大楼外面。老头站在门口威胁地咒骂，却并不来追她。她呢，头都不回地往前冲，她的目标是自行车棚后面的公墓。

她还没走到车棚就被人拖住了，那人手劲很大，她没法挣脱。吕芳诗小姐回头一看，是小五和女儿小牵。

"啊，你们怎么到这里来了？"

小牵用闪电般的动作熟练地夺走了她手里的骨灰坛，用力摔到地上，恶狠狠地说："要让他回不了家！"

吕芳诗在昏暗中看见那坛子四分五裂，似乎里头什么也没有。

小五嘿嘿地笑了起来。

"马上有雷雨了，你不要乱跑啊。你看——"

他指着自行车棚那里。吕芳诗看见车棚里有很多人坐在地上。

"他们是谁？"她问。

"都是'红楼'的员工。他们想住公墓，想得倒好。可是有人不答应，早早地就将公墓的大门锁住了。"

"锁门的是谁？"

"还有谁，当然是你的琼姐。你琼姐主张人要拼搏，不要动不动就躲进那种地方。"

"正是这样。她说我们的'红楼'是原始森林。啊，小牵！小牵！！她掉到留泥井里去了！"吕芳诗凄厉地喊叫着。

小五似乎皱起了眉头，又似乎在笑。过了一会儿，他若无其事地弯下腰，捡起那个破碎成几块的骨灰坛子，揣在怀里。

"你不去救女儿，揣着这种东西干什么？"吕芳诗问他。

"这是你琼姐啊。"他的声音突然变得很虚弱了，"当年她从南方来的时候，不就是被装在这种坛子里带过来的吗？那时我在哪里？嘿，我躲在高压电线的那一边。"

他的身影在路灯的微光中一下子变模糊了，那一团模糊的中心又有一点刺目的红光，像一个人在那里打手电。

吕芳诗惶惑地想，也许这父女俩不是真人？她想绕过自行车棚到公墓的门口去，可是总有人用腿或用手臂拦住她，弄得她差点摔了个嘴啃泥。到底是谁拦着她？她听到小牵在花园里发出毛骨悚然的笑声。情急之下，她喊了起来：

"曾老六！曾老六！"

她一喊，小五就从黑暗中现身了。他很不高兴地说：

"你乱喊什么呢？琼姐会不高兴的。"

"琼姐在哪里？她的夜总会在哪里？"

"我已经告诉你了。"他的声音变得冷冷的。吕芳诗又看不见他了，只听见他在说：

"你啊，连小牵都不如！"

吕芳诗感到自己的脸红了。她不是已经将曾老六遗弃在那栋楼房外面的平台上了吗？现在因为害怕，却又叫起他的名字来，太不像话了。她决心控制自己不再出声。既然有人不让她去公墓，她就打消了这个念头。她转过身，迈开脚步往外走。

"这就对了嘛。"小五在旁边的什么地方大声说。

吕芳诗小姐走了没多远，就看到传达老头站在小饭店门前的那盏灯下，那面红旗在他头部的上方飘扬。

"你这个贼，你想搞垮我呀！"他气愤地骂道。

"你不要把它看得那么重要，那里面什么都没有。"吕芳诗说。

"你真贱！到底还是从事那种职业的人，哼！人和人不一样，要是你们的妈妈知道了你是个这么可耻的人，她不气死才怪！"

"那么你看见妈妈了吗？我一直在找她。"

"你就是找到坟墓里……你这种员工，呸！！"

他拿着一把扫帚要来扑打吕芳诗，吕芳诗撒腿就跑了。

吕芳诗小姐跑到了小区篮球场那里。有一个人在黑地里玩球，他一轮又一轮地运球、投篮，兴致勃勃。吕芳诗预感到他是一个很熟的人。他怎么能那么准确地投篮的？周围都黑蒙蒙的。她走拢去，对那人说："我也来和你一起玩吧。"

那人将篮球重重地塞到她怀里。吕芳诗运了几下球，轻轻一投。她大吃一惊，因为即使黑蒙蒙的看不清，她凭感觉也知道那球飞到很远的地方去了。很可能是场外。

"吕姐的臂力真好。"那人说。

"我怎么觉得见过你似的？"

"我是'独眼龙'的弟弟，在'红楼'做保安。"

"啊！"

"我失去工作了。可这也是一种工作，一种更广泛的保安工作。"

"也许吧。"吕芳诗小姐含糊地说。

他弯下腰去捡起了球，吕芳诗又吃了一惊。他要将球塞给她。

"不、不、不……"

吕芳诗小姐后退着,青年男子笑了起来。

"妈妈让我来保护你,你看她多周到。你要尽量在小区里多活动,到处都有我们的人。比如我哥哥——"

他不说话了。吕芳诗小姐感到彻骨的寒冷,她的牙齿在咯咯作响。她不声不响地朝自己家走去。

她在入睡前的一瞬间看见自己变成了一盏冰灯。

继续糜烂的生活

琼姐设法炸毁了"红楼"俱乐部,其目的当然不是为了收心过一种清静日子。如果她要过清静日子的话,早先就会留在父亲那里了。她脑子里有些别人想不到的念头。她想,也许是南海小岛上的橡胶林滋养着她心里的念头。啊,那些橡胶树的短短的影子,她又怎么忘得了?从前她那英俊的男友不就是从那些阴影里头钻出来的吗?

现在她躺在京城郊区最大的酒窖里一张临时支起的吊床上,等待着五金商家里的佣人给她带来消息。那些红酒!它们浓郁的香味越来越浓,像要使她窒息一般。她开始张开嘴出气。

"妈妈,他是这样对我说的,他说地下娱乐城下面还有一个城,您要细心倾听。"

年轻的佣人垂下双眼，似乎已经说完了。

琼姐不耐烦地摆手叫他离开。他呢，似乎不甘心，似乎对那些酒桶有极大兴趣，走一步又停一下，打量桶上的那些铜牌。

"我的主人对您无比信任。"

他将这句话留在门口，自己出去了。

琼姐的眼睛的颜色渐渐变深，某种回忆涌上她的心头。那一天，她远远地看见了吕芳诗站在马路边，一副失魂落魄的样子，眼角都有了些皱纹。她没有叫她，她不想违反"红楼"的原则。即使"红楼"已经消失了，人还得活下去啊。从前的经验证明，这个女孩不用她操心。

这些日子，在这片寂寞的杨树林里头，她得到了某些新奇的、不连贯的信息。她凭直觉猜测着信息的来源。在那些奇怪的信息的表面，飘浮着粗糙的日常的消息，通常是关于官方要捉拿她的消息。琼姐以高傲的一撇嘴来对待这类市井的消息。她并不害怕出头露面。有人开车带着她风驰电掣般地穿过城市，那人不是小五，也不是她的司机，据说长得有点像猿人。

现在她坐在酒窖里同对面的男人讨论关于逝去的青春的问题。

"有一种东西永远不会失去。那一回，我从旅馆的高楼吊下来时，有火在我的胸中燃烧。啊，北方的冬天！那种寒冷，正是为我这样的人设计的啊！还有那些乌鸦。我的对手大概对此估计不足。"

琼姐听见自己的声音在神经质地颤抖。

"他大概估计到了一切吧。"坐在角落里的男人厌倦地说。

琼姐一怔，一颗心往下一沉。

男人缓慢地起身，迈着沉重的脚步出去了，琼姐听到他的身体里传来金属震荡的余音。这个话很少的人是她从前的邻居，同她并无利害关系，但她很看重这个人的意见。邻居走了以后，琼姐沉入了遐想。有很多零零碎碎的片断浮现出来，闪现出夺目的光辉。她感到一种变化就要在这些片断里固定下来了。那是什么？她很兴奋，又有点恶心，这恶心似乎是对自己的。即使从前"红楼"里群交的场面都没有让她恶心过，难道她变得脆弱了吗？

"妈妈！"是小牵在叫她。

她扑进她怀里，咯咯笑个不停。

"我掉进留泥井了。我一点都不害怕！"

"真是个小英雄。你确定你掉下去了吗？"

"当然掉进去了，不会错。"

自从在地下娱乐城第一次见识了琼姐在赌场上的风姿之后，小五一下子就成熟起来了。当时他断定琼姐不愿见到他，就悄悄地走开了。一连好多天，他在地下酒吧的储藏室同那位美丽的女招待没日没夜地厮混。他将小牵丢给了保姆。最后，那位姑娘抹下脸上的面膜，露出了年近五十的一张脸。

"人的外表，其实无所谓。"她叼着那根烟说话，"你看我美不美？有没有魅力？"

"美！美！"小五不迭地回答，他仍处在高涨的激情中。

女人笑着在他的手背上轻轻拍了一下。

"难道比琼姐还美？！"

"就是比她还美！"

离开时那女人凑在小五耳边说：

"你以后想来就来。在地下，谁也管不了谁！你看那边那个忧郁的家伙，一下就包了三个姑娘！"

"啊，那不是吕芳诗小姐的男友吗？他叫'独眼龙'！"

"什么'独眼龙'，我看他有三只眼。哼！"

女人似乎对"独眼龙"的放浪很生气。小五望过去，看见"独眼龙"的脸白得像纸，一副患了重病的样子。那三个女孩在围着他忙碌，一个喂药，一个捶背。小五有点吃惊。是吕芳诗的穷追猛打让他生病了吗？他就是死也要死在"红楼"的地盘上吗？这里当然是"红楼"的地盘，人人心里都知道，要不然他小五也不会爆发出这样的激情。他从心里认为这一切都是由于琼姐的魔力，他还认为他可以在这里找到一条出路，只要他保持内心的镇定。

他朝着"独眼龙"走过去。"独眼龙"扫了他一眼，说：

"在这种地方我可不想装样子，可是你一定知道我的心上人的情况。"

他递过来一杯酒，小五接了，放在桌上。小五严肃地说：

"我刚离开她，她在找你。"

"啊，在临终前听到这样的消息多么令人振奋！她为什么不来这里呢？这里是她的家。"

"她之所以不来，是因为你在这里吧。"

"我明白了。干杯。"

他独自喝光了杯里的酒。他在朦胧中看见他的当保安的弟弟坐在对面,他觉得他弟弟很像个杀手,于是吃了一惊。他看见弟弟缓慢地起身,然后向门口走去,他的左手握着一把雪亮的匕首。"独眼龙"立刻清醒过来,用力喊出几个莫名其妙的字。弟弟的身影在门口消失了。

小五拍了拍他的肩,一边离开一边说:

"老兄,你的情况不妙啊!"

"独眼龙"愣愣地看着门口,他看到空气里浮着五把匕首,都是雪亮的。他感到喘不过气来,就用颤抖的手解开衣领。奇怪的是三个女孩子都不见了。他想,应该要有临死前的挣扎啊。然而死亡并没到来。

酒吧里一个人都没有了。"独眼龙"在这里等死却没有死,他听到地底的隆隆响声。他想起他第一次见到吕芳诗的那个下午,在"红楼"的大堂里,地下也响起过这种声音。他伸手拿过小五没动的那杯酒倒在地上。他倒酒时听见了琼姐在说话,可是这位妈妈并不在酒吧里,她在哪里说话?她的声音热烈而明快,令他想起从前在故乡的山坡上看火烧云的情景。他大声说:

"酒吧里怎么会没有人?你们不营业吗?"

他说出这句话后更确定了自己死不了。这个判断令他有点兴奋。

没有人回答他,除了地下的隆隆声周围也没别的声音。他来到走廊里,对面有个长得很像他的人朝他走来,他摇摇晃晃地移动脚步迎上去。

过了好一阵,那人仍然走不到他面前。

他倒下去,趴在地板上。他感到那人踩在他的背上,他出不来气。

酒吧里的灯一下子全灭了，只剩下走廊尽头亮着一盏灯。他听见两个女人在说话。

"'红楼'的员工都在下面。"

"他们的妈妈不会轻易露面。"

他用力想，终于想起这就是刚才陪他的女孩的声音。可为什么这么苍老？这里的人是怎么回事？他小的时候，眼睛又黑又亮，不知为什么那些邻居叫他"贼眼"。他试了试想翻身，可是上面那人的脚更用力了。他听见他在说：

"我嘛，这一下同你耗上了。"

他想起当年的邻居用长针将螳螂钉在木板上时，那只家伙居然显得很欢乐。那么，他应该动一下腿，像螳螂一样。他只是动了动脚趾头，有点窝囊。他的上衣口袋里有两朵干枯的茉莉花，是那一天他在图书室时从地板上捡到的。他记得一共有十几朵，也许是吕芳诗小姐临走时扔在那里的。当时他对她这种随意采花的行为很痛恨。不过后来一想呢，又觉得不应该是她扔的，她根本就没有去房里的那一边嘛。然而却有茉莉花！在那些古书旁，活生生的花朵留在了记忆之中。

曾老六强迫自己适应新的情况——一种没有希望却又满怀希望的日子。他又去了新疆，他已经将这种旅行当作转换情绪的法宝了。在近期的梦里，"红楼"总是盖在沙漠里的巨大建筑。一刮风沙，那些小姐啊，客人啊，还有一些保安全都在沙里头跳舞。至于店里的生意，他就全都交给王强了。现在王强已经正式成了他的副手。这个青年男子在做生意方面非常有气魄，门路也广。他又帮他开了一家分店。

他来到了新疆的一个城市，坐在一家家庭旅馆的葡萄架下喝葡萄酒。他看见有一只黑狗在门口的台阶上呜呜地哭泣。喝到第三小杯的时候，他的客户，那位新疆老妈妈出现在门那里。她蹲下来抚摸那条狗，小狗慢慢地平静下来了。

"是我，热比亚。"她轻轻地说，显得非常严肃。

她接过曾老六递给她的酒杯，自己斟满，喝了起来。她喝酒的速度很快，一会儿工夫脸上就变得红红的，很好看。

"晚上这里有舞会，真正的新疆美女。"

"她们会说汉话吗？"曾老六神情恍惚地问。

"不会。"

"那批地毯……"

"嘘，你到了这里就不要谈工作了。从前我们年轻的时候啊，天山的晚霞经常会变成翠绿色。云彩一变成翠绿色，姑娘们就在各家的小院里跳舞。"

曾老六觉得自己已经醉了，他隐隐约约地听到远处有人在弹冬不拉。他又喝了一杯，然后伏到了桌上。他伏到桌上时满心都是悲伤。

是老妈妈将他弄醒的，他发现自己坐在客厅的长沙发上。枝形吊灯的光线很暗，穿着民族服装的美女们正在起舞。奇怪的是既没有冬不拉的弹奏，也没有任何其他音乐。这些美女给他一种人形剪纸的印象，虽然她们只是人形剪纸，曾老六感到自己的心底正在慢慢地泛起热情。他有点惭愧，但又不清楚自己为什么惭愧。他看见老妈妈热比亚拉开墙上的一张门，消失在门里头了。

一位美丽的姑娘坐在他的身旁，朝他说着陌生的语言。

"我心里很苦。"曾老六惭愧地对她说。

姑娘拉着他的手，认真地回应了他。但是他听不懂。

她的身上散发出健康的、微微的汗味。她那妩媚的脸上居然不施粉黛，曾老六想，他从未见过如此美丽的女人。他虽兴奋，却又有点疲倦。那是种很奇怪的感觉——兴奋与疲倦交替袭击他。他很想同这位姑娘单独待在一个什么地方，他不知道她愿不愿意到他的房间里去。他想站起来，但姑娘用力按住他的双手，使他动不了。姑娘看上去比吕芳诗还要高，几乎比曾老六高半个头，像一棵小白杨。

客厅里那些女孩继续跳舞，她们都将目光投向沙发上的这两个人，做出挑逗的动作，有的还向曾老六做鬼脸。曾老六感到自己的全身像火一样发烧。突然，所有的女孩都停了下来，她们靠着墙一动不动地站着，客厅里变得很安静，只有冬不拉的声音从遥远的地方传来，还可以听到一个伤感的男高音。女孩拉着曾老六站起来，曾老六以为她要跳舞。但她根本就没打算跳舞，只是推着曾老六走向老妈妈消失在里头的那道门。这些女孩的身体一下子变得很薄，像一些贴在墙上的纸人。曾老六在惶惑中被这位美女带进了一个漆黑的地方，他感到窒息。

美女紧紧地搂着他，他俩一块倒在一张大床上……

曾老六没有计算，但他在恍惚中感到自己大概是第五次或第六次同美女性交了。这个像波浪般起伏的女孩，热情得像要爆炸。而他自己又是怎么回事？难道他可以一次又一次不断地做下去？在这间黑房子里（应该是一间房子吧），发生了多么不可思议的事啊。

"我想死。"曾老六对着她的耳朵说。

姑娘回应了一句他听不懂的话。

他闻到了自己的和她的体液的腥味，他满脑子狂乱的念头。

他跳下床，赤裸着走向墙壁，凭印象去摸索那张门。

他没有摸到门，因为有一个人捉住了他的手。

"天山和那些晚霞的颜色已经变成了洁白的。"热比亚老妈妈说。

"这是你的衣服。"她又说。

曾老六开始穿衣，一边穿一边思索。那边床上一点声音都没有。美女已经睡着了吗？还是消失了？或者——他想到这个"或者"时，立刻就全身发抖了，衬衣的扣子老扣不上，他咬紧牙关命令自己镇定。

"老妈妈，我爱天山！"他提高了嗓门说话，为了给自己壮胆。

那张门"吱呀"一声开了。曾老六一头栽过去，跌倒在客厅的地板上。他感到自己全身都像被打伤了一样。灯已经黑了，遥远的地方，冬不拉还在弹奏，那忧郁的男高音变成了凄厉的嚎叫，一点都不像新疆歌手的风格了。曾老六用力闭上眼，他想睡过去，他要到梦里面去找一样东西，他的这个模糊的念头非常急迫。

都市中的原始森林

当曾老六坐在办公室查看那些账目时，消失了很久的林姐——为他的地毯公司挑大梁的角色——像幽灵一般出现在对面的沙发上。时间已是午夜，曾老六想，林姐是如何进来的？难道她还保留了商店大门的钥匙？林姐依然风姿绰约。曾老六朝她望过去，看见幽暗中出现了那个熟悉的湖，她坐在湖边的椅子上。

"林姐同王强闹矛盾了吗？"曾老六的声音虚虚地飘在空中。

"他要我死。"她说。

"这没有什么。有时我也想死。"

"可是曾经理原来不属于夜总会啊。不，你没有进入这个泥塘。"

她的模样很亢奋，那双秀美的长眼射出迷人的波光。曾老六以前从未发现林姐有这么美丽，这是种非同一般的美。

"我早就认为我属于'红楼'夜总会了。"他喃喃地说。

"啊，你只到达它的边缘罢了。就像在新疆发生的事——"

她没有说下去，曾老六的腹部忽然剧烈地疼痛起来，他弯下身捂住肚子，嘴里发出呻吟，他在疼痛中听到林姐还在说话。

"你不要恐慌。吕芳诗小姐嘛，以她本身的活力，她不会让人失望的。我觉得你比起先前来，已经成熟好多了。我们京城是水泥的森林，对，就是原始森林。'红楼'只是其中的一个小王国罢了。我们是相互咬啮，可是我知道，任何伤口都不会致命的。我的天，那是谁？！"

她跑出去了。曾老六听到门外有女人说话的声音，那个声音很像吕芳诗。曾老六生怕她进来看见自己在发病。他是怎么回事呢？这种痛并不像肠胃炎，是一种非常陌生的痛，一跳一跳的。开始还在胃的下边，慢慢地就移到小腹部去了。莫非在新疆传染了性病？曾老六缺乏这方面的知识，他既痛苦又绝望。他盼望着门外的女人赶快走开。他试着挪动了一下，立刻就痛得眼前一片黑暗。

女人们跑进来了。

有人递给曾老六一片药片和一杯水，他喝了下去。渐渐地，他恢复了视力。屋里有三个女人，他觉得自己在地下娱乐城见过她们，可为什么她们都穿着护士的白大褂呢？谢天谢地，疼痛减轻了。

"是林姐要我们来的。"年长些的那一个说。

"你们知道我患的是什么病吗？"

"当然知道，是林姐要我们来的嘛。"还是那同一个人说话。

"我们是值夜班的。"她又说。

"你们在哪里值夜班？"

"整个地区！"她语气中透着自豪，"你想想看，黎明前会有多少人在痛苦中挣扎。我和我的姐妹们穿梭在这片地区。我们走吧！"

她一挥手，三位白衣一块出去了。

曾老六艰难地，一步一挪地回到了他的卧室里。他极度疲乏，可怎么也睡不着。久违了的京城的夜鸟又在外面叫起来了，他分辨出一共有三种，声音里头都有不祥的味道。他想，这大概就是原始森林的风景吧。这种笼罩着他的凌厉的风景，却对他有着致命的吸引力。这时他的手机响了。

吕芳诗小姐落寞的声音在说："老六啊，你到底想干什么？"

"我原来想死，现在不想了。我希望成为国王，一个忧郁的国王。"

"这就对了嘛。"

他还想同她说点什么，可是她关了机。曾老六想象着她那边的情况。从电话里听起来，她似乎待在热闹的人群里，那里的时间不是深夜而是白天，机动车来来往往。吕芳诗小姐的声音让曾老六感到了某种安慰。她不是在白天的繁忙中还惦记着他吗？如果她此刻是在西部，在他不久前待过的那个旅馆，那么这个电话说明了什么呢？这样一想，曾老六的情绪就变好了。然而手机又响了，他满怀希望去接听，却是他父亲在说话。

"老六，你猜我在哪里？"

"我猜不着，您说吧。"

"我在慕田峪长城。我同你妈妈一块爬山，我们半途失散了，现在我一个人站在长城上等她。"

"啊！我去您那里帮您找妈妈吧！"

"不！不要来！！你怎么听不懂我的话？"

"我是听不懂。我该怎么办？"

"你，马上睡觉！"

137

他真的有睡意了。他进入梦乡前的最后念头是：鳄鱼河河面上的阳光多么热烈啊。

琼姐在那些酒桶之间散步时，五金商同她在一起时那些恩爱的片断就会从脑海里浮现出来。是这位智慧的老头给了她头脑，使她一步步地变成了现在这种人。在南海的那个小岛上，她甚至产生了要同他一块隐居的念头。当时他拒绝了她，理由是不愿意受束缚。

"过不了多久你就会死的。"琼姐说。

"我们各自承担吧。"老D眼里泪光闪闪。

她还记得岛上有那么多品种的花，多得不可思议，每一天外出都会发现一些新的品种，就像变魔术一样。她用照相机拍了又拍，现在那些照片还在她的公寓里。它们也在她的心里，因为那些花儿就是老D。

"妈妈！"小牵从吊床上下来了。

"唔。"

"这里真好玩啊，这么多的酒桶！'咕噜，咕噜'，哈！"

"你想要什么东西吗？"

"我想要回'红楼'。你把它装在这里头了！"她指着一个酒桶说。

她冷不防在琼姐脚背上跺了一脚，然后跑了出去。琼姐陷入回忆，她觉得她永远不知道女儿想些什么。森林里长大的孩子会想些什么？

近来风声很紧，她不能走出地窖。一连好多天待在地下，她的脸色更加苍白了。她不知道自己的脸色是什么样，她决心不照镜子。有一天夜里，她听到杂乱的脚步声，以为捉拿她的人来了，就起来穿衣服。然而并没有来人，只有一些鸟的尸体在地上散乱着。她检查了门，关得好好的。那么，这些生灵是本来就潜伏在地窖里头的。它们靠吃什么为生呢？她神思恍惚地翻弄着一只鹦鹉的身体，那只美丽的鹦鹉突然睁眼看了她一下，又闭上了眼。琼姐的心脏一阵乱跳，她以为自己要发病，结果却没有。

五金商家的佣人阿利终于又来了。他一脸沮丧。

"您要我寻找的东西是找不到的。谁还不知道我的主人的脾气啊，只会白费力气。依我看，您最好忘了这事，这对您并不难。"

"你这个聪明的家伙，你太聪明了，我在你面前真羞愧。"

琼姐怔怔地看着小伙子，她的目光仿佛要穿透他去看另外一样东西。阿利在心里冷笑着，他知道这个女人的心思，他认为自己是天底下最了解主人的人。他以坦然的表情迎着琼姐的目光。

"D老先生永远活在我们的记忆里。"他清晰地说出这几个字。

"可是我，应该尽快忘掉他。这是你的意思吗？"

"是的。"他谦卑地垂下头。

他向外走时踩着了那只鹦鹉，琼姐看见鹦鹉的头部居然流出了血，她找来一个纸盒，将鸟儿收进盒内，打算过一会儿拿到外面去。

夜里，地窖变成了广场，所有的酒桶都竖了起来向上生长。

她和女儿小牵在酒桶的森林中相互追逐。拱顶上的那些电灯不太明亮，酒桶与酒桶之间有巨大的阴影。没多久小牵就不见了。琼姐知道她躲起来了，也懒得去找，就靠着一个木桶休息。有人给她发短信，灯光太弱，她只看清了两个字："紧急"。她拿着手机往亮一些的地方走，却撞上了小牵。

小牵用手捂着左眼，哭得很凄厉。琼姐用力掰开她的手，没有发现什么异常，可是小牵坚持说她的左眼"被大鸟叼走了"。

"大鸟在哪里？"

"楼梯口。"

"就是我们往上面去的楼梯吗？"

"是往下面去的。那下面很、很吓人。"

女儿渐渐平静下来，在她怀里睡着了。琼姐将她安置在吊床上。她记起了手机上的短信，拿出来一看，却原来写的是："下午三点在同一地方。"

是阿利发来的。时间还早，她得赶紧睡一觉。她在那张小床上躺下，强迫自己入睡。她闭着眼，感觉到很多鸟儿在这地下室里撞来撞去的，在她的想象中它们很痛苦，似乎每一只都愿意一头撞死在墙上。

吕芳诗小姐在楼下传达室里拿了自己订阅的报纸和杂志准备上楼去，传达老头从外面回来了，他站在楼道里同她说起话来。

"吕小姐啊，你就一点都不关心我们'公墓'小区的事务吗？我告诉你吧，是这样的，今天他们将那个露天游泳池填掉了，因为发生了奇怪的现象，有东西从游泳池的底下长出来了。很多人都看见了，起先大家还想装作没事，后来没办法了才去填掉。唉。"

也许是因为听了他的胡言乱语，吕芳诗不知不觉就走到了外面。她来到原先游泳池所在的地方，看到了灯光下那一片新填的泥土。是什么样的大家不愿意看见的东西长出来了呢？她很憎恨传达老头，因为他从来不把一件事说清楚。看着这黑乎乎的一大片，回想起周末时这里人头攒动的场面，吕芳诗小姐的心"咚咚"地跳了起来。她并不是不关心"公墓"的事务，可是看来她真是关心得不够啊。比如她就从来没细想过：一个贫民小区里怎么会建起一个游泳池的？这些住户究竟是不是贫民？或者都是像她这种身份暧昧的人？当然，她也是贫民，难道不是吗？

她正准备回楼上去时，一件不可思议的事发生了。就在那一片阴影里头，出现了一小片亮光，有一个小老头坐在一张小小的桌子面前，桌子上有一盏绿色的台灯，也许他一直就坐在那里，为什么她刚才没有发现？

她踩着新填的泥土朝他走过去，泥土淹没了她的鞋子，她的裤腿被弄得很脏。她快走到他面前了，她停住了脚步，因为她听见他正在轻轻地笑个不停。他那么专注于自己的事，她觉得不便打扰他。

"姑娘，你是从公墓里头来的吗？"他说话了。

他举起那盏小小的台灯来照她，弄得她很不好意思。

"不，我是从居民楼里来的。这里真安静。"吕芳诗说。

他关了灯，他俩隐没在黑暗中。

"你是不会对这种安静感兴趣的,就像那些来游泳的人一样。"

他叹了口气。他的声音怪怪的,很像男童的声音。

"白天发生了什么事情吗?"吕芳诗试探地问道。

"那不算什么大事。他们在水里头扑腾,那么多人,水温都被他们的肉体弄得渐渐上升了。然后,在深水区的下面,有一个人看见了,接着又两个人看见了,后来就恐慌起来。有什么可恐慌的呢,我们原来不就是从水里头来的吗?你说是不是,姑娘?"

吕芳诗小姐感到有黏糊糊的软体动物在她的脚踝那里轻轻地咬啮。她有点恐慌,又有点好奇。

"您是说我们不应该害怕?"

"我就是这个意思,再说害怕也解决不了问题啊。比如你,你站在那里,你一直想走开,可为什么你还没走?"

他又笑起来了。吕芳诗的脸在发烧,不过黑暗中谁都看不见她。她有种奇怪的感觉,就仿佛此刻她在同这个小老头性交一样。她甚至闻到了他那灰白的头发里的气味。她想,这是怎么回事?她听到他耳语般的声音,他说:"我要下去了。"他说了这句话之后周围就陷入了寂静。她的脚踝被那小动物咬得有点痛,她很想快点回去,可是这些泥土变得很滑,她一不留神就摔倒了,跌了个嘴啃泥。当她的脸埋在泥土里头时,她听到曾老六在下面说话,声音离得很近:"芳诗啊,你在外面吗?这不算什么,我们离得很近,想要见面就见面,对吗?"

她终于离开了那片地方,她站在水泥路上,感到很欣慰。

那些居民楼里全都亮着灯光，隐隐约约可以听到争吵的声音。但是没有一个人到外面来！她记起来起先她是下楼来拿报纸的，然后她就来到了游泳池所在的地方，看见了坐在小桌子旁边的老头。她的报纸和杂志一定是落在那片土里面了。曾老六是在下面的公墓里头吗？她是因为听了他的话才感到欣慰的。他说得对，他和她"想要见面就见面"。为什么这些人都不到外面来？大概他们都比她明智，他们早就看见了一切。大概在那散发着热气的水池里，人体感到了来自下面的威胁。

小饭店门前的那盏灯在雾气里像血一样红，店主正在门口搭梯子挂一盏灯笼。吕芳诗小姐想，今天他店里根本没有客人，忙乎些什么呢？但是她自己却感到了剧烈的饥饿。

"小姐很久没来吃饭了啊。"老板招呼她。

她坐在那里，老板站在她面前，像有什么话要告诉她。吕芳诗站起来，走到后厨那里去洗脸洗手，在哗哗的水声中，她听到男人在身后说：

"那两个冤家会通过谈判来解决他们之间的争端。在我们这块地方，没有什么问题是解决不了的。"

她回转身来时，他已经走掉了。

吕芳诗小姐胃口大开，吃得很多。吃完后她忽然记起脚上的伤口，就弯下身去察看。那是个三角形的伤口，微微肿起来，不怎么疼，只是一阵一阵地让她感到酥麻。会不会是毒汁进入了她的体内？她不怎么害怕了，也许刚才的奇遇让她变得坚强了。此刻她相信她的身体是不怕中毒的。

她叫了好几声都没人应，就将钱放在桌上离开了。

那栋楼里面闹腾得厉害，很多人从窗口伸出头来咒骂。吕芳诗小姐不愿意回家了。可是这么晚了到哪里去呢？而且她身上很脏，脚上又受了伤。她站在那里犹豫不决时，传达老头就从大门那里走过来了。

"我侄儿可以开车送你去城里，他在三号楼那里。"他说。

"您怎么知道我要去城里？"

"我当然知道。你看过了游泳池，明白了底细，现在要去赴舞会了。"

她走到了三号楼下面，司机从车里出来了。居然是曾老六的司机小龙。

他们驶出了小区后，吕芳诗才问他：

"是他要你来接我的吗？"

"不，我已经从他的公司辞职了。"

"原来这样。那么，我们去哪里呢？"

"你不是要去城里狂欢一场吗？我有个好地方。"

她有点恼怒，因为这个年轻人有点自作聪明的味道。当然，他没猜错。"他真是个古怪的男孩子，莫非他看上了我？"吕芳诗小姐差点将这个念头说出来了，因而吓了一跳。

他们到了市里。因为一路上七弯八拐的，吕芳诗不太熟悉他们所在的这个地方，小龙一边锁车一边指着右边告诉吕芳诗："这里有个公园。"

没有收门票的人，也没有灯光，吕芳诗踌躇起来。小龙从她后面猛地推她一把，喝道：

"你还犹豫什么！"

她被推进了这个黑咕隆咚的公园,她脑子里闪出一个念头:"会不会是绑架?"然而不是。小龙一边走一边在她旁边说话。

"在这个地方,谁都看不见谁,所以也用不着掩饰什么了。"

吕芳诗觉得他说得对,因为她也看不见小龙了。她机械地跟着他的声音走。小龙告诉她说,有不少人在这片树林里。她果然感觉到了有一些树叶从她脸上扫过去,凉凉的。她很担心会有树枝戳到她的眼睛。小龙招呼她坐下来,她就坐在热烘烘的草里头了。

吕芳诗小姐刚一坐下,就被这里热烈的氛围包围了。她耳边响起无数绵绵的情话,此起彼伏,就连大地也伴随激情在荡动。她想,她已经很长时间没有动过感情了,都不太习惯这类刺激了。这些坐在这树林里的人是从什么地方来的?他们难道就是她白天里看到的那些表情枯燥的人们?要是天一下子亮起来,她看见了他们每一个人的脸,那会是什么样子?

有一对情侣滚到了吕芳诗的身旁,他们似乎是紧紧地抱在一起的,他们热烈得陷入了疯狂。吕芳诗身下的土地在剧烈地起伏,她被抛起来,又沉下去,她甚至不由自主地打了一个滚,还扭伤了自己的手腕。她听见了自己惊恐的叫声,她的叫声夹在那些绵绵情话里面显得特别刺耳。后来,土地安静下来了,她费了好大的力才慢慢坐起来。

"你觉得他们跳得如何?我是说刚才这一对。"小龙说。

"跳什么啊?"

"跳舞嘛。刚才是琼姐和D老先生,跳了一个高难动作。"

"啊,我听不出来。这些人都是'红楼'俱乐部的吗?"

"不全是,有一大部分是。原来的D老先生已经过世了,这是他的弟弟,琼姐每夜都同他跳舞。有人又说他是D老先生本人。琼姐才不管这些呢,死人也好,活人也好,她都同他们跳!"

小龙的声音里透着明显的赞赏。吕芳诗小姐感到自己正在渐渐地进入此地的氛围。她静下心来努力地分辨,但仍然只听到众多的陌生的声音,似乎一个熟人都没有。

"我是战争孤儿,没有前途,我只是明白底细罢了。"他兴奋地说。

"啊!"吕芳诗小姐叹了一口气。

"啊!"她又叹了一口气。

她周围的干草正在噼噼啪啪地燃烧,令人陶醉的异香围绕着她。

第四章

集体迁移

吕芳诗小姐的软卧包厢里一共有三个人，对面的上下铺躺着一男一女。男的老在清理自己的小旅行箱，从里头拿出一些奇奇怪怪的小玩意儿，端详一阵又放下。他的脸很窄，皱纹很多，有种狡猾的表情。女的躺在上铺，一动不动，瞪着车厢顶，她是个年轻女人。

这趟列车是去新疆的。以往吕芳诗都是坐飞机去那边，因为最近她有点心神不定，就害怕上高空了。吕芳诗没有像对面的男女那样躺着，而是坐在自己的下铺想心事，她想起了她同曾老六在某个旅馆房间里的谈话。那一次，他们谈起了新疆。他们并没有一块去过新疆，可是每当曾老六谈起新疆的某个地方，某个人，某处景物，吕芳诗便沉醉在关于它们的记忆之中。她有同样的记忆，这太不可思议了。是激情打通了他们之间的记忆吗？曾老六将新疆称之为他"疗伤的地方"。不过对于她来说，那里并不是疗伤的地方,而是——而是一个"温柔之乡"。她一直是这样认为的,她渴望在漫漫黄沙之中,在陌生的语境里思念她的情人们。她的情人不止一个,但她每次在那边都只思念其中一个。这一次她将思念谁?要到了旅馆后才会知道。她将头伸往车窗外,听见了西北风的呜咽。

"女士,请您分享我的乐趣。"

对面的男人突然说话了,他向她举起一张摄影照片,那上面是一只猿猴。吕芳诗觉得那只猿猴很眼熟。

"我带着它走遍天下。"

他得意扬扬地晃了晃照片,紧盯着吕芳诗。

"您觉得它怎么样?"

"我觉得它很像我。"吕芳诗想了想认真地说。

"嗯,您的回答并不出乎我的意料。人应该相互关怀,可是我的未婚妻得了健忘症(他指了指上铺),我一直想让她记起我,总不能成功。于是我们有了这趟旅行。"

男人说话间又掏出了一个小小的录音机,他将里面的声音放出来时,吕芳诗就听到了鸽子的咕咕叫声。有很多鸽子,似乎是在鸽房里录的音。他将录音机放在枕边,惬意地闭上了眼睛。一会儿,包厢里就成了鸽房。吕芳诗感到自己里面有种学鸽子叫的冲动,忍都忍不住。可是她发出的声音不是鸽叫声,而是一种噪音,很难听。她偷偷打量对面的男人,发现他满脸都是讥笑表情。

吕芳诗愤怒地走出包厢,坐在过道里的椅子上。下午的阳光懒懒地射到过道里,火车在原野上奔驰,孤独感向她袭来。

她轻轻地嘀咕："新疆啊新疆。"奇怪的是她一离开包厢，那男人就关了录音机。她将耳朵凑到门上去听，里头一片沉寂。

她订房间的那家旅馆的对面就有鸽房，是很普通的灰鸽。吕芳诗很喜欢鸽子，却又受不了它们的叫声，那叫声让她徒生烦恼。她总是订这家旅馆，而鸽子的叫声也总是让她失眠。当然，那是种很温柔的失眠，让她又想摆脱又想投入其间的失眠。每当她回忆起那种感觉，就会毫不犹豫地订下那家旅馆。包厢里的这一男一女是谁？难道他们也订了同一家旅馆吗？看来她是个很粗率的人，从来也没想过要将自己经历过的情境用录音机录下来。或许是她觉得录音机的这种功能有点可怕，太不自然了吧。

她沿着过道向前走时，一名列车员同她擦身而过时盯了她一眼。走过两个包厢后她又听到了录音机里传出鸽叫，她怔怔地站在那里，几乎要出冷汗了。难道面前的这个包厢里的人，也常去她去的那家旅馆？她敲了敲门，里面的人叫她进去。

包厢里一共有四个青年，两男两女，录音机就放在他们的茶几上。

"请问，你们是不是订了'春天'旅馆？"吕芳诗问道。

"是啊，我们恨不得立刻飞到那里！"很年轻的那位女孩说。

接着大家都陷入了沉默。男青年们谴责地用眼睛瞪吕芳诗，暗示着她该马上离开。这时鸽子的叫声变得恐怖起来，充满了整个包厢，吕芳诗连忙出来了，她郁闷地回到自己的包厢。

年轻女人已经更换了姿势，她侧身面朝板壁了。下铺的男子已经起床了，此刻正面对窗外沉思。录音机被他收起来了。吕芳诗小姐的心情放松下来，她在自己的铺上坐下来。

"您看她多么超然。"他回过头来指了指上铺,"我们是在盆地认识的,我们一块从那场大火逃生。那些胡杨都成了巨大的火把,真是壮观!也有人说,旧地重游反而会导致更彻底的遗忘。"

吕芳诗感到自己顺着男子的思路进入了黑洞洞的地方。她很疲乏,就躺下来睡了。朦胧中听到琼姐的声音,她正在同这个男子说话。吕芳诗想,却原来大家都在琼姐的安排之下行动!她比较放心地入睡了。

鸽房已经不见了,那个地方变成了一家小吃店。吕芳诗惆怅地站在店门口看着那些陌生的面孔,橱窗里头有一幅巨大的肖像照,是一只面部长得很像人类的猿。

旅馆里冷冷清清。接待她的服务员告诉她,这个季节客人少,几乎所有的房间都是空的。吕芳诗说起在火车上听到有人订了"春天"旅馆的事。

"您是说'红楼'俱乐部的那些人吗?他们是搞恶作剧。他们订了房间,可又取消了预订。那是些神出鬼没的家伙,他们中很多人已经在这里落户了,您还不知道?"

她将热水瓶放在房间里,似乎不放心地打量了一下房间,然后离开了。

吕芳诗洗完澡,吹干了头发,就坐在沙发上发呆。有人敲门,是那个服务员又来了。她两颊泛红,显得很兴奋。

"吕小姐啊,您肯定还不知道吧?我们这里发生了翻天覆地的变化!怎么说呢?就是你们那边来的外地人在捣乱啊,不过我对他们不反感!我们经理说,他们是一股新生力量。他们虽然不来住我们的旅馆，其实也等于住了。天一黑，我，经理，还有几个中层干部，我们就去他们娱乐消费的那些地方。他们当中有些人很不一般，有感染力，这是我们经理说的。我看出来，我们经理对经营这个旅馆没兴趣了，还有我，其他人，也是一样。我们着了魔一样往那些地方跑。"

"你们从事一些什么样的活动呢？"吕芳诗问。

"嘿嘿，不过就是发疯罢了。"

她说了这句话之后似乎很不好意思，猛地往床上一倒，将她的脸藏到枕头里面。吕芳诗听见她在咯咯地笑。

"你起来，起来！"吕芳诗推着她说，"我要同你一块去搞活动。"

她立刻蹦了起来，大声问：

"真的吗？是真的吗？吕小姐您，同我们一块？经理会多么高兴啊！因为您是从那边来的，我们都知道您的事迹！"

"你知道些什么？"

"比如您失恋的事。"

"我？失恋？哈哈！！"

"您等会儿下来吧。我在楼下等您。我叫小花。"

吕芳诗小姐对着镜子梳头时，天已经黑下来了。外面起风了，她想，会不会有在沙暴里头跳舞的场面？这名服务员（也许根本不是服务员）让她阴暗的内心变得明亮起来了。她有点紧张，一会儿觉得应该穿高跟鞋，一会儿又觉得应该穿平底鞋。她最后还是穿上了平底鞋。

老商人T比吕芳诗先来新疆几天。T是为了享乐来这里的，他从某个渠道得到消息，知道原来的"红楼"俱乐部的员工要在新疆腹地的这个"钻石城"开展娱乐活动，甚至有黑社会介入。当时Ｔ坐在他的办公室里想道，这是属于吕芳诗小姐的活动啊，她一定会去参加的。今年一年里头，老年的衰弱使Ｔ心中的渴望更加强烈了。他是个不怕做荒唐事的人，好多年以前，他的妻子就因为他的荒唐而离开了他。他知道他的本性是改不了的。除了吕芳诗，他还同时与另外两个女子保持着联系，同女人的关系是他击退虚无感的武器。吕芳诗小姐是他最喜欢的女人，她那谜一样的性格，还有谜一样美丽的身体，常常能使他这衰老的躯体和思维返老还童。前不久他发了一次心脏病，末日的临近却使得他心中的欲望更为急迫了。Ｔ是那种将荒唐当优雅的人，他将自己同吕芳诗小姐的关系赋予某种光辉，让他的老年生活燃烧起来。

他在飞机上打盹时，不断地看到沙漠当中的那个朴素的石墓，石墓上停着很多灰鸽。当他醒来之际，干涩的老眼里头居然有泪。他乘坐的飞机降落时被一团黑云裹挟，差点出了事故。机舱里大乱时，Ｔ的心里却充满了幸福感。"芳诗啊芳诗！"他反复叨念这句话，闭上老眼，全身在熊熊烈火当中燃烧。

然而安全降落了。巨大的快感令他全身瘫软，他几乎都站不起来了。他反复地问自己："这就是美吗？"

他静悄悄地住在"春天"旅馆的顶层房间里。白天里他关着门睡觉，让服务员将食品送到房里。到了深夜，他就开始外出活动。他的精神分外好，两眼如老猫一样炯炯发光。

一直到第三天夜里，他才发现了，那一帮人住在城东的地毯厂的车间里。那是一间废弃的巨大车间，织机都被搬空了，靠墙摆着很多简易钢丝床。看上去他们像一个流浪的群体，大家都坐在自己的床边，忧心忡忡地瞧着那些发出昏光的顶灯。T觉得好几个人都很面熟。这样的深夜里，他们为什么彻夜不眠？他眼前一亮，啊，原来是保安小桃！

小桃仰着脸，面部的肌肉很僵硬。

"小桃啊，你不认识我了吗？"他拍拍他的肩。

"您？我不知道您是谁，我全都忘光了。"他说。

"我是T啊，'红楼'俱乐部的老客户啊。"

"对不起，我不知道您说的事。您说的事同河有关吗？"

T看见好几个人都围拢来了，他们表情阴郁。T有点紧张，他的秃头开始发热，他将帽子拉下来一点。

"的确同河有关。我们的夜总会就建在河边。"他镇静下来。

"真的吗？真的吗？"旁边这几个人异口同声地说。

他们都是熟人。虽然T叫不出他们的名字，但以前他们天天见面。比如这个小伙子，就是"红楼"咖啡厅的部门经理嘛，现在他讲话了。

"我们最感兴趣的就是那边的事。您能和我们讲讲吗？"

小伙子声音低沉，似乎还有威胁的意味，仿佛T如果不讲，他就要动武了一样。他甚至用力抓住T的手臂。

"先前，在'红楼'的舞厅里，每天夜里群魔乱舞。"

T刚刚没有把握地说出这句话，小伙子就松了手。

"天哪，又有人提起了！我们心里那块石头落了地！"小伙子喊道。

T看见更多的人围拢来了，保安小桃正眼巴巴地看着他，企盼他说出更加有意思的事来。可是T觉得脑子里空空的，一句话都说不出来，他只好闭嘴。这些人见他不说了，都很失望，怏怏地回到自己的床位。

"我看您活得不耐烦了吧？"小桃讥讽地说。

"是啊。我太老了。"

"那你还不赶紧？！还磨磨蹭蹭！"小桃嚷嚷道。

人群成半圆围过来，将T和小桃紧紧地夹在中间。T的背上开始流汗了。忽然，T听到吕芳诗小姐在说话。

"他老人家有很大的弱点，不要逼他。"她说。

她的话就像一阵强风一样，将这些人全都吹散了。一会儿大厅里就只剩下T一个人了。T跌坐在小桃的简易床上，感到精疲力竭，出发时的活力都从他的体内流走了。但是他又觉得很欣慰，因为他心爱的女人也在这里。他并不渴望马上见到她，只要她也在这里，他的日子就有了盼头。远处有人在弹奏冬不拉，如泣如诉。混浊的老泪从T的眼里流下来，他不好意思地掏出手绢来擦去它们。在旅馆的三十二层楼上的房间里，他用幻灯片制造出大群的海鸥，同吕芳诗小姐一块在幻境中陶醉，那是哪一年的事了？

小桃的床上放着一把匕首，T老翁将匕首拿在手里把玩，不断地设想着这些生活在刀锋上的人们的心情。多么美啊！他还来得及吗？这些人都到哪里去了？他又回忆起他在飞机上看到的那个黄沙中的石墓，那些灰鸽，他甚至看见了墓碑上自己的名字。他隐隐约约地觉得自己这一次来钻石城会找到那个地方。那么他们,"红楼"的这些员工们,他们是不是全都到沙漠里去了呢?他设想着在一轮清月下跳舞的吕芳诗小姐,想着想着就变得瞌睡沉沉的,一倒头就在小桃的床上睡去了。入睡前他还听到有人在外面惊慌地呼叫:"着火了!着火了!……"

新疆的早晨真是宜人啊!T轻快地走在彩石铺成的人行道上,真真切切地感到了那种返老还童的美妙。天是钢蓝色的,灰鸽在尖屋顶上轻轻地唱歌,带点凉意的风让人头脑清醒。

"我要去地毯一条街,怎么走?"他问花童。

"我们这里有很多地毯街,离得最近的在那边,往右拐。"小女孩说。

T拿着那束不知名的小红花,嗅了嗅,自嘲地笑了起来。他并不是要去地毯一条街,他是要去离得不远的沙漠。但他却不好意思问:"到沙漠怎么走?"为什么不好意思他也想不清。据说这里的人死了之后都被抛尸到沙漠里,没人会在沙漠里建造坟墓。

T老翁的坟墓

吕芳诗小姐下到楼下的大堂里,那位叫小花的服务员却不在那里。柜台上只有一名男服务员,他翻着白眼看她。

"她同我约好了带我去'蓝星'酒吧。"吕芳诗说。

"她早就跑得没影了,您只好自己去找了。"

她走出大堂,来到门外。一股黑风迎面吹来,风里夹带的灰沙呛得她猛咳起来。她听到那名男服务员在她背后大声说:

"一直往前走,总是走得到的。"

本来她已经打算回旅馆了,听他这么一说,又硬着头皮往前走。

在路口那里,她几乎被风刮倒在地,有一个人搀扶了她一下。

"是'红楼'的员工吗?"男子问道。

"唔。"她含糊地应答。

"哈,我知道您要去的地方。跟我来!"

她跟着这个人走过几个街区,被灰沙呛得咳个不停。最后他们来到了河边。河边的风更大,很难站稳,只是风里头并不夹带灰沙了。吕芳诗小姐看见有不少人站在河堤上,他们全都戴着风帽,穿着风衣。他们的脸都向着河里,在张望什么东西。

"您就站在这里看吧。有人的船要翻了。"他说。

"谁在河里啊?"吕芳诗问。

"是一个活得不耐烦了的老家伙,居然在这种天气去驾木划船。"

"他是'红楼'夜总会的吗?"

"也算是吧。"

吕芳诗小姐的情绪一下子变得热烈起来了。她凝视着翻滚着浪涛的河,开始什么都看不清,后来就发现了一点光。是驾船的人,他点着一盏电石灯。他离岸不远,似乎根本无法前进,他是要渡江。人群议论纷纷。

"在这种天气出来找死还是需要勇气的。"

"孤寡老头一身轻，什么都不用顾忌。"

"我倒是羡慕他，想怎么折腾就怎么折腾。"

"我们来这里是来对了，要是不来就没法回顾自己的生活。"

一个浪头将小船推到了岸边，吕芳诗听到人群在喊：

"上岸吧！上岸吧！"

吕芳诗感到那人的一个动作很熟悉，她蹲下去哭起来。她终于明白这一次她是因为思念谁而来这个地方的了。

"您哭得太早了，看清楚了再哭也不晚。"带她来这里的那个人说。

吕芳诗不好意思地站起来，用纸巾擦掉眼泪。就在这时，那只小船又冲向了江心，人们欢呼起来。

"这不就是您想看的吗？看了又哭。"那人埋怨吕芳诗说。

他说了一声"我要走了"就消失在风中，扔下吕芳诗一个人孤零零地站在河堤上。吕芳诗想去靠近人群，但每当她往那边走几步，人群就退几步，好像她是瘟疫一样。这些人显然是维护T老翁的利益的，那么，难道她做过什么对不起T的事？的确做过，也许做过太多，她都想不起来了。先前有段时间，她被这个会变魔术的老头迷住了，那个时候她肯定伤过老头的心。

"他过去了！他过去了！他上岸了！！"有人在喊。

吕芳诗小姐隐隐约约地看到了河对岸的那盏电石灯。电石灯在黑风中浮游着，仿佛是从天上落下的一颗星星。不知为什么，吕芳诗的内心并没有变得轻松起来，反而升起一种不知名的恐惧。没有T的世界会是什么样的世界？她走下河堤时有人冲她喊话：

"这一走，他就永远不会回来了！你到黄沙里头去找他吧！"

风停了。吕芳诗看见乌云渐渐散去，露出了高而深的天顶，星星又大又亮，仿佛在向她暗示着什么。她在回旅馆的途中看见一些熟悉的面孔出现在商店的橱窗前，三三两两的，似乎在等人。真奇怪，这么晚了商店还不关门。先前她出门时这里黑洞洞的，现在却很亮，那几个酒吧里居然在表演歌舞，冬不拉的弹奏很热烈。忽然有个小伙子跑到她面前来了。

"吕芳诗小姐，您还没有考虑迁居的事吗？"他局促地问她。

"你是谁？"

"我是'红楼'夜总会的保安啊。我哥哥快要走上绝路了。"

吕芳诗感到毛骨悚然。

"他在哪里？！"

"他在京城的地下娱乐城。那里快要封城了，他们在用砖将那些出口全部堵死。哥哥不愿意出来。"

小伙子想说什么又没说，忸忸怩怩地离开她进到酒吧里头。吕芳诗想：他真是"独眼龙"的弟弟吗？先前她是认识这名保安的，也知道他是谁的弟弟，可是刚才她怎么也看不出这个人就是保安。她站在人行道上，心里感到很害怕。这时旅馆服务员小花出现了，小花蓬头散发，面容一下子变得十分憔悴了。

"您没有找到'蓝星'酒吧吗？真遗憾，我本来以为您自己找得到的，那个地方很显目，可是现在没有必要去了。旅馆里太冷清了，您上我家去休息吧，我已经为您布置好了房间。"她说话时有点神情恍惚。

"你为什么要为我布置房间？"

"因为您是我的老师嘛。我要向您学习做人的准则。"

吕芳诗小姐扑哧一笑，阴郁的心情一扫而光。

小花家的院子里密密匝匝地长满了小树，把路都挡住了。她牵着吕芳诗钻过那些树枝，来到她家里。她的家人都睡着了，为了不打扰他们，小花就没开灯，她摸黑将吕芳诗带进为她安排好的房间。她们刚一在那张床上坐下来，吕芳诗小姐就感觉到了房间里还有人，并且不止一个，都睡在另外的那张床上打鼾呢。这个房里至少摆了三张床。

"他们是谁？"吕芳诗问。

"您放心吧，她们都是女的，是你们那边来的。她们一共有三个人，都是在生活中受了挫折的人。我们轻点说话，免得吵醒她们，现在只有睡眠可以抚慰她们受伤的心。我早就想同您谈话了，我们可以坐在这里一直说到天亮。您右手边是一扇大窗，望出去可以看到那条'钻石河'。这里地势高。您瞧，他也在守夜，多么坚毅的男人！"

"谁？"

"您的情人嘛。"

吕芳诗看了又看，黑乎乎的什么也看不见。她认定小花在瞎说。

"我们不要谈论关于我的情人的事，我们来谈点别的吧。"

"谈别的！？"她夸张地挥了一下手，"您要谈什么别的？您忘记这里是什么地方了，这里是'钻石城'啊！您却要谈别的！"

"比如关于你的家庭。我认为你不是一名服务员，而是，怎么说呢？而是更高阶层的人。"吕芳诗小姐有点高兴地说出了这些话。

161

"您说得对。我不光是一名服务员，我还是一名悲伤的情人。"

当她说出"悲伤的"这三个字时，她就神经质地握住了吕芳诗的手。

一种巨大的虚无感朝吕芳诗袭来，她那刚刚有点亮色的心态又变得阴暗起来了。在沉默中，两个人都在倾听对面床上发出的奇怪的鼾声。那不是一般的鼾声，而像是病人在昏迷中的绝望挣扎，一波一波的眼看要窒息了，却又被什么东西挽救过来，于是又继续挣扎。吕芳诗的手被小花横蛮地抓着不放，小花暗暗地使劲，就仿佛自己在挣扎一样。吕芳诗没想到她有这么大的握力，她因为疼痛而"哎呀"了一声，于是她放开了她。

"情人只能生活在悲伤之中。"小花终于忍不住开口了，"您从遥远的京城迁移到这里来，当然是为了那种事。"

"可是我并没有迁移过来。我是来旅游的，我的东西还在京城，我的家也在京城。我住在京城一个叫'公墓'的小区。"

"这倒是个问题，您的东西还在那边！"她又夸张地挥了一下手，"您是个很实际的人，对吗？"

吕芳诗小姐的脸在发烧，她嗫嚅着说：

"我不知道自己是什么样的人……那么，你知道吗？"

"我也不知道。但我总觉得自己对您有信心，您每次来我都有这种感觉。难道是因为您长得漂亮？不，不是。我见过一些不漂亮的女人和男人，他们也让我产生同样的信心。比如睡在这里的这两位……"

她的话没有说完。吕芳诗看见一个黑影从床上立起来了，她几乎是无声无息地跳下了床，走出了房间。另外一位睡在那里的人还在继续打鼾。

小花凑在吕芳诗小姐的耳边说："她到外面同她的情人见面去了。并不是真的见面，只不过是隔着马路注视罢了。那个人每天早上在对面扫马路。他是在做公益劳动，他心里难受。"她的话让吕芳诗想起了河对岸的那盏在风中浮游的电石灯。她一会儿觉得这个小花是她的贴心的朋友、姐妹，一会儿又觉得她是奸细、敌人。她把她叫到这个黑屋子里来，是想安慰她还是想教训她？她回忆起自己从前在"春天"旅馆时的情形，那一夜又一夜的春梦，那些鸽子，还有夜里在大街上跳舞的维吾尔族男女，她坐在阳台上就可以看到。原先她根本没有注意到这个小花的存在，而她一直关注着自己，还说自己已经迁居到这里了。她说起话来总比自己的思维快一拍，这是怎么回事呢？

有各种各样的花香从窗口飘进来，吕芳诗忍不住做了一个深呼吸。她羡慕起小花来，这个姑娘住在多么美丽的地方啊。

这时窗口开始发白，吕芳诗走到窗前，看见有个人在树丛里向她招手。那是保安小桃，他麻利地拨开树枝走到她面前来。

"我下班了。我热爱我的新工作。刚才我得到我哥哥的消息，他要我代他向您问好，他还在地下，没有上来的打算。他同您是天生的一对。"

吕芳诗小姐看见在这个小保安的身后，一轮巨大的红日正在冉冉升起，奇怪的是这里的太阳却没有光芒，周围的一切仍是朦朦胧胧的。小保安的身影变得稀薄了，过了一会儿就不见了。吕芳诗想，或许他还在原地。但是小花叫她了，小花正在用全身压住对面床上的女人，她叫吕芳诗过去帮忙。那女人乱踢乱蹬，过了好一会儿她俩才制服了她。吕芳诗看见她紧闭双目,还没有醒。

她俩坐下来擦汗时,小花自豪地说:

"我的真正的工作是护理病人。为了病人,我将院子里种满了来自世界各地的花——我向各式各样的外国人索要花种。"

"多么香啊!"吕芳诗忍不住又做了一个深呼吸,"你将花儿都种在院子里头了吗?"

"不,我将它们种在一个隐蔽的地方,没人看得到。"

"你真是了不起。你认识保安吗?"

"怎么会不认识,他老往这里跑,他太空虚了。我干脆告诉您吧,'春天'旅馆只是一个幌子,我们在那边接待你们,让你们好好休息。真实的生活其实是在这边,在我们这些人的家里。钻石城里的生活是夜生活,同你们京城差不多。同京城一样,我们这里也常有东西从地下喷发出来,有时就发生在城中间,毁掉一些建筑和设施。您对墓地一定很有兴趣吧?我可以带您去看那种白色的墓,不过我们要等她醒来之后才能去。她的名字叫常云,她杀死了自己的女儿。"

小花俯身向着常云轻轻地说:

"常云,常云!你家乡的人看你来了。这个女孩连她妈都敢杀,和你是一类人。你醒醒吧!"

吕芳诗听了觉得好笑,就说:

"你一直在瞎说吧?"

"我说的全是真情。您看,她醒了!"

青年女子睁开了眼,对吕芳诗露出笑脸。吕芳诗发现她长得惊人的美丽,就对小花说:

"你刚才竟然说她不美!"

"她已经迁来两年了,成了本地人。本地人全长得一个样。让我来问她,常云,你觉得自己漂亮吗?"

"我?我没想过这种事,不知道。"她一边穿衣一边说。

"您看!我没说错吧?哈哈!"小花拍起手来。

院子里已经变得很亮,她们三个人从那些乱树丛里钻了出去,来到了马路边上。小花打量着吕芳诗说:

"您真是容光焕发!我家里是最好的休息处所,不论谁到了那里都会获得安宁。"

她说这话时,美丽的常云就在一旁赞成地点头。常云给吕芳诗的印象是一朵盛开的玫瑰花,那么年轻,充满了活力!吕芳诗想,小花说她的那些话难道是出于嫉妒?

在小花的带领下,三个人不知不觉地来到了沙漠边上。太阳已经升起老高了,但太阳还是没有光芒,如一个暗红色的圆盘挂在那里。

"那就是T先生的坟墓。"小花指着前方对吕芳诗说。

吕芳诗揉了揉眼睛问:"哪里?我可以进去看吗?"

"不可以。您只能在这里看。"

吕芳诗小姐只看见黄沙和灰蒙蒙的雾霭。而在她的身旁,这两个女人在如醉如痴地比比画画,吕芳诗听见她们的谈话里反复地出现"T"这个字母,她忍不住扯了扯小花的手臂,又一次问:

"哪里?你不说我就自己去找了。"

"您没看到前面的铁栅栏吗?您过不去的。"

这时吕芳诗的手机响起来了,有好几个人在向她发短信,全是一些无聊的话。吕芳诗的心里升起奇怪的感觉,她觉得这些熟人的问候非常亲切,令她深深感动。其中有一条短信居然是段小姐发来的,难道她还活着?会不会是另外一个人在用她的手机?段小姐的短信说:"你要节制性欲方面的冲动。"吕芳诗觉得这话倒像她的风格。也许是她妹妹发来的。从前在"红楼"那个小黑房间里休息时,她和段小姐之间什么话说不出来啊。她最喜欢谈节制,吕芳诗有时觉得她在小题大做。段小姐去世以后,吕芳诗就觉得自己心里的某个地方空掉了。那段时间她倒是经常梦到一座白色的坟,不过不是在沙漠里,是在她的小区的游泳池旁边。现在她忍不住就给她回了一条短信:"让我们在黄沙中会面。"回应很快就来了:"那是不可能的。"后来不管她再怎么追问,那边也不再回应。

小花的声音将吕芳诗从狂热中唤醒,她说该回家了。她们三人往回走时,沙漠里响起忧郁的女中音,很有力量,就仿佛在天地间震响一般。三人都停下了脚步。吕芳诗用目光搜索了好一会,还是找不到唱歌的人,而从声音来判断那女人就在附近。

"你知道是谁在唱吗?"吕芳诗问小花。

"还不是她女儿。"她朝常云那边努了努嘴,"声音是从录音机里头出来的。有人把录音机放在沙漠里头了。"

"我今年五十岁了。"常云朝吕芳诗眨了眨眼。

"天哪……"吕芳诗小姐喃喃地说。

歌声停了,热烈的冬不拉响了起来,常云那双秀目灼灼发光。

吕芳诗小姐欣慰地想,老T在那边不会再寂寞了。三个人默默地走着，阳光忽然一下射下来，热烘烘的，她们的影子在身后拖得很长。

"T先生真的去世了吗？"她还是忍不住问小花。

"您可以这样想。要不该怎么想呢？"小花仿佛在问自己。她挥了几下手，吕芳诗以为她在赶苍蝇，可又并不是，这地方根本不会有蚊蝇，太干净了。"您刚才看见了吧？"她又说。

"不，我没有看见！"吕芳诗惊慌地辩解。

"您看见了。"她平静地坚持说，"您要来同我们住在一起了，这有多么好。您没来之前，有人将我、常云，还有细柳三个人称为'黑寡妇组合'。现在加上您，一共有四个人了。"

吕芳诗小姐沉默了。回去的路变得很长，阳光使她体内的欲望沸腾，她的目光迷离而又涣散。她听到四面八方都是鸽子叫，原来那些鸽子飞到这郊外来了啊。但是她看不到它们，她只看得到小城的穆斯林清真寺，还有那些平房，城市的上空也有一群灰鸽在飞过来飞过去。

有关京城的梦想

吕芳诗小姐住在小花家的第三天才见到了她那终日蒙着黑色头巾的母亲。她敲门，站在门外，她让吕芳诗到饭厅里去吃饭。当时小花上班去了，房内的两位女子还在睡觉。吕芳诗志忑不安地跟随这位妈妈朝饭厅走去。她看见一位老年男子进了一间房，然后关上了门，也许是小花的父亲。

蒙着黑头巾的母亲请吕芳诗小姐坐下就餐，然后就坐在她对面不动了。她不说话，也不吃东西，弄得吕芳诗很紧张，额头上冒出了汗珠。

吃饭期间她朝对面看了一下，从黑布洞里射出的那两道寒光让她心惊肉跳。她胡乱将饭吃完，帮助这位母亲收拾饭桌。

她俩一块来到厨房，吕芳诗抢着要去洗碗，但是小花的妈妈一把将她扯过来，使她坐在矮凳上面。她示意吕芳诗倾听，吕芳诗便听到了老年男人的哭泣声。厨房的窗外尽是密密的小树，风吹得树叶簌簌地响。吕芳诗看到绿色的新鲜空气源源不断地通过窗口从外面输送进来，使得雪白的墙壁也泛出了绿色。吕芳诗感到自己变成了一只新鲜的苹果。

"叔叔心里有伤心事吗？"她轻声问道。

"他是汉人，京城是他的故乡。乡愁啊。"老女人说。

"也许我不该来你们家？"

"不是这样，即使你不来，别人也会来的。这是小花的工作嘛。"

"你们这里有很多从京城来的人吗？"

"你不了解我们这个小城，你提问的方式不对。你在这里多住一段时间眼界就开阔了。你听，我丈夫哭得那么伤心，他真是个热情奔放的男人。我们是在胡杨树下相遇的。"

她站起来往她丈夫的房间走，她示意吕芳诗小姐跟着她。

那个房间很大，小花的父亲站在窗前，已经停止了哭泣。

屋里同样荡漾着绿色的气浪，这过于充盈的生长的气息，使吕芳诗一时有点窒息。

"您很难受吗？小姐？"白发男子注意地看了看她。

"啊，不！这里真美！"吕芳诗不好意思地笑了。

"琼姐在那边生活得怎么样？"他问。

"您认识她！这太好了。她有些困难，她还在坚持。"

"她的父亲当年同我一块建造了那个墓地。"

"是沙漠里头那一个吗？"

"正是那里，原来您已经看过了。我们将心里面所有的悲伤都埋在那里面了。新疆真好啊。"

吕芳诗想，既然这样，他为什么还要哭？

"吕芳诗小姐，我听说您在京城住在一个叫"公墓小区"的地方，您能同我谈谈那里的情况吗？比如说那些骑着自行车在小区内悠转的人们？还有那个游泳池？"

老头向吕芳诗凑近，他那双幽深明亮的眼睛咄咄逼人。

"游泳池已经被填平了，因为有人在水里头看见了一些东西。"

老头声音洪亮地笑起来。

"那种东西啊，到处都会长出来的！从前我就是那个小区的居民！姑娘，您看这事有多么凑巧啊。难道真的是凑巧吗？您从窗口望出去，您看到那条河，您的情人在河心驾船。在公墓小区，您坐在阳台上喝茶，您的目光投向雾蒙蒙的远方，同样的景象也会出现，对吗？"

吕芳诗的脑子里还在机械地想着那个问题：他为什么哭泣？

那位母亲在旁边做了个手势,然后拉着吕芳诗离开房间。她一直没有取下头上的黑头巾,吕芳诗觉得这很反常。她跟随这位妈妈到了院子里。

院子里尽是密密的小树,没有一块空地方。她俩钻进树丛中。刚一坐在石凳上,吕芳诗就听到常云和细柳在右边的什么地方说话,她们的声音很响亮,简直有点肆无忌惮的味道。

"那么,你就这样将T老头从她手里抢过来了吗?"细柳问。

"当然!我先到这里来,老头子现在只想着我,我才是他的心上人。"

"我也是这样想。吕芳诗小姐虽然生得美,可那种美不实在。"

"的确不实在!"常云高兴地说,"还不如像我们生得平平常常。"

她们对话的声音传来时,黑头巾里面的那双眼睛始终盯着吕芳诗,令她感到很不舒服。她感到最为吃惊的是,常云居然认为她自己长相平常,而在她吕芳诗眼里,常云真是美若天仙。吕芳诗还想听到一些内幕,可是她们的声音渐渐低下去了,只能断断续续地听到一些词,无法将它们连起来。她有点沮丧地坐在那里,周围生气盎然的景象令她感到压抑。

"这两个京城的姑娘说话真直爽!"小花的母亲高兴地说。

她问吕芳诗有没有听到一种声音。吕芳诗凝神细听了一会儿,告诉她说,听到了。那是地下某个地方发出的沉闷的撞击声。

老女人让吕芳诗跟随她,她们穿过树林来到一个地窖口。声音就是从那里面发出的。现在听起来要清晰多了,但还是隔得比较远,仿佛是一个人在很深的下面的处所用什么硬物撞一扇石门。

小花的母亲和吕芳诗往下走了大约一层楼的距离,她招呼吕芳诗不要再走了。她说门已经锁起来了,她没有钥匙。她们站的地方离下面那个人又近了一些,吕芳诗甚至听到了隐隐约约的吼声。

"是你的心上人,他将他自己同我们大家隔开了。"

"天哪。难道是——"吕芳诗小姐喃喃地说。

"不不,你错了!我说的是那个老头。你没料到他有这么大的力气吧?哈,人是不会知道自己身体里头的潜力的。"

"那么,他不打算上去了吗?"

吕芳诗在黑暗中牙齿直打哆嗦,她突然意识到这个处所的温度比寒冷的北方冬天还要冷。她的全身都快冻僵了,痛苦不堪。她的意识开始模糊,她听到老女人还在说话:

"……他是老狐狸,他有取暖的办法……"

吕芳诗挪动脚步想上去,可是老女人抓住她不让她走。她凑在她面前急促地说:

"雪莲花,雪莲花!千万不要错过了……要知道这是T啊!"

吕芳诗在极度的痛苦中咬了老女人的手,差不多咬到骨头上去了。然后她在一声巨响中几乎失去了知觉。但是她仍有知觉,因为她闻到了血的腥味,那种她熟悉的味道。她出自内心地喊出了声:

"妈妈啊!"

她站在那里慢慢地恢复了知觉,可是妈妈不见了。她摸索着往上爬,爬到地窖口,回到了地面。她被绿色、阳光、鸟鸣,

171

还有花香笼罩了，冻僵的身体暖和过来。她穿过那些树，来到小花家的门口。小花笑盈盈地站在门口望着她。

"我刚刚才下班回来。我们旅馆现在一个客人也没有，经理就让我回来了。您今天看起来美极了，您心里一定有高兴事！说出来让我分享一下好吗？我需要鼓励，我是一名悲伤的情人。"

她拥着吕芳诗小姐在客厅的沙发上坐下，真诚地看着吕芳诗。

"其实，我比你更悲伤。我的情人抛弃了我。"吕芳诗说，叹了口气。

"可是您看起来这么美！"

"谁会需要这个美呢？"

"谁也不需要！当别人需要您的美时，您就会变丑。"

常云、细柳，还有另外一个女孩，她们三个人进来了，不声不响地靠墙站在那里。常云显得很不好意思地开口说：

"是T先生自己让我将他锁在那下面的，您不要生我的气啊，吕小姐！再说这对于您也是一件好事，您天天可以听到他的声音了。"

她们三个一齐拍起手来，兴奋得脸都红了。现在轮到吕芳诗不好意思了，她忽然觉得自己一点都不嫉妒常云了。她是来这里思念T的，现在她不是达到目的了吗？她在这里每天都可以听到情人的声音嘛，难道还不够？她犹豫了一下，站起来对她们三个说：

"我梦到京城了，姐姐们，黎明时分那里是鸟儿的天堂！"

吕芳诗的话音一落，三位姑娘就异口同声地说：

"我们都是来自京城的姑娘！"

小花的父亲从过道那里探出头，将一个指头竖在嘴唇上"嘘"了一声，又缩回去了。常云压低了声音告诉吕芳诗：

"我们不能在老爹面前大声提到京城，要是引发了他的乡愁，后果会很严重。"

吕芳诗感到常云在撒谎，因为她今天还同老爹谈论过京城的事嘛。大家都不说话了。客厅中央的那盏台灯晃动起来，她们都听到了来自地下的闷闷的撞击声。吕芳诗痛苦地咧了咧嘴，三个年轻女人却显得非常兴奋，眼里射出金钱豹一样的目光。接着她们就往院子里去了。小花对吕芳诗说她们是"安抚下面的那一位去了"。

"他啊，过着像国王一样的生活！"她宣称道。

"那么，他也是你的病人吗？"

"当然啦。是这几个姑娘将他引到我家里来的，不过我觉得呢，也是他自己要来的。他在我们这里走来走去地视察了一番，就到那个地窖里去了。一开始常云小姐还和他待在一起，第二天她就上来了，再也没和他在一起。不过她常常隔着那扇门同他交流感情。"

小花说话时，台灯还在厉害地晃动，她的目光停留在那上面，她面带微笑，用手指着地下说：

"您看，他有多么爱您！爱情的力量多么伟大！"

小花的母亲进来了。她在沙发上坐下，问她俩是不是在谈论京城方面的事，小花回答说是的。于是吕芳诗感到了从黑头巾后面射出的目光，那目光也很像金钱豹的目光。吕芳诗很不安，就说自己累了,要回房休息。

"京城是我们谈不完的话题。"老女人在吕芳诗的背后说。

吕芳诗回到房里,在那张床上坐下来,可是她一眼就看到了站在窗外的保安。保安伸进来一只手,吕芳诗握住它。那只手溜溜滑滑的,他一缩就缩回去了。吕芳诗有点恶心。

"琼姐有消息吗?"吕芳诗问他。

"酒窖里面失过一次火,烧掉了她的头发。她在医院里,到处都张贴了通缉令,她出不了院。"

"难道是她纵火?"

"还能有谁呢?"

小保安怨恨地看了吕芳诗一眼,垂下了眼皮。

吕芳诗还想向他打听一些情况,可是他转背就走了。

吕芳诗坐在床上,刚刚得到的消息使得她的睡意消失了。天突然就暗下来了,奔放的男中音在隔壁房里响了起来,可以听得出是那位白发老爹。他的声音是多么年轻啊!他好像是用维吾尔语在唱,吕芳诗觉得他是在唱京城的往事,因为她自己的想象立刻就飞到了那边的黄昏的大马路旁,看到了曾老六那个亮着灯光的窗口,还有黑暗初降时不知从何处飞来的那些鸟儿。她想,T在下面干什么?既然他把自己关在那下面了,他一定是对自己很有把握的。吕芳诗却对自己的生活没有把握。起先她是到新疆来寻找某种满足的,现在那种东西究竟找没找到也不清楚。人们都认为她已经移居此地了,可是她的东西不是还都在京城吗?她到底有些什么东西?她有几件家具,一些衣物,一些她喜欢的首饰,它们都在公墓小区那个单元房里。她还有两个情人，他们大概都还在那边。还有琼姐，也是她的情人。她就这样随着歌声胡思乱想，隐隐地焦虑着。

"我那么爱他！"常云的声音从黑黝黝的树林那边传来。

歌声停下来了。吕芳诗想，她对T的爱比不上这个常云对他的爱，大概永远也比不上吧。她有点自惭形秽。她记起了琼姐说过的有关她爹爹在沙地里种红柳的事，于是她坐不住了，她要去向这一家的老爹打听一下。

她敲门，然后进去了，老爹正在台灯下面修理自己的眼镜，从声音判断，他一点都不像刚才唱歌的那个人。

"小姐，您是来打听沙地里的坟墓的事吗？"

他说话时目光没有从那副眼镜上抬起来。他似乎在微笑。

"琼姐的父亲，他会在哪里呢？"

"他无处不在，沙漠里到处都有他的标记，我没有他那么大的勇气，所以我就放弃了。"

"老伯，您还记得京城人行道上的那些鸟儿吗？"

"当然记得，永生难忘啊。如果您要去找他，我劝您不要去。我们就是坐在家中，也等于是同他在一块游荡，是不是？"

"是啊。"

吕芳诗小姐平静下来了。她回到房里躺下来，一下就睡着了。

第二天是个阳光灿烂的日子。吕芳诗有好多天都没有这样彻底休息过了。对面两张大床上的那三位一直没有回来，清风将园子里的花香和树香吹进空空落落的大房间里来。吕芳诗自问，她真的会在这个美丽的城市定居吗？难道京城的原始森林反倒要成为她定期访问的旅游点了？她在小花的这个疗养院里康复了之

175

后,她会将她安排到一个新地方去吗?可是T在这里,这个像她的慈父一样的老人在这里,吕芳诗不想离开他!

吕芳诗小姐来到树丛中,凭记忆去找那个地窖,可不知为什么就是找不到。一个声音在窗口那里响起来:"这里的很多东西都只出现一次。"

是白发老爹,他颇感兴趣地打量着吕芳诗。

"您往头顶看一下。"他又说。

吕芳诗小姐透过树枝看见一架银色的飞机在无声无息地飞翔,飞机的尾部有一团白光一闪一闪,在钢灰色的天庭里十分显眼。它飞得很慢,过了好一会儿才消失在远方。

"我们钻石城的飞机场是世界级的。"还是老爹的声音。

吕芳诗的脑海里出现了那种空中的交流,那种流星闪电一般的美丽的场面。她的年轻的心脏在胸膛里"咚咚"地跳了起来,她轻轻地说:"多么壮观啊。"窗口那里,老爹正露出一口雪白的牙齿朝她笑。

"他到哪里去了?"

"不要担心,他同种红柳的老头在一起。这里的新鲜空气会使他恢复健康。沙漠里头有一种定力,因为它,我们的城市才被称为钻石城的。您也许以为您的琼姐是在京城,其实呢她无时无刻不在这里陪伴她的老爹。当年在南边的小岛上,她老爹就替她设计好了这种生活方式。那么您,您的老爹也会到这里来吗?"

"我不知道。他也不关心我。"

"您大错特错了。他已经背着您来过好几次了。"

老头说过这句话之后就离开了窗口。吕芳诗看见那架飞机还在空中，它居然悬在那里一动都不动，尾部的那团白光那么刺眼。那真是一架飞机吗？当然是，她甚至能看清上面的窗口。吕芳诗盯着它，口里不知不觉地说："爹爹。"她那位凶神恶煞的老爹也要来这里了吗？

重逢

那是吕芳诗已经在小花家生活了一个星期后的一天，她接到"独眼龙"的电话，说他当天下午要从京城飞到钻石城。

吕芳诗小姐的脑袋快要爆炸了。她像困兽一样在房里来回走。

午饭过后，小保安就出现了。他总是站在树丛里招呼房内的她。

他开车，他们一起去机场。他们在半路就得到消息，那架飞机在离起飞地点不远处失事了。吕芳诗让他将车开到机场，她企图飞回京城。可是所有的航班都停飞了。站在那个巨大的、像水泡一样透明的机场里，吕芳诗的神经要崩溃了。

她回到了小花家里。小花安慰她说：

"您啊，您的思想很快就会转变。在我们钻石城，不存在什么受不了的事情。不久以后，您就会同您的情人坐在酒吧里喝酒，那时真正的悲伤才会降临，现在发生的事算不了什么。"

当时她是坐在客厅里说的这话。吕芳诗脑子里一片空白，可是她听到了老爹那奔放的歌声。他唱的仍然是维吾尔语，他的歌声在吕芳诗脑海里复活了从前那个钟乳石的岩洞，那个险恶的夜晚。某种坚毅的精神回到了她的体内，她的知觉渐渐恢复。"从此生活在黑暗之中是可能的吗？"她问自己。有个东西在她里面回答了这个问题。这个时候，台灯又猛烈地摇晃起来，地下的撞击将吕芳诗小姐彻底拉回了现实。

吕芳诗小姐夜里去了"蓝星"酒吧。她穿着一身红衣坐在那里，脸上的表情似笑非笑。她的目光一直盯着不锈钢的吧台，那上面有一些晃动的影子。她一抬头看见小保安正在帮人调酒，他穿着黑色的工作服，表情欢乐。

她喝得很少，她不想喝醉。她希望自己头脑清醒，因为某种巨大的转折已经到来了。有两个人在她旁边高声交谈。

"你听说了事故吗？"女的问。

"那是一件好事。这一来，他们都来我们这边定居了。"男的说。

"你真是心术不正啊，难道就没有一个存活者？"

"没有。你失望了吧？"男的轻轻地笑了起来。

吕芳诗感到这两个人都在朝自己这边转过脸来。他们在看她，他们对她满怀好奇心。她无意中将脸转向窗外的天空。啊，满天都是又大又亮的星星，天空完全变了样。这些星星，怎么会有如此奇特的排列图案的？而且银河也不止一条，竟然有三条！

"她应该跳舞。"男的笑着用手指了指吕芳诗。

女的本来绷着脸,现在也笑起来了。她走到吕芳诗面前,拉住她的手,笑盈盈地说:

"小姐,我是您的邻居,三年前来这里的。您愿意同我一块去寻欢作乐吗?这个小城里有不少好玩的地方。"

她俩站在外面的人行道上时,吕芳诗发现整个城市如白天一样亮,头上的那些星星都变成了小太阳。

"我叫段梅,我姐姐同您是好朋友。"她说,"我要带您去流放者的夜总会,您一定会在那边获得快乐的。"

吕芳诗觉得段小姐的这位妹妹一点都不像段小姐,她性格外向,说话随随便便。她称吕芳诗为"姐"。她走路一跳一跳的,总是冲到吕芳诗的前面去,然后停下来等她。她俩来到了小巷里的一户人家,段梅说里面正在举行家庭舞会。

可是当她们进去后,却没有碰上一个人,而且房里也没有开灯。她俩摸黑在客厅里坐下后,吕芳诗问客人们都到哪里去了。段梅回答:

"他们不愿意露面,难道您没有感到这里的热烈氛围?"

是的,吕芳诗感到了。有种没来由的激动让她的身体微微发抖。为什么会这样?这里既没有音乐也没有舞者,连人们交谈的窃窃私语都没有,只有彻底的寂静。过了好一会儿,吕芳诗听到了有人下楼到客厅里来的脚步声,那人走了几步就从楼梯上滚了下来。他开始呻吟,吕芳诗小姐觉得他的声音很熟悉。她问段梅要不要开灯。

"不。"段梅果决地说,"这里没人愿意露面。再说,您不是已经知道他是谁了吗?他下楼时感觉到了您在这里,所以他才摔跤的。"

吕芳诗小姐也觉得自己知道他是谁了，可是她就是想不起这个人的名字。他应该是一个同她有极为密切关系的人。

过了一会儿，又有人从楼上走下来了，似乎是两个。他们下来之后就没有声音了，不知道他们是站在墙边呢，还是坐在什么地方。

"这种舞会真安静啊！"吕芳诗感叹道。

"因为这是流放者的舞会嘛！"段梅高兴地说，"我姐姐没有来过这里，我一直想要她来，但是她呢，太沉溺于她那种世俗的享乐了。她是知道钻石城的，我多次在电话里头对她描述过。我们可以大声说话，不要怕人听见，这里的人全是心怀善意的。再说他们都在专心地跳舞，心里只想着自己的事。刚才我说我姐姐很爱世俗享乐，其实我也爱享乐，只不过我是沉溺于此刻您感到的这种享乐。要是哪一天城里没有舞会，我就寂寞得坐立不安。三年了，我爱上了这里，永远不打算离开。"

吕芳诗听到了小花说话的声音，她刚进来。她悄悄地在吕芳诗的身边坐下，耳语般地问她：

"您在同T跳舞吗？"

"不，我坐在这里没动。不不，我不知道，我在跳舞吗？"吕芳诗慌了。

"您在同T跳舞。"小花肯定地说，"你们重逢了。"

"我也觉得我同他重逢了，但是我看不见他。"

"这不重要。"

"飞机失事的消息也不重要，对吗？"

"您非常机灵。您已经成了我们钻石城的一员了。"

吕芳诗小姐确实感到心上压着的那块大石头一下子就去掉了。她站起来，向着面前的一个影子伸出手，同那影子跳起了探戈。它不是T，T已经很老了，跳不了探戈，但吕芳诗实实在在地感到了它就是T。它没有实体，这也影响不了她同他身体上的交流。一曲跳完，吕芳诗全身都发热了。她靠墙站着，轻轻地唤道："段梅！段梅……"

没有人回答她。房里就好像一个人都没有。她摸索着，将整个客厅全摸遍了，还是没遇到任何人。她又顺着过道走进了一个卧室，里面也没人。她起码摸到了两个电灯开关，但电路显然已经坏了。她从卧室里退出来，摸到楼梯，上楼。楼上一共有三个卧室，她一个一个地检查了一番，里面都没人。她在走廊里叫了三声小花，她听见自己的声音又粗又响亮，完全不像她的声音了。

院子里突然响起了冬不拉。也许他们全在那里！

当她来到外面时，冬不拉又不响了。吕芳诗小姐脑海里出现"流放者的舞会"这几个字，她有点明白了。

为什么外面如同白昼，屋子里面却那么黑？她冷静下来，回想起刚才自己那种没来由的激情，觉得实在是不可思议。钻石城的夜是多么美！在这么美的地方，人应该离悲伤远远的，应该心中充满了享乐的欲望。她现在就是这样的。她看到街上有三三两两的人在走，他们穿着艳丽的服装，大声交谈，脸上的表情无比欢乐。这时她听到小保安在人群里头叫她，他朝她走过来了。

181

"最初的几天会有点难，慢慢就会好起来。"他说。

吕芳诗看见他脸上的表情一点都不难过。那么，他仅仅是在安慰她吗？她记得他从前是很爱他那位黑社会的哥哥的啊。

"我现在就很好了。"她将脸转向这个小青年。

可是她看到的不是小保安的脸，而是一个蒙着白膜的面具。他是另外一个人呢，还是小保安戴了一个面具？吕芳诗拿不准。

"你的样子改变了。"她说。

"真的吗？"

他凑近她，他那张脸让她有点害怕，她后退了一步。这时她注意到那一群人全都一动不动地在那里倾听她和小保安说话。

"我想，我是变漂亮了吧。"他一边说一边古怪地耸了耸他那两道假眉毛，然后哈哈大笑。

吕芳诗觉得他是在笑她，于是脸红了。

"你哥哥向你提到过十七层楼上的图书馆吗？"她强作镇静地问他，可话一出口就后悔了。

"当然当然！那个地方是他的老巢嘛。京城刮季风的时候，图书馆里就落满了避难的鸟儿。那个地方最安全，我看他再也不会离开了。他在那些线装古书里头沉思。"

"那么，你认为他还活着。"

"是这样。他老奸巨猾，死不了。对不起，我要走了。"

他回到人群里头，他们向歌舞厅涌去。

吕芳诗伸着脖子注视小保安的时候，有一件事发生了。她感到先前同她跳探戈舞的那个T的影子又来到了她身边。他就站在她后面，像一团温暖的云。吕芳诗尝试接近"他"，但是"他"

总是同她保持一定的距离。"Ｔ！Ｔ！"她激动地小声说。后来她放弃了尝试，在露天咖啡馆的一张桌子旁坐了下来。于是Ｔ的影子停在她身后。

有一名女子走过来对吕芳诗说：

"他真是一位有派头的、英俊的老爹！您真有福气。"

吕芳诗盯着紫色的亮晶晶的天空在心里暗想，她真的有福气吗？是真的吗？她翻来覆去地想了这个问题之后，心里得出了肯定的答复。"Ｔ，Ｔ……"她不出声地唤他，所有她同他在一起的场景都复活了。

"他是您的福星。"女子离开时说道。

吕芳诗在"Ｔ"的护送之下脚步轻盈地回到了小花的家。家人都睡了，只有小花坐在客厅里。吕芳诗感觉到"Ｔ"没有随她进屋，也许他到那个地窖里去了？她刚一坐下，就听到地下发出一声剧烈的闷响。

"我在等您。要是您一夜不归的话，我也不会睡觉。我懂得情人的悲伤，我是过来人。"小花的声音很沉痛。

"可是我现在并不那么悲伤了。夜晚……啊，难道他在那下面生闷气？他伴随我回来的。他为什么不现身？"

"那是不可能的。您现在应该明白了。"

"我还是不太明白，不过也许，我有点明白了。小花，我这一次来新疆后，很多看法都改变了。我想，这是钻石城对我施加了好的影响。我的好朋友，也是我的老板琼姐，我常想到她。也许是她为我安排了这一切。"

"就是那个种红柳的老头的女儿吧？"小花问。

"是啊。"

"她在我们旅馆住过,她真是一块美玉!"

"有人说我有福气。"

小花说要带吕芳诗去一个叫"哭郎山"的地方,她还说吕芳诗到了那里后所有的怨气都会消失。吕芳诗心里想,她现在一点怨气都没有了嘛。小花不由分说地拉着她走出去。可她们没走多远,只不过是来到了后院的一块大石头上,那块石头真大,光溜溜的,坐上去很舒服。

在奇异的醉人的花香之中,吕芳诗小姐十分兴奋。小花告诉她说这块石头就是"哭郎山",年轻的时候,她坐在这里哭得死去活来。吕芳诗说她也想哭,可是她更想笑。她说罢就冲着那些亮晶晶的星星轻轻地笑了起来。这时她又听到了地下的撞击声,她望着紫蓝色的天庭愣了一下,眼里很快就涌出了泪。

"我们在京城中心区域的十七层楼上,"她一边用纸巾擦泪一边说,"我听到岩浆涌动的声音,那些气泡……我不敢望他,因为他脸上的皮在往下掉。在闹市中有那样的一个隐蔽的处所,谁想得到?他真是一个……一个异想天开的人!他同黑社会的那些纠缠我早就知道。他是被同伙毁掉的,不是因为我,是因为他的那种理念。"

吕芳诗看见了小花脸上的红晕,她觉得她那平平的相貌一下子变得无比动人了。多么细致微妙的表情啊,她自己的内心远远比不上这位女人!"哭得死去活来"会是一种什么样的情景?

"还有下面那一位老人,我并不愿意离开他,可他偏要离开我。不过也好,这一来也许反倒永远不分离了。我觉得你也有一肚子苦水，你为什么不哭，小花？"

"我早就哭完了。我的性格像我爹，您听过我爹唱歌吗？"

"他的歌声美极了。就像，就像京城的傍晚！"

"啊，谢谢您！谁夸奖我爹，就是夸奖了我。总有一天我们要回到京城去！我不是说我们会离开钻石城，这是不可能的。但是总有一天，我们要回到京城去。妈妈也是这样想的。"

想到这一家人坚毅的性格，吕芳诗小姐深深地受到了感染。她想，钻石城的人们就是以这种性格来美化他们的环境的吧。

吕芳诗和小花在那块石头上一直坐到太阳升起才离开。她俩有时交谈有时沉默，两人都是心潮澎湃，都说不出心里是喜悦还是悲哀。有一瞬间，两个人都看到了天上那架银色的飞机，飞机飞得那么低，无声地从屋顶上擦过，吕芳诗甚至看到敞开的舱门那里有一只手在挥舞。这是怎么回事？难道这架客机在做游戏？飞机在天庭里绕了一圈又飞回来了。小花说：

"多么轻灵的飞行啊！"

一个电话

曾老六早上在店里接到吕芳诗小姐打来的电话，她说她正要上飞机，中午就会飞回京城。她让曾老六去她的寓所等她，她还告诉他房门的钥匙交给传达室的老头了，她已经同老头通过话，说了他会去她家里的事。曾老六接了电话之后陷入了沉思。

"红楼"夜总会的妈妈已经告诉他，吕芳诗小姐去新疆的钻石小城定居了，不再回来了。

"老六啊，这并不妨碍你对她的感情，对吗？"她说。

曾老六当时说不出话来。

他知道他不能抛下一切去找她，倒不是舍不得这里的一切，而是因为如果这样做，就会遭来吕芳诗对他的鄙视。这就是她的本性，他已经领教过好多次了。

这突如其来的电话到底是什么意思？他思来想去想不出答案。他一点都不相信她会回来。

然而他还是在接近中午时分到达了"公墓"小区。

传达老头将钥匙交给他时冷笑了一声。曾老六有种魂飞魄散的感觉，然后他就胆战心惊地上楼去了。

那把钥匙无论如何也打不开房门。他反复拨打吕芳诗的手机，但她已关机。她究竟是在飞机上，还是设了一个骗局来考验他？他记起早上接电话时，她在那一头发出他所熟悉的轻笑。先前有一次，他不也是被她骗了，傻傻地站在这里等了又等？可是这一次情况不同，她是真的去了钻石城，有很长一段时间了，现在终于要回家。如果他错过了这一次恐怕就永远见不着她了。

他心里七上八下地站在那里。当时间过去了两个小时，他差不多在绝望中发狂了时，吕芳诗的电话终于来了。

"老六，我还在钻石城。这里出事了，我回不去了。不过也很好，我看到了世界上最美的景色。是琼姐给我指明了方向，我将永远感激她……可是老六，你千万不要来这里，钻石城不属于你。"

曾老六对着手机不断地喊吕芳诗小姐,她却像没听见似的,说完那几句就关了机。

曾老六如梦游一般下了楼。当他走到小区游泳池的旧址时,看见那地方仍然堆着那些填上去的泥土,一个老头坐在泥土当中的一张旧桌子旁。桌子上有一把老虎钳,他正伏在那上面做钳工活。

曾老六忽然听见老头叫他的名字,于是就踏着那些烂泥来到他跟前。老头勾了勾他的食指,命令曾老六走拢去。

曾老六走到他面前,看见桌上放着一只黄铜青蛙,那是老头的杰作。他怎么选择了这种地方做手工活?

"我见过你的姑娘了,连我自己都差点坠入了情网。"他说,冲着曾老六眨了眨眼。"你可千万不要放弃她啊。这个游泳池下面总是有东西长出来,后来他们就把它填掉了。我在当天就得到了消息,连忙将我的工作台搬来了。你的姑娘也是那天晚上来的,我们在一起探讨了关于爱情的问题。也许你认为我老了,就不再有这个问题了,可是我要告诉你,我这一辈子都在恋爱!"

他说完最后一句话时突然用右手死死地揪住胸前的衣服,喘不过气来的样子。他的上半身伏倒在桌子上。曾老六焦急地问他需不需要帮助,他看见老头的脸像纸一样白。他一把将曾老六推开,力气大得不得了。曾老六一边后退一边死盯着他,看见他一动不动地伏在那里了。那些烂泥将他的皮鞋弄得很脏,他十分懊恼,将吕芳诗的事差不多全忘了。

司机小龙正伏在汽车方向盘上哭泣。曾老六问他有什么伤心事。

"你们都有人惦记，只有我是战争孤儿，心里头一片黑暗。我这样活着，同死了有什么区别？"他泪眼巴巴地说。

"我也是一片黑暗啊，"曾老六自嘲地笑起来，"你以为真有人惦记我？我告诉你，那都是靠不住的。当然我们都需要那种感觉，我们就沉浸在那种感觉里头，那和实际情形怎么样没有关系。所以呢，你的伤感是没有道理的。你不是说自己是战争孤儿吗？那就用自己的脚走路吧。我见过优秀的战争孤儿，他们……"

曾老六觉得自己在夸夸其谈，就不好意思地打住了。

小龙振作起来，将车子开得飞快。

"公墓"小区里发生的事让曾老六有种累坏了的感觉，他很快在后座上睡着了。当他睁开眼时，天已经黑了。他吃了一惊。

"我在什么地方？"他问小龙。

小龙仍然开得很快，曾老六觉得他有点紧张。

"我一直在兜圈子。我没法停下来，因为有人要抓您。"

"谁要抓我？你打算就这样开下去吗？你总得停一会儿吧？"

"不知道。我能开多久就开多久吧。我年轻，有体力，车技又好。"

"当然，你是我们公司的宝贝。"

曾老六想，难道同吕芳诗小姐有关？他慢慢地记起了游泳池旧址上的那个老头，一股阴森之气从他心底升起。他是谁？他会不会因心脏病发作而死？他看来不像临死的病人，那么大的力气！

"谁要抓我?"他又问。

"很多人。您向后看一看就知道了。"

他回过头去。多么奇怪啊,视野里头一片黑暗。再看前面,却又是点点灯火,是他熟悉的街景。他开始不安。他又想起来小龙先前哭过,而现在,他反倒显得很兴奋,很热切。他高兴地说:

"经理,您看我像不像优秀的战争孤儿?"

曾老六没有回答他。当他再次回头时,那无边的黑暗便向他笼罩过来,吓得他不敢看下去了。他将双手放在膝头上,闭上眼想象钻石城的天空。他曾听人说过钻石城有最明亮的星星,亮到什么程度?那样的夜晚,吕芳诗一定会夜夜在街上游荡,思乡之情会厉害地折磨她。她之所以打那个电话,不就是因为思乡吗?曾老六不再怨恨她了。他觉察到这个小龙将车子开得飞快,其实是在做一个游戏。这个小青年真是有超出常人的聪明啊。

"小龙,我问你一个问题:你到底是谁?"

"经理,我进公司时您不是看过我的履历表吗?我是京城人嘛。不过说到我心里的看法呢,我认为我是一名战争孤儿。"

"那么,你看我们甩得掉后面的阴影吗?"

"您怎么还不相信我啊,经理?我的车技是一流的!"

他们说话间车子已经上了高架桥,前方是灯火的海洋。不知是为了炫耀还是为了什么,小龙将车速调到了极限。曾老六感到车子腾空了,他们朝着灯火最亮的那个方向飞去。

曾老六醒来时,感到全身很痛。小龙坐在他旁边。

"经理，我们逃出来了。我们快离开这里吧。"

他搀扶着曾老六出了车门。曾老六发现外面并不是夜里，而是白天。汽车的车头全部坏掉了，看来已经报废了。

"到底谁要捉拿我们？"

"我也不知道，我从不钻研这种问题。他们追我，我就死命地逃，每次都这样。这桥底下有个旅馆，脏是脏点，不引人注意，我们去躲一躲吧。等风头过去了我们就回家好吗？"

他让曾老六在旅馆外面等他，可是他很快就出来了。

"不行不行，里面全是他们的人。"

"谁的人？"

"'红楼'夜总会的人。我们不能自投罗网。"

"我有点糊涂了。"曾老六叹了口气，"我还是回公司去吧。"

他独自走到街边，也不管小龙，招了一辆出租车就上去了。

公司的人都在照常工作，他进去时大家都没抬起头来看他。他坐在自己的办公室里回想这一天发生的事，开始还有点伤感，后来越想越觉得有意思，脸上浮现出了微笑。"芳诗啊芳诗，"他在心里说，"你让我的生活变得多么离奇！我不过是一个普通人，稀里糊涂地就一辈子同你们这类人结缘了。"他说的"你们"还包括琼姐和"红楼"的员工，甚至包括司机小龙。他若有所思地拿出手机来，又拨了吕芳诗的电话，可是那头没人接。有人站在门口，是助理，助理身后是王强。他点了点头，两人就一块进来了。

"曾经理，最近您最好避一避风头。"王强板着脸坐下来。

"你是要我退出管理层吗？"曾老六探究地看着他。

"您可以像'红楼'的妈妈那样来管理。不抓具体工作，只抓根本路线。为什么您不尝试一下？"

王强的长头发遮住一只眼睛，这使他的表情显得很凶狠。曾老六虽不怕他，但总是对自己同他的关系感到担忧。这个人究竟要干什么？

"你说'红楼'夜总会？让我想一想。我崇拜那里的那位妈妈。不过，像她那样工作？也许我不是那块料。"

"警察局的人来过三次了，经理。我认为此刻您应该在飞机上。"

"你是说，我应该在天上飞来飞去，总不降落，对吗？"

"对。"

他们一走曾老六就笑起来了。他拿起电话，拨了一个老客户的号码。然而电话里却传来吕芳诗激动的声音："老六老六，你不要给我打电话，我现在面临一生中最重大的决策。马上就会有结果了。"

曾老六想，他自己是否也面临重大决策？他的生活是不是太被动了？有人想教育他吗？比如说，吕芳诗小姐？

他刚出办公室大家就朝他走过来，仿佛某件事已经决定了似的。

"我们去机场。"助理对小龙大声说。

在机场的外围，靠近跑道的地方，曾老六看到半空有一团白光裹着的东西闪烁了几下就消失了，只留下淡淡的几缕白烟。他没有听到任何声响，显然是发生了一场空难。

"刚接到通知，所有的航班都取消了。但是王强发来短信说，我们必须上天。经理,您有什么打算?"助理从副驾驶座位转过头来问他。他的样子有点咄咄逼人,令曾老六厌恶。

"我偏不上天,我就回公司去!你们为什么将我载到这里来?"

"是您自己下的命令啊,经理,您忘了。"司机小龙说,"还有一个航班没有停飞,但是我们不能冒这样的险。我知道那个'独眼龙',出发前他对我说,他明知飞机上装了炸弹还是要去登机。他是个土匪,我们可不是。我同意经理的决定。"他一边说一边往回开。

但是小龙没有回公司,却将车子开到郊区的酒窖门口来了,"红楼"的妈妈正眼巴巴地等着他们。曾老六感到百感交集。

琼姐看上去又年轻又光鲜,满脸都是笑意。小龙和助理同她招呼了一声,然后对曾老六说他先走了,等会儿来接他。曾老六对他们的行径十分恼怒,觉得自己成了个木偶。

"老六啊,我也听到了飞机失事的消息,那是个阴谋,有人要追求极限享乐。哼,照我看,极限享乐也是出于爱的动机!"

曾老六跟随她下到巨大的酒窖里,呼吸着那美好的气息,他立刻觉察到这个女人那开朗的性格对自己的影响。她让他坐在吊床上。

"那么,你现在有何打算?"她直视着他的眼睛说。

"我不想放弃。即使她不在这里也如此,妈妈。我不想搞什么历险(他撇了撇嘴),我不是土匪。"

琼姐扑哧一声笑了出来。

"曾老六啊,你像小孩一样。外面风声紧得很呢。"

"那我就像妈妈一样，找个地下酒窖藏身。"

"依我看，酒窖不是你待的地方。你应该待在天上。"

"妈妈也认为我应该在飞机里面？"

"不，干吗在飞机里面？都这么多年了，你该明白这是什么意思。"

曾老六不明白待在天上是什么意思，他垂头丧气地离开了琼姐。他于昏头昏脑中看见前面有一个小酒馆，就进去坐下了。

酒很好，他喝了一杯又一杯，不知为什么却没有醉。他又接到了吕芳诗的电话，但他听不清她说些什么。有一位中年人坐在他的旁边。那人老是说："您多喝点吧，反正她不回来了。"

曾老六后来怀疑起来，也许他喝的不是酒，只不过是加了糖和醋的白开水？他站起来要结账，那人居然拖住他，说：

"急着走干什么呢？如今这世道，您还能上哪里去？"

曾老六愤怒起来了。他用力甩开这个人，扔了一张百元大票到桌子上，冲到了外面。不知道是因为酒力发作还是因为吕芳诗的电话，曾老六站在大马路边时，看见自己眼前出现了一个完全不同的京城。到底有哪些不同他也想不清楚，只觉得每一样东西里面都隐藏着危险，那种一触即发的危险。时间似乎已是黄昏（他忘了戴表），下班的人们都在匆匆往家里赶，可是乞丐一下子多得不得了，老是挡住人们的路。天黑下来的一瞬间街边的上空忽然亮起了一盏探照灯，有很多人脸在雪亮的灯光里头变得十分狰狞。一个隐藏的高音喇叭响了起来，男低音反复地说着一句话：

"公元零零零零年，公元零零零零年……"

曾老六退到一家商店的门口,那商店的门关得紧紧的。那盏探照灯不断地掉头,一会儿就照到了曾老六身上,人流向他拥来。他想,莫非要出事了?但又没出事,只不过是将他挺到壁上一动都不能动。曾老六不喜欢人群,所以他很痛苦,他希望自己此刻失去知觉,可他偏偏清醒得很。他甚至设想出自己在公元零零零零年时的情况。他不敢看那盏灯,他的眼睛很痛,他觉得他的眼睛要瞎了。这时他听到人群中有一个奇怪的熟悉的声音,起先很远,慢慢越来越近了。它有点像铃铛的声音,但又不是铃铛。那么是什么声音?为什么这么熟悉?无意中,他睁开眼看到了他的母亲,母亲正在做手势鼓励他。将他挤到墙上的那几个人在高声喊叫:

"关灯啊!关灯啊!"

探照灯随即灭了,人群一哄而散。

马路上变得很安静了,曾老六走了几步,觉得自己头重脚轻,那个熟悉的声音仍然在前方震响,曾老六一会儿想去追随它,一会儿又觉得不应该去管它,因为头晕得厉害。他突然在一个瞬间冲口而出:

"我来了!我来了!"一边喊一边蹒跚着往前挣扎。

从一个建筑物的后面窜出两条黑影,他们冲过来抱住了他。

"他回来了!他回来了……"他们说。

是他的父母,两个人的面容都极其衰老。

"我这就回家去,好吗?"曾老六试探地问。

"回我们的家?不,不!"父亲将脑袋摇得像拨浪鼓,"这种事连想都不要想!"

他的父母搀着他在马路上来来回回地走，曾老六记得他们三人一直在讨论他要不要回父母家去看看的问题。曾老六很烦躁，很想换一个话题，可是换不了，他的思路总在同一件事上纠缠。然后突然，父亲对他说：

"老六，你不是有那个女人做伴吗？为什么还来麻烦我们？"

父亲的问题使曾老六十分愤怒，他要挣脱他们，可怎么也挣不脱。他俩像老虎钳一样夹紧了他，硬是将他送回了店里。然后他俩又将他送上了楼。他俩熟门熟路，仿佛来过多次，令曾老六十分惊讶。曾老六邀父母进来坐一下，但两位老人说他们还有急事，匆匆地下楼去了。

曾老六坐上了窗台，京城的晚风吹进房里，外面到处都是鸟语，在鸟语当中，那个熟悉的声音又出现了。曾老六轻声说道：

"谁知道呢？也许那就是零零零零年的钟声？"

第五章

五金商D的佣人

佣人阿利到来时,琼姐感到自己正处于弥留之际。她看见了草原和非洲大象,也看见了钻石城。在新疆的钻石城里,"红楼"夜总会的员工们已经与当地的居民融为一体。他们分散居住在那些隐蔽的地方,像蚂蚁一样忙碌着。琼姐甚至看见了吕芳诗。吕芳诗立在不夜城的天空下,凝望着那颗像太阳一样亮的陌生的星星。于半睡半醒之间,琼姐强烈地渴望自己的躯体快快消失。多么好啊!她不是已经冲出重围了吗?京城里只剩下不多的员工,大迁徙已经快接近扫尾了。

然而她醒来了。她没有消失,仍然躺在酒窖里的那张吊床上。她想回到梦里去,但没法成功。她从微张的眼皮下面看见了佣人阿利。

"以妈妈现在的身体情况,坐飞机应该等于自取灭亡吧?"

阿利站在她面前,脸上挂着嘲弄的微笑。

琼姐吃了一惊，随即笑出声来。

"你真放肆！命运安排我留守京城，我当然不能抗拒。阿利，你仔细地为我想一想，看看我还能干些什么？"

"您是一面旗帜。"

"这并没有实际意义。"

"我想不出其他的了。我是——我没受过教育。"

"D老爹派你来的吗？"

"可是他已经过世了。"

"那只是个幌子罢了。"

琼姐挣扎着下了床，穿好衣服，拿出化妆盒来化妆。阿利用痛苦的目光盯着她，他看见她的身体后面出现很多重影。他弯下腰捡起一只小喜鹊，小喜鹊的心脏还在胸膛里搏动着。他打算将它带回去。

"这里的夜晚很难熬吗？"他问。

"恰好相反，太激动人心了，我的心脏难以承受。"

琼姐和阿利并排站在杨树林旁边时，她突然感到京城的秋天出奇的荒凉。天是深灰色的，远方有一些黑云像黑布一样垂下来，这种奇特的云琼姐从未见过，她闻到了浓浓的丧葬的味道。她的心在隐隐地激动着，久违了的眩晕又轻轻袭来。

"阿利，你记得我已经在这酒窖里待了多久了吗？"

"我的工作就是回忆。我们住的地方总是黑洞洞的，有点像这些云。从表面看，我们的主人身体衰弱，苟延残喘，但就如妈妈说的，那只是个幌子。每次回到家里，我从来弄不清他在什么地方，我只是闻到某种气息。我们那个家啊，就像——"

他没有说下去，因为琼姐在石椅上坐下来了。

"阿利，你听，金沙江在我脚下咆哮……"

琼姐用一只手挡住光线，她的声音颤抖着。阿利默默地坐在她身旁，连脸都没向她转过来。他穿的黑衣服刺激着她的神经。

"今天是一个什么日子呢？"琼姐自问道。

有人站在酒窖门口了。不，那只是一个影子。它向上延伸，变得十分巨大，而且显出很多层次。琼姐镇定下来，她拉了拉阿利的衣袖，问他看见门口的变化没有。阿利转过脸来了，脸上蒙着面具。

"我们主人的家里，到处都有东西生长出来，妈妈大概早就知道了吧。"

"是啊。"琼姐听见自己的声音拖着长长的回音。

阿利站起来，说他要回去干工作去了。

他在公共汽车上仍旧蒙着那副面具，车里很挤很热，阳光晒得人很不舒服。不知为什么，大家都同他隔开一点距离，就仿佛他有传染病一样。

回到家里，他关上门，撕下面具，对着穿衣镜打量了一下自己那张有点衰老的脸。他断定琼姐一点都没有认出他来。"那么我是谁呢？"他轻声地说，然后就笑了起来，多年前的那个温柔之夜，他将琼姐锁在三十层楼的房间里，自己在过道里徘徊的情景依然历历在目。从那以后他的脸部皮肤就生了一种严重的疾病，导致完全变形。旧的皮肤脱落之后，他发现自己变得异常年轻，这让他感到很窘。他从此决定了每天都要戴面具。

现在他坐在阴暗的小房间里，想起自己从前发过的毒誓，心里似乎有点空虚。但是他知道，这种间歇性的空虚是某种阴沉的激情的前兆。D老翁的房间就在头顶，房间的隔音效果很差，所以他以前总听到老翁在上面走来走去。他去世之后，阿利（他自己给自己取的名字）感到很寂寞。从窗口望出去，可以看到花园里那个两层楼的小亭子，现在那里已是人去楼空。从前，D总是坐在那楼上清理账目。阿利在心里呼唤了老人几声。这时有人在敲门了，一连七八下，很急促。是管家。

"阿利，你租到房子了吗？"管家绷着一张脸。

"没有。再缓一缓吧。"阿利哀求说。

"老人家的遗嘱里没有留给你房产，这你是知道的。"

"我知道。他什么也不留给别人。"他机械地说。

他的脸有点发白了，在心里暗想："难道我是个寄生虫吗？"

管家一屁股坐在阿利的床上，似乎要等他再说点什么。就在这时阿利看见了奇怪的景象——有两个年轻女人出现在对面亭子的阁楼上。阿利揉了揉眼，想看个清楚，可是她们下了楼，走远了。

"这是老人家的烟花债。"管家嘲弄地说，"阿利，我想，京城这么大，不会没有你的栖身之处吧？"

"当然不会。"阿利有点歉疚，又有点说不出缘由的不甘心。

"你看我适合干什么工作？"他神情恍惚地问管家。

"从这里走出去就会找到要干的工作。"

管家不屑地看他一眼，站起来离开了。

阿利站在窗前沉思，他心中充满了对D的感激之情。多少年了，他在这个阴暗的房间里过着一种激情的生活。现在到了转折的关头了。

那是一个下雨的日子，他打着一把塑料伞去投奔D老翁。D的大院的门上有两个铜铃，他叩了几下，听到门里头发出地动山摇的回响，过了好久好久，管家才来开门了。

"老人家等你很久了，你怎么现在才来？"他责备地说。

管家将他带到亭子的阁楼上，D正在清理，他抬起头，和蔼地说：

"阿利来了啊，我早就听说了你的事。你是自愿到我这里来当仆人的吗？"

他吃了一惊。他并没有提过要来当D的仆人啊，他只是希望到D的手下来工作嘛。这是怎么回事？但他立刻镇定下来了。

"我想，我是想，在'红楼'夜总会找一份工作，那么您……"

他挣扎着结结巴巴地挤出他的话，像犯了罪一样垂下了头。

"为我工作就等于是为'红楼'夜总会工作！"D的声音变得十分洪亮。

他站起来，走到他的面前，用手指着右边的那一片天空说：

"你看，我的黄昏在那里。"

阿利茫然地看着湿漉漉的天，不知道他指的是什么。一阵疾风刮来，吹得他浑身打了一个冷噤。

"您……我是说我，我愿意来当您的仆人。"

他说完之后竟然有松了一口气的感觉。

五金商D哈哈大笑。这时管家不知什么时候又回转来了，在楼梯口那里探头探脑的，还朝阿利做手势。但阿利看不懂。后来他终于明白了，管家是叫他跟他走呢。

阿利同管家下楼，来到那栋大房子的一楼的一个阴暗的小房间里。管家交给他钥匙，交代了几句就走了，房间里虽然开着窗，却令他憋气，于是他将门也打开了。这是一间名副其实的仆人的房间，木板床上铺着薄薄的褥子，房里连桌子都没有，只有一把木椅，一个老式衣柜。阿利在床边坐下时，听到外面的雨声已经小下来了。渐渐地憋气的感觉就完全消失了。他起身关上门，心中为他今天的奇遇感到激动。他对自己说："当然，当然，我就是自愿的！没有人比我更为自愿了。"他完全为D身上所体现出来的力量所征服了。他想，这会是一桩什么样的说不出来的事业？

他在床上躺下来，将双手枕在脑后，他想清理一下自己的思想。他的思想是多么混乱啊，他今天一天干了些什么？正当他在竭力回忆之际，楼上的脚步声响起来了。那个人的脚步声出奇地沉重，就好像要将楼板踩穿似的。怎么会有这样的事发生？这是一栋新楼，是木结构，坍塌的事情应该是不可能发生的。难道这个人的体重像大象一样吗？楼板在上面"吱吱呀呀"响时，阿利心怀恐惧，又有点懊丧。他站起来，从窗口对直望出去，看见了亭子。很显然，D已经不在亭子里了。

"是谁住在我的头顶呢？"他问进来给他送开水的老女人。

"是主人嘛。主人很可怜。"老女人说。

"为什么很可怜？"

"他的记忆力太好了，什么都记得。你想想看，一个人，什么都记得该有多么可怕。"

"那是不是因为身上的记忆太多，身体就变重呢？"

"你用不着为主人操心,他不会有问题的,这种事轮不到你来操心。"

她突然一下就生气了,出去时气呼呼地用脚踢门。

阿利在D老翁家的第一夜是可怕的,他整整一夜没合眼,因为D在上面踱步,走了整整一夜。有好几次他都觉得楼板就要塌下来砸在他身上了,便用枕头挡住头部,可到头来什么事也没有。

早晨他在走廊上遇见D,D的样子容光焕发。

"您老昨夜休息得好吗?"阿利问。

"好极了,一觉睡到天光。在京城生活,要多么惬意就可以有多么惬意,你待久了就会知道的。你看草地上的这些乌鸦,活得多么奔放!"

"我——我一定是有问题!您看我是怎么回事?"

"啊,你什么事也没有,小伙子!生活在召唤,难道不是吗?你看看这些乌鸦,这是些什么样的乌鸦啊!"

阿利目瞪口呆地看着D老翁,他的心底有根弦被触动了,他热泪盈眶。这时D突然觉得不好意思,就从阿利面前走开了。

阿利于恍惚中听见乌鸦在踩着节奏跳舞,天边那些湿漉漉的灰云似乎在诉说衷情。也许是来京城后的第一次,他听到了风中的椰子树的吟唱。

现在,当阿利站在窗前回忆起这些往事时,他仿佛看见D老翁踏着凝重的步子在绿地上行走。他舍不得离开,这里是他的家,他在茫茫世界里的避风港。可是他也深知D老翁的个性,既然他决定不给阿利栖身之地,阿利就必须离开这里去闯荡,这才是 D 的意志。还有，遵循 D 的意志也就是间接地为"红楼"夜总会工作，这正是阿利的生活目标啊。

于是，在昏沉的半夜，阿利漫无目标地在京城的小胡同里行走，不时停下来沉思，竭力要进入从前的记忆。

小保安的深情

小保安回到了京城，他觉得京城已经彻底变了样。在火车上，他听到两个老头在谈论京城里的"变脸"汉子。据说那个人每天换一张面具，而他自己本来的脸是一块白板，上面没有五官。小保安为这个故事所深深地吸引，他心里渴望他们提供更多的细节。可是他们很快就陷入了沉默，不愿再谈这个话题了。不知为什么，他觉得他们谈论的这个怪人同他的兄弟"独眼龙"有关。"独眼龙"不也是热衷于变脸术吗？

他来到那个大厅里，走进电梯，升上十七层楼。他走出电梯，掏出钥匙，打开了那张熟悉的门。那些书架还是原来的样子，书架上的书全都沉默着。窗户没有关死，窗帘被风吹得鼓起来，如同要向他诉说某件事一样。他在书架之间来来回回地走。奇怪，楼上也有个人来来回回地走，是个穿高跟鞋的女人。楼上是家小博物馆，陈列着全国各地搜来的军刀。是什么样的女人在察看各式各样长满铜绿的古代军刀？难道是吕芳诗小姐？！小保安想到这里全身都起了鸡皮疙瘩。

他在图书馆的沙发上坐了下来,又一次想起了关于变脸汉子的事。也许他的哥哥并没有死,只不过又变了一张脸罢了?从前,他不是有过好多次大难不死的经历吗?小保安的直觉里有种预期,他觉得这个图书馆里会发生一次神秘的会晤。"我就是回来当见证人的。"他对自己说。

然而当天夜里什么也没有发生。他想:"也许我在自作多情。"

白天里,他到京城里游荡了一番,一个熟人都没遇到。

夜里回到图书馆时,居然听到有人在对面大楼里弹奏冬不拉。小保安坐在阴影里头轻轻地哭泣,哭过之后,心中升起某种忧伤的期盼。他打开窗前书桌上的那本书,看见了那张纸条。那是吕芳诗小姐约他哥哥见面的纸条,那些字迹已相当模糊了,辨认起来有点费力。小保安想,既然没有找到哥哥的遗体,那么很可能他还活着。这是一个什么样的恶作剧?小保安决心在图书馆里待下去,待到神秘的会晤发生为止。

小保安是在茶馆里看见那个嫖客的,嫖客有四十来岁,样子很像狗熊。他也是"红楼"的常客,很有钱,曾经同吕芳诗小姐厮混过一阵子。小保安记得他姓季,名字叫季马。小保安觉得他衰老得非常厉害,完全是一个老人了,只有脸上那副淫荡的表情依旧。

"季先生,您一直在京城吗?"

"是啊。你说说看,如今是不是我的末日已经到了?"

他皱着鼻子,样子很滑稽,好像在探寻空气中的某种气味一样。小保安暗想,他该有多么寂寞!

"怎么会呢?妈妈不是还在吗?"

季马暗淡的眼里闪出一点光芒。

"啊,你说得对,你这个小家伙!妈妈还在,我怎么会忘了这件事?这些日子以来,生活成了一条长长的隧道,我把琼妈妈丢到脑后去了。"

季马拄着拐杖,走起来很费力,看上去病入膏肓了。他的背影透出无限的孤独,小保安回忆起这个人从前放荡的生活,脸上浮出了微笑。

"季……季!季……"他的声音哽塞在喉咙里。

"不要担心,不要喊……"

季马敏感地回过头来,朝小保安挥了挥手,消失在门外。

茶馆的老板走过来对小保安说:

"这个人啊,因为寻衅闹事被打伤了。可是我认为这是件好事,身体的伤残有助于性格的完整。这种事我见得多了。"

小保安深夜才回到那栋大楼。一进门他就看见季马坐在大堂里的沙发上。他眼圈发黑,目光炯炯。

"您在等谁?"小保安问。

"当然是等吕芳诗小姐啊。"他说。

他的脸上很脏,样子很丑陋。小保安很同情他。

"她会来吗?"

"会来。我每次都等到了。"

"她是个美丽的小姐。"

"她是我心中的玫瑰。"季马说这话时显出色眯眯的表情。

小保安心情复杂地上了楼,他上的是十八楼。

博物馆的门敞开着,女郎从沙发里头起身,朝他走过来。

"你的哥哥把一切都安排得井井有条。我等了你几天你才来,现在一切都很圆满了。他走的时候,我把他送到那个洞口,他向我提到了你。"

"您爱他吗?"小保安问。

"你不能这样提问。你同我在博物馆走一圈吧。"

他跟在女郎身后,他俩经过那些陈列柜。令他诧异的是,那些陈列柜里并没有军刀,每个柜里都装着不同品种的巨型甲壳虫标本。小保安很想停下来仔细看看,女郎却催促他快走。

"走马观花是最好的方式了。"她说,"人睁着眼睛能看见什么呢?"

她的自负令小保安诧异。

"如果我什么都看不见,我就没必要看了。"他反驳说。

"不,你有必要看,这些全是你哥哥的所爱。"

他们说话间有一只活的甲壳虫从一个陈列柜里飞出来了,它在靠近天花板的地方盘旋着,发出巨大的"嗡嗡"声,震耳欲聋。小保安像被钉子钉在了原地一样。"我的天,我的天……"他喃喃低语道。

他头痛欲裂,在心里哀求那小动物停下来。

女郎的声音仿佛从遥远的岩洞里传来:

"你爱你的哥哥吗?他就在那里,那些鸟儿当中……"

他眼前黑黑的,有人从后面推着他走,也许是她。

到他恢复视力时,已经坐在图书馆的沙发上了。他又听到女郎的高跟鞋在楼上行走的声音。她走一下，停一下，走一下，停一下……小保安想，深夜的会晤不是已经发生过了吗？他在十七楼，女郎在十八楼，他和她都在思念着同一个人。也许那甲壳虫就是他的哥哥？它的能量多么大啊！

八年前，他和哥哥站在公园里的那座白塔下面时，哥哥问他是不是想做一个幸福的人。当时他不假思索地回答说："是的。"他回答了之后，他哥哥的脸色就变得阴沉了，好像很不高兴一样。过了好久，哥哥才告诉他说，想做一个幸福的人就意味着在生活中处处遇到险情，永远没有保障，永远悬着一颗心。那个时候他还听不懂哥哥的话，但他牢牢地记住了。

从窗口吹进来凉爽的夜风，小保安沉浸在往事之中。多年之前的一天，他曾目睹吕芳诗小姐站在车水马龙当中寻找他的哥哥。当时他哥哥坐在马路旁的一辆破车里头，正在同几个人搞赌博。一辆水泥罐车开了过来，眼看就要压到吕芳诗小姐。人群里头发出尖叫："压死人了！"吕芳诗小姐一动不动。路旁的小保安闭上了眼睛。当他再睁开眼睛时，吕芳诗和水泥罐车都不见了。他去找他哥哥，却看见他哥哥和吕芳诗在那辆破车里头爱得死去活来。他面红耳赤地离开了。

吕芳诗小姐同他哥哥分手之后，小保安问过他哥哥，因为他心里不知怎么有点遗憾。他哥哥沉着脸对他说："你是说你们'红楼'的那个妓女吗？我同她已经分道扬镳了。这种事你还不太明白吧？过几年就明白了。"他哥哥说这话时脸上显出无赖的表情。

小保安觉得，他哥哥这种人即使死了也仍然活在这人世上，因为到处都有他活动的痕迹，他生前制造的那些机制在他死后仍然发挥着作用。比如楼上的姑娘，不就每天生活在回忆之中吗？再比如远在大西北的吕芳诗小姐，也许他哥哥和她如今仍然在通过手机谈话？还有他自己，不也回到了哥哥生前的大本营？的确，从窗口向外看去，京城肃穆的美让他惊心动魄！以前他从来不知道京城有这么美，那是因为他从不曾站在这个位置观察她啊。他哥哥不愿意让他待在他的大本营，总是粗鲁地催他离开。他一直以为这个图书馆里藏着他的秘密物件，现在看来什么也没藏。除非——除非这些线装古书里头有某种密码。可是即使有密码，他也看不出来啊。他只能等待。

几天过去，他想念起钻石城来了。相对于眼前阴沉的大都市，那个热情的不夜城更能吸引他。他觉得用"纯洁"这两个字能最好地说明那个小城的特点。京城是博大而杂乱的，钻石城才是一目了然的。他哥哥将市中心的这个图书馆留给他，他总觉得与钻石城发生的飞机失事有某种联系。对了，失事的那天，机场里到处飞着那些大甲虫……"我的天，我的天……"小保安用双手紧捂自己的耳朵，他无处可躲，整个馆里震响着那种嗡嗡的金属一般的怪声。他冲到门那里，打开门冲到走道里，反身将大门紧闭。

"越是你要逃离的事物，越是对你的身心有益。"

是楼上博物馆的女孩在说话。小保安看见她换上了艳丽的轻纱裙衫，很像一条热带鱼。她目光如电。

"您叫什么名字？"他问她。

"比目鱼。"

"您知道我会来吗?"

"是啊。你哥哥告诉我的。"

她在昏暗的灯光下跳起舞来,很像一个妖姬。小保安目不转睛地盯着她看,一颗心在胸膛里怦怦直跳。

她终于跳完了,走过来拉着他的手问:

"你想和我睡觉吗?你看我好不好?"

"不,我不想。好,您真好,太奇妙了!"

小保安恨不得钻到地底下去。可是她拖着他跳起来了。

他俩旋转起来了,越旋越快。突然她的手从小保安的手里滑脱了,她不见了。小保安还在转,他感到自己的舞姿很美妙,他的情绪也变得振奋起来。他听到了冬不拉的伴奏声,沙漠中的白色墓碑这里一个那里一个地出现在眼前。那里还有一匹死骆驼的残骸。

当他气喘吁吁地停下来时,便看到了站在阴影里头的季马。

"我也有图书馆的门钥匙。"他掏出钥匙在小保安眼前晃了一晃。

"是你哥哥给我的。"他又说,"在地下娱乐城时,他感到自己不久于人世了,就把图书馆交给了我。我在里面做了不少工作,你注意到了没有?你哥哥是一名开拓者。"

他和小保安一同走进图书馆。房里已变得安安静静。季马侧耳倾听了一会儿,指着天花板说:"她又在上面搞破坏。"

"她心里有仇恨吗?"小保安问。

"是啊,她要消灭你哥哥的痕迹。也许是又一场爆炸。我看到过雷管。她非常顽强,她也很美。"季马咂着嘴,又显出色眯眯的表情。

"吕芳诗小姐更美,是吗?"

"啊,你说吕芳诗?那是另外一回事了,你不能将她俩作比较。"

小保安在书架前走来走去。他心里在琢磨:季马在这里做了一些什么样的工作?然后他停下来,将那些线装古书一本本抽出来看。他没有看出什么异样。这时季马已经在沙发上睡着了,他很响地打鼾。也许他所做的,就是防止楼上的比目鱼小姐来破坏图书馆?小保安记起自己从窗口望出去时看到的美丽景色,一颗心不由得战栗起来。那是让人永生难忘的肃穆景象,甚至超过了沙漠中的白色墓碑……小保安甚至觉得自己没有勇气再去窗口观看了。那是一个真实的京城吗?或者那是仅仅属于他哥哥的京城?哥哥是一个什么样的"开拓者"?

他有一些关于哥哥的昏暗的回忆,在他二十一岁的生涯中,这些回忆是一些解不开的谜。可是最近,某些谜底似乎正要显现。啊,那些暗无天日的厮杀!他还记得他在胡同的厕所里簌簌发抖的情形。当时他哥哥端着老式猎枪往厕所窗口外乱射……小保安的同伴们说他哥哥的后脑勺上长着眼睛,他口出粗言,奋力反驳……他和哥哥待在湿漉漉的岩洞中,两天未曾进食,情绪亢奋……忽然有一天,他未经任何学习和训练就成了一名保安。他看见季马睡在对面,这个嫖客的面部表情那么愚蠢,他却知道他是在伪装。

小保安想,他正处在巨大的蛛网的中心,那只熟悉的独眼正从某个隐蔽之处注视着自己。

吕芳诗小姐陷入重围

吕芳诗小姐的老情人在地底咆哮了整整一夜,整个小院都响彻着他的怒吼声。小花将门窗关得紧紧的,将通往院子的大门反锁起来,她不让吕芳诗走出房子。

"您没有必要痛苦,这是他们发泄情欲的方式。再说您就是下到地窖里也找不到他的,他不在那里。"小花注视着吕芳诗说。

"你说他不在那里,那么他在哪里?"

"不知道。您要是不相信,可以和我一块去地窖里看。"

吕芳诗想,既然她建议自己下去察看,那么T老翁肯定不会在那里。他会在什么地方?听声音,他分明就在这院子里面。

自从"独眼龙"乘坐的那架飞机失事以后,吕芳诗生活中有些事物正在失去真实的质量。这个T老翁就是一个例子。

"那么你估计,在哪里可以找到这个人?"她问小花。

小花摇头。这时坐在床上的常云回答了:

"我倒是知道老头在哪里,但是我不说,这是我同他的秘密。"

"吕小姐啊,"小花拉了拉吕芳诗的手,缓缓地说,"这些日子,我们已经成了好姐妹了,您说是吗?"

吕芳诗说:"是的。"

"我真高兴您也这样认为!"她拍了一下手,"那就是说,您的痛苦也成了我的痛苦。我们坐在这里倾听一位老人绝望的求救声，我，您，常云小姐，我们三个人成了一个人。为什么我不去救他？因为这是不可能的，我们不知道他在哪里。"

"可是常云知道他在哪里。"吕芳诗说。

"常云！你给吕小姐解释一下吧。"

"哼，吕小姐您听着！"常云气呼呼地说，"我知道老头在哪里，可是那个地方已经被我忘记了。一个人要是有意忘记一个地方，他就再也找不到那个地方了，难道不是吗？所以呢，我就让那个地方成了我心里的一个秘密。您看，我都告诉您了。"

"常云考虑问题总是很周密。"小花高兴地说。

T老翁更为凄厉地大叫了一声，房里的三个人面面相觑。在吕芳诗听来，那种叫声就像人被毒蛇咬了之际发出来的，从前她有个表叔被蛇咬了就这样叫过。她坐立不安，用手捶打着自己的太阳穴。"他是我的情人啊，我怎么能不管他？"她绝望地喊了出来，站起来想要冲出房门，可是这两个女人死死地揪住她不让她出去，还说她这种冲动是"找死"。

"很快就不会叫了，每次都是这样。"常云说，"您以为他在院子里吗？在我们这个地方，声音可以传得很远很远。我估计他在离我们有一百公里的雪山脚下。从前我和他去过那里一次，我们迷路了，差点冻死，后来被人救了，送进医院。吕芳诗小姐啊，您只要仔细地分析一下，就会知道要找到他有多么难！"

这时吕芳诗的手机忽然响起来了，是小保安从京城打来的。他在那头不出声，可以听到他激动的呼吸声。

"您是怎么啦，说话啊！"吕芳诗对着手机喊道。

"我成了网中之鱼。"

他说完那一句就关机了。

吕芳诗接电话的时候,小花和常云已经从房间里出去了。她们似乎走得很匆忙,房门就那样敞开着。吕芳诗追到院门口,看见小花、常云,还有一名男子正匆匆离去的背影。那个背影很像她的情人T老翁。难道小花一直在骗她?她奋力追去,可是他们上了一辆公交车,车子开走了。

她回到小院里时,又听到小花的父亲在唱歌。小树林里坐着那位母亲,她今天没有戴黑头巾,她的头上居然没有头发,只有光光的头皮。

"妈妈,您过得怎么样?"吕芳诗好奇地问她。

"人生苦短啊!"

老妇人的话使吕芳诗觉得很意外,这个几乎足不出户的家庭妇女居然生活得如此满足!二十八岁的吕芳诗小姐感到她那种心态对于自己来说望尘莫及。妈妈严肃地看着她,又说:

"小花爸爸的思乡之情正在退潮。他终于在我们'钻石城'找到了源头活水。你听,他现在多么乐观!"

在吕芳诗听来,老男人的思乡之歌依然那么忧郁,甚至绝望。但她不得不承认,他的声音里头有股气势,这股气势是她这样的年轻人也很难达到的。吕芳诗觉得自己有点明白了:难怪老妈妈生活在激情之中啊。

小花的妈妈陶醉在丈夫的歌声中。也许在一般人看来,她那光光的头皮显得很滑稽,可是吕芳诗看到了另外的东西。有一股焦虑的浪潮向她冲来,她走进那间房时,强烈地感到自己必须马上去做一件事。那是一件什么事呢？她两眼茫茫，全身发抖。啊，她知道了！那个东西在对面那张床上！她拉上窗帘，将那架小型幻灯机架好，一会儿房里就飞满了海鸥。那些海鸥全都在深情地叫着："T——T！T……"

吕芳诗小姐紧张得快要晕过去了。她看见房间的天花板升到了高不可攀的地方，然后消失了。一块碧蓝的天空露了出来，就在这时幻灯机放完了，房间里的一切又恢复了原样。

"我在'红楼'夜总会的时候，每天过着糜烂的生活。"

她对刚刚走进房里来的小花的母亲说，她心里随着这句话升起一股愧疚，同时又有种轻松感。

"那么，你现在如何看待那种生活？"小花的母亲严肃地说。

"我觉得那就是美。是琼姐将我带进那一片原始森林的，我到钻石城来，也是受了她的启示。我差不多每年都来，直到这一次，你们才告诉我，我已经在这里定居了。现在我自己也有定居的感觉了。这种心态一产生啊，往事就变得那么美丽！"

"我听说你们的琼姐是从热带来的。"小花的母亲说这句话的时候突然做了个鬼脸。

吕芳诗看见有一只细小的飞蛾落在老妇人的秃头上面了，而她居然一动不动地坐在那里。吕芳诗十分惊慌于老妇人的变化，先前她时时刻刻蒙在黑头巾里面，现在呢，就那样露着有点滑稽的秃头到处走，一点也不觉得有什么不妥。吕芳诗扬手赶了一下那只小蛾子，但那蛾子根本不理会。这时老妇人又说话了。

"那边来的人有些是天生的妓女。"

她笑起来，露出残缺的牙齿，她的样子同以前判若两人，表情显得有点下流。吕芳诗的内心震动很大,但还是强作镇静。

老男人又唱起来了。老妇人评价说:

"吕小姐您听,我丈夫的声音不是也很淫荡吗?"

"不,妈妈,我觉得他的声音很崇高。"

"也许吧。不过他从前也当过嫖客,您说那就是美。"

老妇人将身子挺得笔直地站起来,很威严地向外走。那只小蛾子在房间里乱窜,撒下很多粉尘。老头儿的歌声时远时近,像是在街上唱,又像是在家里唱。吕芳诗怀疑自己是不是产生了幻听。

"哈哈,您在旧梦重温啊!"

是常云进来了,她将幻灯机收好,回过头来注视着吕芳诗说:

"他让我们都得到了满足,难道不是吗?"

"你们去了哪里啊?"吕芳诗问。

"当然是去了家庭舞会。那里有很多流放者,我们跳探戈,直跳得晕过去为止,苏醒过来我们又跳。吕小姐,您了解T这个人吗?"

"不,我不了解他。"

"我也不了解。"

常云悲伤地垂下了头。她突然又抬起头来说:

"他是个魔鬼!他离我那么远!"

常云号啕大哭,将长久以来郁积在心里的辛酸全倒了出来,连吕芳诗都被她的情绪感染了,陪着她流了一阵泪。吕芳诗深深地感到自己比不上这位女子,她的热情就如同火山。

"难道他没有同你跳?"吕芳诗坐到她身边拉起她的手。

"他是在同我跳，可是我感觉不到……呜呜……他究竟在哪里？！"

吕芳诗的脸上浮出微笑，她记起了自己在家庭舞会上同T的幽灵跳舞的情形。她拿不准这事：T成了这个样子，这究竟是幸还是不幸？

吕芳诗来到了小花父亲的房门口，敲门进去。

他正坐在桌旁用放大镜看一张京城的旧照片。照片上是那个著名的广场，但显得很旧，有点颓败。他招手让吕芳诗凑近去看，并且将放大镜递给她。吕芳诗用放大镜在照片上移来移去的，什么也没看出来。

"这就是爱情啊！"他叹着气说，"您能设想比这更持久的感情吗？"

吕芳诗放下放大镜，一下子觉得自己的心同这位老爹紧紧地贴在一起了。

"总有一天我会回到那个地方。"他发誓一般地说。

"他每天都要将这句话说三遍。"老妇人的秃头探进来，做了个鬼脸。

老头赶紧不好意思地将照片放到抽屉里去了。他笑眯眯地向着门口努了努嘴说："我夫人是我的警示钟。"

"老爹，您的歌声真美。您是那种能深入到人的心灵深处去的人。我问您，您看我这个人还有希望吗？"

吕芳诗小姐说这话时觉得心里有个地方很痛。

"没有希望。"他慢慢地摇了几下头。

吕芳诗离开老爹时心里很郁闷。她不愿再回房里去同常云说话了。

她脚步虚浮地在小街上漫游，她看到了很多熟悉的面孔，他们都伸长了脖子打量她，似乎要和她说话，但又没人真的开口。有一个调皮的声音在她心里反复说："杀人犯！杀人犯！"

她走出小街来到大街上，她觉得自己走不动了，就在小吃店里坐下来。她刚一坐下，旁边桌上的那一位就凑拢来了。

"到了夜里，那些坟墓就全都敞开了。"他说。

"您能领我去看吗？"

"不能。您的好奇心怎么这么大？"

"我从小就是如此。"

"这太糟糕了。"

他皱了皱眉，从怀里拿出一张照片让她看。

她又看到了那个有点颓败的京城的广场。她无比沮丧地闭上了眼。

"那边的上空啊，总是同样阴沉的风景。雨天里，三三两两的穿黑衣的情侣从观礼台那边走下来。有时他们会停步，相互好奇地打量。"

"我见过这张照片，怎么到处都是它……"

"因为都在思考同一件事嘛。您为什么来这里？"

"因为爱情。"

"这就对了嘛。"

她脚步虚浮地游出了小吃店，听到有很多人在对她说话，他们说："真可惜，真可惜啊……"她抬起头，从那白色的云团里一下子看见了自己所度过的二十八年生涯。

钻石城老爹的朴素生活

小花的父亲是三十年前来到钻石城的。他在蓝星大街上经营着一家眼镜店。眼镜店的生意并不好，只能勉强维持，这也是他的女儿小花没有在他的眼镜店帮忙，却去了"春天"旅馆当服务员的原因。

在钻石城人们的印象中，这位老爹的性格比较阴沉、忧郁，同他的热情的女儿形成鲜明的对照。他的眼镜店每天只有上午开门，时间大约为两个小时，然后他就关店门回家去了。不过他对自己的工作倒是精益求精的，他从来不让他的顾客失望。他的顾客都是一些老顾客。

在早年，当他刚来钻石城的时候，他的眼镜店所在的地方还是一条泥泞的小巷，名字叫"蓝星巷"。他仅仅因为喜欢小巷的名字，就在这里租下了一间窄小的门面，开始经营这个店。在那些漫长而寂寞的日子里，他那奔放的性格渐渐沉静下来了，并且一步一步地从沉静走向了忧郁。他有着优美的歌喉，只有当他下班回来在家中歌唱时，别人才能从他的声音里辨别出从前京城的那位时髦青年。他在钻石城无亲无故，可他很快就爱上了这个地方，并且打算永远不离开了。然而不时地，思乡之情会像毒蛇一样咬啮着他的心，他只能用歌声来抒发他的郁闷了。

吕芳诗小姐来到他家之后，这位老爹从她身上看到了自己从前那些情人的影子，有好些天他心潮起伏，恍若返老还童。不过老爹并不爱吕芳诗，或者不如说，他的感情是一种更为深沉隐秘的激情，同男女之爱无关，而同某种抽象的记忆有关。

有段时间，他曾关了店同琼姐的那位父亲去沙漠里栽种红柳。那真是一段令人陶醉的生活。两个老汉如同单身流浪汉一样在旷野里游走，他的心胸变得无比开阔。可是很快他就不安起来，他心里撇不下他的那些老顾客，为自己给他们造成的不便而深深地愧疚。终于，这两位老汉在小河涨潮时不无遗憾地分手了。

"这种深色的板架是很难进到的货，从意大利那边过来的，一共只进了三副，镜片需要送出去定做。您感兴趣吗？"

小花的父亲面对的是一位新顾客，表情冷峻的中年女子。

"我的视力几乎完全丧失了。"妇人说话时眨巴着黑色的大眼睛，脸上显出一丝迷惘，"您有那种让人重见光明的眼镜吗？"

女人熟悉的语调让老爹大吃一惊。他连忙伸出头打量了一下街上。

"可是我，我已经不能重操旧业了。"他痛苦地说。

"即使不能重操旧业，你也不能修改你的基因啊！"

她快步离开，一会儿就消失在街头的转弯处。

老爹跌进他的皮椅里头，闭上眼，竭力想象着雨天京城的那条水泥路。那一天，他举着一把雨伞站在屋檐下，心中充满了绝望情绪。

他一直以为她已经死了,可她还活着。这是怎么回事?不错,他确实没认出她来,也没看清那张脸,但他知道那就是她。她来了,来搅乱他的老年生活。好久以来他就观察到,在这个钻石城,只要是一生中有过的事物就会再现。

老爹拖着疲惫不堪的步子回到家中时,看见女儿小花坐在小树丛中想心事,她的脸很苍白。

"小花,你在想什么?"

"我想,我这个人,怎么会一点好奇心都没有呢?为什么我不去京城游玩?我除了照顾病人,就是去那个干巴巴的旅馆,我的视野难道不是太狭隘了吗?"

"啊,我的女儿,在我看来,你的心胸像大海一样宽广!"

"爹爹这样说我就放心了。你是我的镜子。"

他俩手挽手进到屋里。小花告诉她爹爹说,吕芳诗小姐最崇拜的就是他,她差不多被他的风度迷住了。可是老爹听了这话并不高兴,他的一边脸抽搐起来。一直到吃晚饭的时候,他的那边脸还在抽搐。除了小花,姑娘们都没来吃饭,也许她们去外面游荡去了。

在饭桌上,小花对爹爹说:

"爹爹啊,吕芳诗小姐在我们钻石城丢失了她的情人呢。"

"我已经看出来了。要不她怎么会成为你的病人呢?我的女儿是妙手回春的医生嘛。"

老爹有些心不在焉,他从落地窗望出去,看见小树丛里有个阴影。那不是一只动物,也许是一个人?

"那么,爹爹也是我的病人吗?"

223

"爹爹也是你的病人，一个最乖的病人。"

老爹放下碗，走到树丛里。

"我是M的女儿。"年轻女子头也不抬地说。

她用树叶在地上排出一条船的图案。

"这里真美。"她又说，"妈妈说您是三十年前离开的。我今年二十三岁了，我也爱您，您没想到吧？"

"没有，姑娘。我感到我真幸福。"

"您会到'蓝星'酒吧来吗？"

"我会来的。"

她走了。她的背影显得很沉着，很有力量。

晚上，在光线明亮的酒吧里，母女俩都化了浓妆，样子很像山猫。她俩正在一杯接一杯地对饮啤酒，老爹走过去，坐在她们旁边。

"可是这里并没有我可以干的工作啊，妈妈！"

"你可以开一个美发店，或者卖鱼。"

"我要考虑一下。"女儿目光炯炯。

"您终于来了。"老爹举起酒杯。

三双眼睛都是脉脉含情。远处的广场上有人在唱情歌。

"我一直不太相信。我想，世界上怎么会有这样的小城？还是眼见为实啊。幸亏来了，不然就永远错过机会了。我们坐火车来的，一路上看见很多巨大的瀑布。"

这位母亲说话时，圆眼睛像猫眼一样发光。

"我坐在眼镜店里，听见您从马路那边走过来的脚步声。一开始我不知道是您，我想，这位顾客是从外地来的。"

"多么美妙啊！我是说眼镜店。这颗像太阳一样亮的，叫什么星？它真是一颗星星吗？"

"它就是启明星，只不过位置变换了。在我们小城……"

他没有说完，因为母女俩同时站起来了。

"对不起，我们需要先离开，我们是在监管之下的。谢谢您。您先来到这里，然后我们也来了，这有多么好。"

母亲说话时那双眼睛仿佛在笑，又仿佛盈满了痛苦，老爹不敢多看那双眼睛。门外有个老女人在等她们。

吕芳诗小姐过来了，她的打扮有点像街头妓女，她的眼睛也画成了猫眼。她脸上涂得很黑，成了一只黑猫。老爹有点醉了。

"吕小姐，您谈谈京城的'公墓'小区吧。"

"那是我的家，我的东西都放在那里了。可是有时候，我又觉得那个地方不存在，我没有任何东西放在那里。您问我小区里的事情吗？黄昏的时候，有一队队骑着自行车的影子在小区里游荡，小区的人们对这些影子都已经司空见惯了，没人注意他们。依我看，他们都是一些男青年，他们兴致很高，尤其在降雾的季节。啊，老爹，您的口里在流血！发生了什么事？"

"不要紧，是我不小心咬碎了一颗牙。吕芳诗小姐，您多么年轻！"

"可是我心里充满了老年人的念头。"

他俩一直在像父女一样交谈。醉了又醒，醒了又醉。

他们离开"蓝星"时，天已经大亮了。他去眼镜店，她回那个家。

一走进店里他立刻变得非常清醒。整个上午都没有顾客，他聚精会神地工作，修好了一副镜框，磨出了一副镜片。

他关店门的时候，心中感到十分满足。

他的"过去"回来了，不过这个过去已经不是原来的那个过去了。从前，在极度的焦虑中差点发生过自戕的事……而现在，这两个猫一样的女人不知怎么带给他某种放心的感觉。有一些雾状的东西萦绕着她们，使看见她们的人感到亲切，不设防。那么，他会不会每天夜里去"蓝星"酒吧？不，不会了。她们在这里，她同他会合了。某个雨天，当他站在眼镜店门口望天时，她会举着那把蓝色的雨伞快步走过来向他问好。

老爹回到家中时，他的女人告诉他说，吕芳诗小姐独自去了家中的地窖，到现在也没上来。

那天夜里，小花从一长串寻寻觅觅的梦中醒来时，发现吕芳诗还是没有回家。她想，也许她同T老爹重新坠入了爱河？她站起来，看着穿衣镜里面那张脸，独自小声笑了起来。

"小花，你在干吗？"对面床上的常云说。她没睁开眼。

"第五个十字路口向右拐。小心点！"

她关了灯，躺下，极力去捕捉梦中的某个意境。毕竟，她是爹爹的女儿，她现在对这一点非常满意。她相信，吕芳诗小姐对她自己在这里的生活也会是非常满意的。还有常云，常云不是在轻轻地打鼾了吗？

小花的爱情生活

吕芳诗认识小花的时候，她已经是一位饱经沧桑的女人了。关于这一点，吕芳诗立刻就感觉到了，这也使得她对小花有一种信赖感。吕芳诗觉得，在钻石城这种地方，每个人的过去都不存在，所以她也从不关心小花过去有过些什么样的经历。当然对于吕芳诗来说，这一家人还是不同凡响的，她不可能将他们三人中的任何一个看透。

至于小花，她也没有同人谈论自己的过去的习惯。她的过去已经被埋葬了，她很少回忆，但这并不意味着她不再是一个多愁善感的人。而且，她为自己的这种性格而自豪。她的朋友和同事都认为她有一种令人无法理喻的坚强，都不由自主地向她靠拢。

那是一口深井，她掉下去之后对情况作了冷静的判断，确定了自己的呼救声不能达到地面。她是三天以后爬出来的，短短的三天，她的头发都快掉光了。她走进家门，向爹爹和妈妈问好。

"我们的小花总能东山再起。"妈妈说。

她东山再起了吗？也许是的。

"春天"旅馆的经理是一个令人害怕的男人，一只老蜘蛛，他的蛛网延伸到她的私人生活的每一个角落。然而她终于习惯了。她已经不能区分,自己究竟是他的情妇呢,还是他的员工。他似乎拒她于千里之外,却又同她亲密无间。有了那次落入井中的经验之后,小花对世事有了完全不同的看法。在同经理的关系中,她变得非常主动了。然而这并不能改变她的处境,因为这位中年经理有严重的健忘症,他永远不会记得小花是自己的情侣。于是事情变成了这样:他们之间的每一次新的接触都是一次重新认识,一次不可理喻的新的恋情。小花的生活在涨潮和退潮之间周而复始。忽然有一天,经理从所有人的生活中消失了,他向员工宣布自己住进了高楼顶层的一个阁楼房间,并且从此要在那里隐居了。他是通过秘书宣布这件事的。当时员工们都将目光转向小花,那些目光充满了疑问和谴责。小花立刻脸红了,恨不得马上逃跑,可大家都紧紧地围绕着她。

那是好多年以前的事了,从那以后,经理再也没同她见过面。即使是近年业务萧条,旅馆面临倒闭,他也没从那阁楼房下来过。可是,他到底是不是住在那里面?小花并不害怕员工们对自己的怀疑,可是她也愿意自己给自己一些希望。毕竟,她是一个还算年轻的女人,有自己的欲望,经理的这种为人处世的方式她实在难以接受。

一年又一年,她挺过来了。并且自然而然地,她担负起了照顾病人的职责。她将自己的生活变得非常繁忙,她从繁忙的工作里头找到了情感的出路。小花知道她爹爹对她很赞赏,而这种赞赏又成了她的动力。有一天,她坐在屋后那块圆石上面这样想:经理是谁?他不就是爱的源头吗?想到这里,她就像小孩一样呜呜地哭了。

小花答应了带吕芳诗去"春天"旅馆的顶楼见经理。

她用力推开那张门时,空空的阁楼房呈现在她俩眼前。室内的全部家具就是一张单人床,一张小方桌,还有几把椅子,这些东西上面都蒙上了厚厚的灰尘。小花的神情有点狼狈,她显然没有料到眼前的情况。

"他一定是另有住处。"吕芳诗小姐安慰她说。

"我也觉得是这样。可是我们这里的人都认为他就住在这里,我还看见秘书到楼上给他送文件呢,就在昨天。我知道他是不锁门的,因为我好几次看见秘书像我这样用力推门。如果他并不住在这里,为什么要摆出这个迷魂阵?"

小花显出可怜巴巴的样子,完全失去了平时的那种自信。

吕芳诗是早上才听她谈起她同经理的情人关系的。不知为什么,吕芳诗觉得自己有义务去认识这位经理。大概因为她自己在小花家里找到了她的所爱,所以就也想帮小花一把吧。当然吕芳诗并不知道自己要如何样去帮她。吕芳诗问小花经理的外表长得什么样。小花说:

"啊,这太难描述了!他有点像我,不,根本不像……他像北极熊!又有点像燕子。我看不清这个人,您见了就知道了。"

小花当时说这些话时很激动也很沮丧,也许她已经意识到什么了。

现在两人站在这空空的房间里都感到很不自在,幸亏有人进来了。

来人正是那位秘书，手里拿着文件。

"他不住在这里，为什么你天天来？"小花愤怒地问。

"是经理要我来的。他发现有人天天在这里烧电炉子，偷电，所以让我每天来检查一下。原来你还不知道这件事啊。"

小花和吕芳诗在沉默中坐电梯下到了一楼大堂里，小花解开胸前的衣服扣子大口喘气。

"我快要闷死了，我从来没这样闷过，会不会是心脏病？"

她俩在沙发上坐了好一会儿，前台的那些服务员都用怜悯的眼光看着小花，偷偷地交谈。

"您瞧，我就像飞蛾扑火。"小花对吕芳诗说。

"我觉得经理还在这栋楼里。"吕芳诗说。

"有这个可能。吕小姐，我问您，您能忍受得了这么漫长的等待吗？"

"我觉得我能。再说，我不就是为了这个来钻石城的吗？"

吕芳诗小姐同小花一道沉浸在哀伤的情绪中。隔了一会儿小花又说自己很闷，怀疑自己的心脏出毛病了。

"我现在已经不能想象我同他见面的场景了。啊，也许我会死？"

吕芳诗小姐陪着小花坐了好久，其间她提议陪小花去医院，但小花坚决地拒绝了。她说："我这个病是好不了的。"后来她说她好一些了，她要再去楼上看看。吕芳诗又陪她上楼，再次进入那间阁楼房。

房里还是原样，小花的目光扫过斜斜的屋顶，她的表情显得非常无助。

吕芳诗在墙上发现了一个很隐蔽的壁柜,她用手轻轻一拨,柜门就开了,柜里放着一双式样考究的旧皮鞋。小花轻轻地在她耳边说:"这是他的鞋。"

"难道你从未想过同他生活在一起?"吕芳诗问她。

"您不是看见了吗,我只能以这种方式同他生活在一起。我和他之间的爱是真爱。现在看见他的鞋,我心里已经舒服多了。我认识他不久,我爹爹就对他作出了评价,他说他是一个有责任心的男人。"

"那么,你爹爹见过他了?"

"不,没有见过。他是根据我的介绍来作出判断的。我非常信任我们的经理。也有人说我是在做白日梦,因为经理不是我想象的那种人。可是这种白日梦不就是幸福吗?我从来不去想象他是什么样的人,我只是爱他,我爱他的时候就特别爱我自己。吕小姐,您怎样看待这种感情?这不是有点傻气吗?"

"不,我不认为这是傻气。你是对的,这就是幸福。"

"我是一个幸福的傻大姐。"小花一下子兴奋得脸都红了。"啊,如果您知道我和他的关系有多么深,您会吃惊的!您想象一下看,我和他在黑乎乎的野地里种花生,我俩相隔很远,天气不好,既黑又下毛毛雨。我老是怀疑他已经走掉了,只有我一个人在荒地里……后来呢,天亮了,我发现他不在,哪里都找不到他。他是什么时候走掉的呢?我站在那里,看着被我弄得乱糟糟的那块地,我心里说不出有多么伤感!吕小姐,您能理解我的感情吗?我听说在'红楼'夜总会,感情上的事都是直截了当的,我还听说了您的老板琼姐被她的情夫出卖的事,我们这里对你们那边的事都很熟悉，因为来来往往的人不断将这类信息传播。可是在钻石城，没有那种直截了当的事发生。我们这里啊，所有的事都是曲里拐弯的。为什么会这样呢？我想，这是因为这个城市是不夜城吧。光线太充足了，人们容易害羞，是不是这样呢？啊，我忘记了，我不能在这里久待，我们走吧。我今天很快活！"

她俩又一次下到大堂，正要出大门，小花忽然说：

"不，不！我觉得他在大楼里等我！我不能就这样离开。秘书不是说过'他发现有人天天在烧电炉子'吗？这就是说，他本人天天都在楼里！吕小姐，我们分手吧，您不用陪我了。"

吕芳诗小姐说她很愿意继续陪她，因为她担心她情绪上受打击。再说她现在正好没事，她愿意在小花受到打击时自己在她旁边。

"您怎么老认为我会受打击呢？"小花显得很不好意思，"实际上，我的情感生活很顺利。不过这样也好，我很高兴您陪我，这就像您自己也在恋爱一样，您说是吗？"

"是啊，我正是这样想的。"

于是她俩又走进电梯，来到顶楼，进入那间阁楼房。小花"砰"的一声往那蒙灰的床上一倒，弄得满屋子全是灰。她大笑起来。吕芳诗小姐受到了感染，也跟着笑。小花说：

"这正是我那一位的风格——每天去同一个地方，可谁也看不见他！"

吕芳诗小姐将那墙上的小壁柜再次打开，她发现那双皮鞋已经不见了。这可让她吃惊不小。

"您瞧，您瞧！我没说错吧？"小花胜利地叫起来，"他在这里！他知道我来了！啊！啊！"她从那张床上跳下来，一把抓着吕芳诗的手臂往外走。进了电梯，她才对吕芳诗说，只有当她不在那间阁楼房时，经理才会进去。她们又下到大堂里，小花对吕芳诗说：

"我估计您已经不耐烦了，您回家去吧，回去吧。再说呢，您老是同我在一起的话，他也会不高兴的。他希望我一个人经历这种事。"

小花在大门口目送吕芳诗离开。她的眼神逐渐变得恍惚起来，她觉得很困，走了几步，摇摇晃晃地扑向那张沙发，立刻就在沙发上入睡了。前台的男职员伸长脖子看了看她，大声叹道：

"如今真是一个开放的时代啊！"

差异

虽然吕芳诗小姐已经在钻石城待了几个月了，她仍然觉得自己习惯不了此地的人们的思维方式。她为此而有些惶惑不安。至于其他方面呢，她觉得并没有什么可抱怨的。很显然，钻石城比京城更适合她待下去。再说在这里她也并没有斩断同京城的联系嘛。比如昨天，又有人带来关于"独眼龙"的消息了。当时她坐在"蓝星"酒吧，一个很眼熟的年轻女人走过来对她说，她在京城地下娱乐城的舞厅里遇见了"独眼龙",他们还一起跳了舞呢。"他的手掌是蓝颜色的。"她说这句话的时候吕芳诗颤抖了一下,不过她马上又镇定下来了。如果说京城是原始森林,那里头常发生血淋淋的事情,那么钻石城便可以称之为烦恼之地。在这里,无名的烦恼会一波接一波地到来。然而此地的天空是多么纯净,大地是多么清新!生活在这样的环境里,还有什么烦恼承担不了呢?吕芳诗记起,就连她的梦境也大大改变了。近来她总是在梦里游走于太空,在群星环绕之中想念她在京城的情人们。

她仍然记得琼姐从前对她说过的关于沙漠中的美丽的夜景的那些话,她很想找到那个地方。有一天夜里,她往城郊信步走去,几乎已经走到那个地方了。她看见了月光下的干涸的小河,河床里的美丽的树。她刚要过去看个究竟时,就发现了铁丝网。她没法通过铁丝网,只能远远地眺望那边的美景。她观察了一会儿,美景就变模糊了,雾里头有老头的声音在喊:"七妹!七妹……"谁是七妹?难道是琼姐的小名?吕芳诗激动得不能自已,她回应着老头:"哎!哎——我在这里!"

"蓝星"酒吧后面的那条街是一条奇怪的街,它的名字叫"醉汉街",可是街边并没有酒店,只有一些鞋店和布店,再有就是一座很小的穆斯林清真寺,街头还有一家陶艺工厂,属于前店后厂的那种。追逐T老翁失败后的吕芳诗,于恍惚之中走进了这条朴素的小街。虽然小街静静的,人们的神情也很漠然,但吕芳诗听到有无数的蜂子在耳边鸣叫,她烦恼到了绝望的程度。在这条隐蔽的小街走了一个来回之后,她在一家鞋店坐了下来。

在她对面的店员向着她微笑,但并不过来给她拿鞋试穿。吕芳诗小姐问他卖不卖鞋,他自豪地回答:"我们不卖鞋,我们这里是给人提供休息的。"他笑容可掬,还给吕芳诗递过来一杯香茶。接着老板也出来了,老板生着漂亮的雪白的长胡子,他说:"京城有什么新消息吗?"他的声音悦耳动听。吕芳诗平静下来了,她同这位白胡子的老板谈论起京城的鸟类来了。当时是半夜,她坐在那里,时间静静地流失,没有多久她就看见了玻璃门外的阳光。然而当她第二次再去醉汉街时,鞋店已变成了帽店,白胡子的老板也不见了。

钻石城在晴天里类似于不夜城,吕芳诗夜里常常出去游荡,她觉得日子过得比京城还要快。难道是因为她的生活比京城更为丰富了?她不知道要如何判断,只知道这里的生活更为紧迫,人就像被某种野物日夜追逐似的。琼姐已经同她分开这么久了,就好像有一百年。当她在寂寞之时思念这位另类情人、生活中的导师时,仍然忍不住要流泪。那么,回到京城即使只是回去探望琼姐,是否可能?吕芳诗觉得不可能。一种新的逻辑已经在她生活中产生了,她将其称之为"方位感"。此刻她的方位是朝着钻石城的。

有一天,坐在离沙漠不远的一个小小茶室里,吕芳诗小姐突然想起了地毯商人曾老六,那个温柔的、注意力老是不集中的情人,他和她之间那些真真假假的追逐,相互间的折磨,全都浮上了心头。她走出茶室,拿出手机拨通了曾老六的电话。她轻轻地说话,脸向着沙漠,脸上木无表情。在电话那头答话的是一个年轻的女人的声音。吕芳诗问她是不是曾老六的夫人,她回答说曾老六没有夫人。那么，她能不能同曾老六通话呢？不能。吕芳诗只好挂掉了电话。看来今后很难有直接的通话了，那边的事发生了变化，屏障已经形成了。吕芳诗目光迷茫，头重脚轻地回到茶室里。服务员小姐一边替她续茶水一边说："这里啊，想要什么就有什么！"吕芳诗吃了一惊，问："什么？""我是指沙漠地带的一种风俗。"服务员小姐扭着屁股进去了，她那放荡的背影在吕芳诗心里激活了很多记忆。

她又去参加了一次"流亡者"的家庭舞会。她一共同三个戴假面具的人跳了舞。她分明感到这三个男人就是她在京城的三位情人，可是他们全都一声不吭。又因为屋里被窗帘遮去了所有的光线，她没法证实任何事，"阿龙！阿龙！"她气喘吁吁，口中绝望地唤他。而他，既亲昵，又疏远，似乎永远不可捉摸。她没等到舞会结束就冲出去了。中午的大街上很亮，很冷清，有一个乞丐在弹冬不拉。他停下来，问吕芳诗："小姐，您的情人离开了您吗？""是……是啊！"吕芳诗忍不住抽泣起来。"您可以把他找回来。"她努力镇定下来，回答说："谢谢您。他没走远，就在那边那栋楼房里。您听，音乐声！""多么美啊，生活简直是奇迹！"他弹起了欢快的曲子。

有一个花园里栽着红罂粟，是一家私人花园，十分安静。吕芳诗小姐进去了，她很想看到花园的主人出现。在她的视野里有一栋小木屋，也许里头就住着主人。吕芳诗坐在石凳上，她从来没有见到过这么多的红罂粟花，她感到十分陶醉。她想，如果那木屋里住的是她的父母和兄弟姐妹，她的生活的轨道会不会彻底改变？花园里有一些小鸟，是她在京城见到过的细小的品种，它们全都停在小径上昏昏欲睡。吕芳诗小姐在花园里一直坐到黑夜降临，主人始终没有出现。黑夜仍然不黑，面前的那些红罂粟花似乎要开口说话一样，月光给了它们一种分外妖娆的面貌。小鸟苏醒了，一群一群地在她脚边跳跃，轻轻地叫着。有一个人在什么地方唱歌，很像小花的爹爹的声音，越听越像。后来那人走到她面前来了，一路唱着走过来的。他是一名长相丑陋的男子，像狮子。"您是这里的人吗？"吕芳诗问他。"不是，我是京城的瓦匠。不过我已经在这里定居了。您也定居了吗？""是啊。"

从那地窖下去，吕芳诗小姐来到了一个很宽敞的处所，光线朦朦胧胧，不知从何处而来。她看见一些巨大而光滑的青石，她选了一块坐下去，便闻到了醉人的花香，就像她在小花房里闻到的一模一样。她想，如果T老翁是藏在这种宜人舒适的地方，他怎么会发出那么令人恐怖的叫声？她看到了周围的树，影影绰绰的，只是看不见天空。那么，此处究竟是野外还是某个巨大的洞穴？"T——T……"她试着唤了两声。"芳诗！芳诗！"他回答了。他就在不远处，吕芳诗想象他在一片枣林里面。"T，我爱你！你出来吧！""不，我不能出来！你忘了我是在什么地方吗？"吕芳诗沉默了。他在哪里？她想了又想，还是想不起来。她的思维迷失在黑雾中。她想到了"寄人篱下"这个比喻。她住在小花家里算是寄人篱下吗？可是她能上哪儿去？这里有她的情人！

她从地窖出来时，看见小花的父母相互搂抱着坐在树林里。太阳正在落山，金色的光线照在他们幸福而严肃的脸上。小花走过来笑嘻嘻地对她说："我的父母属于一个旧时代。您觉得他们美不美？""美！"吕芳诗说。她俩进屋后不久，老爹的歌声又响起来了，催人泪下的抒情歌。

"小花，我问你，T究竟在什么地方？"

"他和我们在一起啊。难道您还在怀疑？"

"不，我不怀疑了。我从未见过这种天空，星星有这么亮……"

吕芳诗听见自己里面在哭，可是她的脸却在笑。

"我是真的爱他。他才是我的父亲。从前我像个孤儿。"

"当然啊。就连我，也差点爱上他了。这里人人都在恋爱。"

吕芳诗来到小花父亲的眼镜店里。这是一个很小的店，除了陈列柜和老爹的工作台之外，余下的空间就只能放下两把靠背椅了。吕芳诗坐进一把椅子里，老爹则坐在被陈列柜围住的工作台里。吕芳诗刚一坐下就听到了哭声。在来这里的路上，老爹开玩笑地对她说："我这里是'悲哀之家'啊。"老爹正在工作，他不时停下来侧耳倾听。吕芳诗怕打扰他，不敢同他说话。那哭声不是一个人发出来的，有好几个人在哭，有男人也有女人，声音时远时近，而且不断转换方向。有时她真切地感到那声音是从地下发出来的。吕芳诗注意到老爹脸上的神情并不忧郁，甚至还有点笑意。莫非他听到的是另外一种声音？今天早上，老爹主动邀请她来店里坐一坐。当时她很高兴，因为她一直感觉到老爹性格里有难以理解的一面，她对此有很大的好奇心。现在，坐在这个"悲哀之家"，吕芳诗记忆中的"红楼"夜总会突然就复活了。那些激光灯舞会，那些黑暗中的调情，那些高速路上的飞驰，全都变得历历在目。她问自己："红楼"是真的消失了吗？谁在哭泣？下雨了，小街上有些行人打着彩色雨伞匆匆而过，街景很美。吕芳诗从心里感激老爹，她已经忘记她来这里的初衷是要观察老爹了，她的记忆力被那哭声牢牢地控制住，朝着京城的方向延伸。坐在这个眼镜店里，她看到了她从前的生活的意义。是琼姐将她带进了沸腾着的原始森林，那一段的体验奠定了她的生活的基调。

钻石城的生活很怪，欲望被什么东西蒙着，隔离着，可是强度还在那里，一点都没被磨损掉。比如T，她虽见不到这个人，他却渗透在她的生活里头。今天早上她到老爹这里来，不也是为了T吗？她想从老爹这里找出开启老年人心理的一把钥匙啊。对，她就是为这个而来的！她抬起头来，看见老爹正在看她，他已停下了手中的活计。

"那边啊，也在下雨！"他做了个警告的手势。

"是谁在哭呢？"她问。

"还有谁，我们自己嘛。"

"因为悲哀？"

"不对，是因为幸福啊。您瞧瞧外面，虽然下着雨，可还是亮堂堂的。您再瞧瞧这些行人，他们的表情多么欢乐！"

"那么老爹，您每天坐在这里都听到哭声？"

"正是这样。我不会离开这里。您怎么样？打定主意了吗？"

"京城正在渐渐消失，我回不去了。"

吕芳诗小姐看见有个女人正朝店里走来，她心里有某种预感，于是猛地站起来，说声"我走了"，就头也不回地出去了。她一出来雨就停了。也许刚才根本就没有下雨？她发现行人里头没人带伞。她走出小街,拐到"蓝星"酒吧那条街。那里有个小小的广场,一些奇装异服的青年男女站在那里看天。吕芳诗加入到他们当中。

"这是失事的那架飞机吗?"

"不可能。当时是机毁人亡嘛。"

"据说并没有人看到现场。这是怎么回事?"

"经常有这种情况。我的一个表兄……"

"我老是把当天当作最后一天来过。"

这些人聊天的声音很大,吕芳诗听得清清楚楚。她感到自己的脸发烧,她有点害怕。也许那个阴沉的事件只存在于人们的幻想之中?大家都听到发动机的声音,可是谁也看不到飞机。天空里的那响声使得广场的人们更加起劲地谈论。吕芳诗的耳边充满了那种刺耳的话语。终于,她的心理防线崩溃了,她逃离了小广场。她跑过了两条街,那飞机仍然在上空盘旋,她仍然看不到它。天空蓝得那么透明,该死的飞机到底藏在哪里?

有一天,她在一个家庭舞会里见到了琼姐的父亲。那一家住在一栋木屋里头,屋前有一个院子,院子里有很多枣树。吕芳诗撇下跳舞的人们来到院子里,便看见满脸皱纹的老头坐在枣树下吃枣子。他吃得很快,连枣核也吞下去了。他主动招呼吕芳诗。

"您好啊,您从那边来,带来了我女儿的消息吧?我女儿是琼。"

吕芳诗看见他脸上有她所熟悉的表情——"红楼"的嫖客的淫荡表情。她心中一悸,百感交集,一时说不出话来。

"我每天劳动，我有权利享受。"他朝吕芳诗抛了个媚眼。

"可是我——我来了很久了。"吕芳诗说，"我没有和琼姐联系过。我想，我不应该和她直接联系。"

"哈哈！吕小姐啊吕小姐，您一定是爱上这个地方了吧？"

"原来您认识我！"

"我是特意到这里来等您的。"

"您还在种树吗？"

"是啊。琼也像您一样，受不了我那种生活。"

"不是每个人都能享受到您那种幸福的。"

"月光里头有时会出现一只兔子。这事有点怪，我是热带小岛的住民，却爱上了西北的风景，从此把这里当作了我的家乡。"

他俩在枣树当中聊天。

老头问吕芳诗找到她的情人没有，吕芳诗回答说不知道。老头就笑起来，说吕芳诗太贪婪了。吕芳诗感到很窘，说：

"我找到他了。可他从不在我面前现身。我怎么办呢？"

"啊，没有关系，这是'红楼'的原则嘛。我女儿真了不起，我一想到她就高兴。老天怎么给了我一个这么好的女儿？可是我不能老陪您说话，我要去劳动了。我的劳动是微不足道的，我并不想同无边的沙漠搏斗，我只不过是在沙漠里头留下我的记号。我的工作是很有魅力的，琼一定告诉过您了。我得走了，再见！"

他兴致勃勃地走出了门。吕芳诗在心里赞叹着他，久久不能平静。

曾老六的钻石城之旅

是吕芳诗小姐叫他去的。她在电话里这样说:"老六啊,你来吧,我要和你在这里好好过日子了。对于我们这样的人来说,京城不是已经消失了吗?"

那一天,他们在电话里交谈了很久。

然而曾老六并没有下决心解散自己的公司,他只是简单地向王强交代了一下工作,他说自己要去新疆联系业务。

"您去了之后还回来吗?"王强用露在长头发外面的那一只眼睛锐利地剜了他一下,立刻又垂下了眼皮。

"当然哪。不过,我不清楚。你可以走了。"

王强气冲冲地夹着公文包离开了。曾老六感到很诧异:虽然他有时隐隐地觉得王强自认为是这个地毯公司的一号人物,但他曾老六又怎么能够容忍这样一个人长期在公司里发号施令的?可是他很快将这事抛到脑后了,眼下他感到阵脚大乱,连脚下的地板都在浮动。

他是坐傍晚的小飞机过去的。

他在"春天"旅馆安顿下来时已经是深夜了,但外面还是亮堂堂的,他注意到连街灯都没有开。从窗口望出去,可以看到穿着五颜六色的服装的青年在马路中间行走,高声调笑着,而隔开一条街的小广场上居然有人在放焰火。真是一个有活力的地方啊。

曾老六洗完澡之后正打算躺下，有个人像影子一样溜进来了。

"我是这个旅馆的经理。"他激动地自我介绍说，"我们是一家模范旅馆，有严格的管理制度。我们要求做到让客人来这里就像回家一样。我是来向您征求意见的，我长期失眠，就住在顶楼上，这栋楼里不管来了谁我都听得清清楚楚。您愿意同我聊一聊京城的新闻吗？"

他说着就往床上一躺，睁着一双天真无邪的眼睛。

曾老六愣了一下，马上反应过来了。他也在另一张床上躺下，将双手放在脑后看着天花板。

"最近那边新闻很少啊。"曾老六做出愁苦的样子叹了口气，瞌睡马上来了。

他不管不顾地睡着了。但他没有睡多久就醒了，是鞭炮声将他吵醒的。是谁深更半夜在旅馆里放鞭炮？

"放鞭炮属于我们的治安条例。人人都要提高警惕。"

经理从对面床上说出这句话来时，曾老六才记起房里还睡了一个人。他很愤怒，又有点好笑。他想，也许这人是个骗子？

"您要找的人就在我情人的家里。"他说。

"您已经知道了吗？"曾老六试探地问。

"我昨天还见过她。她是一位美丽的小姐，她已经打定主意永远不见您了。您不要辜负她的信任啊。"

"是她叫我来的啊。"曾老六冲口而出，立即又后悔了。

"是啊，她叫您来，就是为了告诉您这件事嘛。美丽的小姐都有相同的心思。说到我的那一位啊，可以说得上不屈不挠……"

他似乎想起了什么事，爬起来就走了。这时走廊里又响起了一阵吓人的鞭炮声。曾老六想再睡一会儿，可怎么也睡不着了。他穿好衣服，下楼，到了街上。有好几次，他想打电话给吕芳诗，可一想到是半夜便又打消了念头。他开始感到绝望。

他穿过这条街，又穿过一条街，再穿过一条街，然后插进一条小巷，七弯八拐地信步乱走。他心里有种破罐子破摔的念头。

"曾经理，您这是到哪里去啊？"

在一户人家大门外的台阶上居然坐着司机小龙。小龙满脸倦容，显然刚才正坐在地上打瞌睡。

"你怎么到这里来了？"

"抱着和您同样的目的啊。"

小龙的出现将曾老六拉回了现实，他感到不便再多问他，就继续往前走。他已经不再认得这些路了，他走啊走啊，终于走进了死胡同。他从死胡同里退出来，一看手表，是早上八点半了。他拨了吕芳诗的电话，机器人的声音说那是个空号。曾老六哈哈大笑。

"请问'春天'旅馆怎么走？"他问烟铺的老板。

"那种地方我们从来没去过，只是听说。这么说你是'红楼'夜总会的员工？现在我们这里满城都是京城来的这种货色，以前几十年里头很少有人来。你要去'春天'？可以从那边那个下水道里绕着去。你不怕黑社会吧？下水道的出口在河边，从那条街拐过去。"

他听着老板的话,身上直冒冷汗。

然而他拐过那条街就看见了"春天"旅馆的大招牌。夜间见到的那位经理朝他匆匆走来。"曾经理啊曾经理。"他喘着气说,"您太没有一点组织纪律了,我们大家都在为您担忧呢。您马上来参加我们的活动吧。"

"可是我还没吃早饭呢!"

"我们从来不吃早饭的。一天到晚吃吃喝喝太庸俗。"

"可我非吃不可,我先走了。"

曾老六拐进一家咖啡店坐下来,一边喝咖啡一边思考怎么摆脱旅馆经理。他看见他站在门外手里拿着一张报纸,假装在读报。

曾老六悄悄地问服务员店里是否有一张后门,服务员做了个手势让他跟她走。他一出门就招了一辆出租车上去了。司机问他去哪里,他说去机场。

司机将车子开得飞快,可是曾老六发现车子总在城里的小马路上绕来绕去的。曾老六后来终于忍不住发问了:

"你这是往哪里开?我要去机场!"

"您坐好吧,不要心烦,您多看看车窗外的景色吧,难道不是很美吗?并不是每个人都有您这种机会来享受的。我听说您是'红楼'夜总会的员工,您能向我介绍一下那里面的几个当红的小姐吗?真令人神往啊!"

"前些年的当红小姐是名叫'吕芳诗'的,她是我的情人。"

"给我说说她是怎么抛弃您的吧。"司机兴致勃勃。

"她并没有抛弃我。不过呢,那也同抛弃差不多……唉,我运气不好。可是你怎么知道的？"

"推测出来的啊。'红楼'夜总会的当红小姐，当然要抛弃您！"

他笑得流出了眼泪，将车停在路边，伏在方向盘上。

曾老六的表情一下子变得十分阴沉，他打开车门下了车。他发现自己在熟悉的街道上，他的对面就是"蓝星"酒吧。他本来不想进酒吧，可是背后有个人将他用力推了进去。"这一次我们要醉死在酒吧里。"说话的是一个老头。

可是当他和老头一块在吧台边坐下时，老头只要了一杯柠檬水。

老头喝了一口水之后就变得眼泪汪汪的了。

"小伙子啊，我对京城的思念没法平息。"

"那么，您是京城人？"

"差不多吧。多少年以前的事了，我被逐出了那个乐园。我现在成了老废物了，我老有这种感觉。我一看见您，就想起我从前的好日子。我有个女儿在旅馆里工作，最近她照顾着一个京城来的新病人，一个漂亮的女孩子。她们俩一块玩失踪的游戏。一连好几天，她们从这个世界上彻底消失。"

"她是不是叫吕芳诗？我指的是京城女孩。"

"对啊。那么您也是她的情人？"

"是她叫我来这里的。"

"您做得对。人要是不仔细清点，又怎么会知道自己有多少财产？看来您想同我一块上我家去？可惜您来晚了，她俩已经失踪了。我是开眼镜店的，您对眼镜感兴趣吗？"

他俩一块离开酒吧，去老爹的眼镜店。曾老六很想让老爹透露一些吕芳诗小姐的生活细节,可是老爹一声不响。

曾老六在眼镜店坐下来时,天下雨了,街上的行人举着各式各样的彩色雨伞。曾老六欣赏着美丽的街景,仿佛身处仙境。这条明丽的小街,这种令人陶醉的雨景,好像在怂恿他去做一件事。那是什么事?

"您开这个店有多久了?"他问老爹。

"很久了,我都记不清多久了。"

"也许,这一次我来这里是来对了。"

"当然啦,聪明的小伙子!您听——"

曾老六只听到落在柏油马路上的雨声,那么急切。有一个人从外面冲进了眼镜店,她没带雨伞,身上淋得透湿。她很年轻,姿态优美,两只眼睛像星星一样。

"啊,您有客人!他是从那边来的吧?凡是从那边来的,都是来找自己的情人的,只有我是个例外,我向往这里的自由的空气!"

她性格爽朗,说话大声大气。

"您母亲没来吗,小姐?"老爹的声音里透着失望。

"她一早就去了沙漠,骑骆驼去的,妈妈临走前要我不要等她回来。她看起来很快乐。您觉得她还会回来吗?"

"啊!"老爹一脸如释重负的表情。

青年女子冲进了雨中,一会儿就从他俩眼前消失了。

曾老六向老爹借伞,可是老爹说:"您用不着雨伞,老天会优待您的。"

他走出门雨就停了,天上有巨大的彩虹。也许刚才看见的雨只是一种幻象？他低头看地，地上并没有湿。他又往回走，决计向老爹打听清他家的地址，在那里同吕芳诗见面。

眼镜店里已经挤满了人，曾老六想从人缝里看老爹，可是根本看不见。他又等了好一会儿，那些人还挤在里面，没有一个人出来。曾老六只好走开，一边走一边懊悔不已。

他回到了"春天"旅馆。他在餐厅里吃了饭就上楼去睡觉，没有人打扰他，也许人们将他忘了。就是从这时候起，曾老六感到自己落入了一个真空地带。他一直睡到傍晚才起来。有人在远处弹冬不拉，他走到窗前去听，他一到窗前那声音就消失了。他发现窗外比白天还要亮，西边红了半边天，那红色令他想到世界末日，因而忍不住轻轻发抖。他转身到浴室里洗了个澡，将头发淋湿了，用毛巾擦着头走出来，照镜子。他还是发抖，仿佛有种灾难的预感一样。镜子里的身影很模糊。他突然冒出一个念头：他应该离开这个旅馆，神不知鬼不觉……

然而他出去时并没有人跟踪他。人们真的将他忘了。

他换了一家小旅馆，是用假名字登记的。

他住在三楼。打开窗子向外望去，是一户人家的院子。那院子里长满了小树，是一个幽静的绿色世界。曾老六看着那一片绿色，心里变得平静了一些。这个旅馆非常舒适，完全是家庭似的服务。管理者是一对老年夫妇，会说汉语的维吾尔族人。他们在大厅里用餐，吃手抓饭。那些客人食欲都很好，一个个都显得老成持重。

在那张舒适宽敞的大床上，曾老六睡了很久，做了不少绿色背景的梦。当他终于醒来时，又是新的一天了。他惦记着窗外的美景，就赤着脚走到窗前去了。他立刻就像被电击中了一样。难道真是她吗？她坐在林子边上的茉莉花丛中，起先背对着曾老六，然后她转过脸，朝着曾老六嫣然一笑。曾老六挥着手大声喊道："芳诗——芳诗！"可是她似乎没有反应。难道她既没有看见他，也没有听见他？曾老六命令自己镇定下来，他迅速地判断了一下方位，就急匆匆地下楼了。

他找到了那户人家，用力敲院门，于是有个蒙着黑头巾的老妇人走出来了。曾老六告诉她自己是京城来的，要找吕芳诗。老妇人的声音从头巾里面响起：

"她是您的什么人？"

"朋友。不，她是我的情人。"

"真稀奇，情人。但吕芳诗小姐是不卖身的。"

"我从京城来，就是为见她一面。"

"不行。她说她现在不见人，再说她也不在家里。您既然这么熟悉她，就应该知道，她最近在同我女儿玩一种游戏。"

"是失踪的游戏吗？"曾老六突然记起来了。

"是的。糟糕，我灶上还煮着羊肉呢。"

她匆匆地进去了，将房子的大门很响地关上。

曾老六听见屋里传出歌声，是那位老爹在唱。他明白了，这是他们的地盘，他曾老六将永远是一个外人了。他怏怏地回到旅馆。

在楼下接待大厅里，他木然地朝那张沙发坐下去，思维变成了空白。

不知过了多久，他听到有人在说话。

"你想要它这样,它偏偏那样。但那样不是更好吗?"

是旅馆老板、漂亮的白胡子老头在对他说话。

"您觉得是这样吗?"他笑盈盈地凑近曾老六。

"让我想一想。"曾老六掏出手绢来擦眼睛,因为眼里老是涌出泪来。

"这就对了,要好好想一想。明天沙漠里头有舞会,全城的人都去参加。您会去吧?说不定您在那里会碰见她。"

"我会去的。谢谢您告诉我这个好消息。您对我的情况很熟悉吗?"

"不,一点也不熟悉,我们用不着去熟悉具体事务。这里发生的所有的事都大同小异,它们全都驶向一个方向。比如说,沙漠的方向。我这个旅馆办了两百多年了,是祖传的产业。我们积累了丰富的经验。"

有人在柜台那里叫他,他过去了。

曾老六感到,他所看见的钻石城只是一个假象,真正的城市在地底,那些亡灵游荡的地方。也许,他和吕芳诗并不是生活在一个层面,他俩虽然偶尔还可以通电话,那只不过是微弱的信号罢了,他们之间隔着万水千山。看来这个旅馆也是一个联络点,大概城里所有的旅馆都是联络点。你以为你进入了这里的生活,其实还在外面。

曾老六往公司里打了一个电话。王强接到电话就说起话来,语速很快,曾老六根本听不清他在说些什么,他只听清了最后一句:"……您就死了这条心吧。"

曾老六想,看来王强已经大权在握,将自己甩掉了。当他在这里像浮萍一样飘荡时,他居然会认为自己还有一个寄托,就是公司,可见他有多么蠢。

他走进房间,走到窗前,看见在茂密的树林旁,吕芳诗背对他坐在花丛中,她手里拿着一本画册。曾老六没有喊她,他将椅子移到窗前,在那里坐下了。他刚一坐下,吕芳诗就站起来,走进屋里去了。

第六章

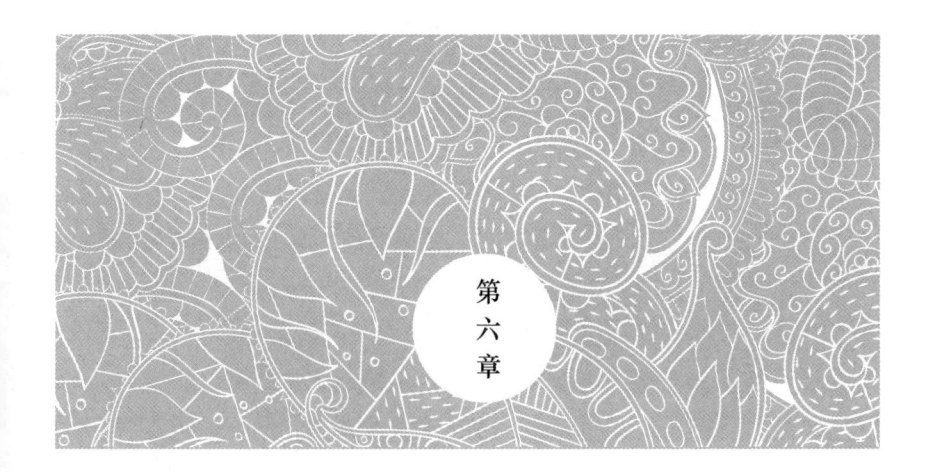

恐怖舞会

谁也没有料到"红楼"夜总会竟然在"帝国"大厦重新开张了。那一个月里面,京城笼罩在浓雾之中,街上的交通拥堵不堪,救火车的警笛声从早到晚响个不停,空气中满是烟味。好像到处都有房屋起火,但又不是大火,是属于那种"闷烧"。每天下午,空中的雾散去一个多小时,烟味渐渐稀薄。但很快,又有新的雾降下来。行人在雾中看见暗红色的闪光,又有更多的地方起火了。如果一个人站在大街上,就会听到四面八方传来窃窃私语:"……末日,末日……末日啊。"

"帝国"大厦里面的灯光像受了传染似的,怎么也亮不起来了。就那么阴阴地闪烁着,让人昏昏欲睡。舞厅里天天奏着"慢三"的曲子,一对对舞伴随时要倒下的样子。琼姐是戴着假面出场的,她的舞伴是一只黑熊,有点像马戏团里的那种。她和黑熊刚一出现音乐就停止了,四面八方发出恐怖的尖叫,舞厅里乱成一团,甚至发生了踩踏。琼姐站在那里一动不动,她的周围空出来一个很大的圈子,因为大家都想离这凶残的野兽越远越好。她还没来得及有所动作,灯就已经黑了。

另有一夜,她和黑熊跳得欢畅,但却没有任何人注意到这一对。琼姐感到诧异,难道自己的肉体已经消失了吗?或者这黑熊只不过是一个阴影?有人踩了黑熊的脚,黑熊朝那人龇出獠牙,做出要扑过去的姿态,但那人浑然不觉,连头也没回过来一下。

阿利站在入口处,两眼死盯着琼姐。他今天换了一副英俊的面具,有络腮胡须的。小保安走拢来对他说:"您应该去同琼妈妈跳舞。"

"可是我怕黑熊。我不是勇士。"

"真的吗?我倒觉得您和她是天生的一对呢。"

"你真有眼光。从前也许是,现在不是。"

一群新来的人拥过来,将他俩冲散了。阿利走到琼姐面前时,那只黑熊就不见了。琼姐的面具掉在地上,她那张脸衰老而憔悴。

"您是从南方来的绅士吗?"她问阿利。

"我是从京城的阴沟里面爬上来的。"他厚颜无耻地看着她。

他俩没有跳舞,相互搂着在那些舞伴之间走来走去,如入无人之境。后来音乐停下来了,所有的舞伴全停下来了,只有他俩还在走来走去,小声地谈论着什么。

舞厅渐渐空了,东方已经发白,这两个人还在谈话。

"您很像我的一个表兄,您比他个子高一点。"琼姐说。

"您爱他吗?"阿利问她。

"啊,怎么说呢?他是属于无赖那一类的人,他将我卖到魔窟里头。不过啊，我深深地感激他，我希望他如今交上了好运。"

"您从哪里弄来那头黑熊？"

"马戏团。我住在地底下时，就靠它来驱散我的孤独感。它的嫉妒心很厉害，您看出来了吗？"

"我看出来了。我怕它。"

阿利走出帝国大厦时，感到自己的头部被什么东西击了一下，他马上失去了知觉。小保安飞快地跑出来，将阿利扛在肩头，扛进大厦里面去了。

曾老六的挣扎

在琼姐眼中，现在的曾老六已经比过去成熟多了。他穿着工作服来到这里，脸上挂着淡淡的笑容，他说他是路过，进来同琼妈妈谈一谈心。

帝国大厦的顶楼上也有那样一间玻璃房间，格局同从前那间一模一样。琼姐将他带到这里，他俩置身于云彩当中。

"吕芳诗小姐仍然在'红楼'夜总会挂牌呢。"

琼姐说这话时眯缝着眼，过于耀眼的光线令她心神不定。

"难道她有分身法？"

"并没有。如果我们有重要顾客，她就会从那边坐飞机过来。我们的夜总会少不了她啊。我们也有一些后起之秀，但都没有达到她的水平。曾经理，你有没有感觉到我们是在追求一种高级文明？"

"我当然感觉到了，妈妈，您看我不是又来了吗？我这样一个人，经商的人，曾经在这里碰得头破血流，可是我又来了。"

曾老六在云彩当中缓缓踱步，恍然又回到了当年。

"哈，您让我信心倍增。我们这样的人是不会老的。为什么要办这个夜总会？因为需要，因为理想，对不对？"

"正是这样。我觉得我也是属于'红楼'的。"

那次谈话过了好久，曾老六还在想，他会不会成为"重要顾客"之一？他也认为自己很庸俗，是个比较庸俗的商人，可是他又觉得这并不意味着他不能在某一天达到琼妈妈说的那种标准。如果他一点希望也没有，琼妈妈就不会同他进行这种私密的谈话了。在夜间休息时，在出差的途中，在节假日的寂寞中，关于吕芳诗的热烈的想象仍然层出不穷。这一点连他自己也感到惊讶，就仿佛他里面有一个永不枯竭的源泉似的。时常，他从空虚的梦里惊醒过来，一想到这种新的生活，就从心里涌出欣慰感。时间一天又一天地过去，他还是没有成为"重要顾客"，但他认为自己的希望越来越大了。

现在曾老六的地毯连锁店已经遍布京城。从钻石城回来之后，他又产生了新的工作热情。他从颓废中振作起来，对自己今后的生活第一次有了某种设计。他将这一切都归结为吕芳诗小姐对他的启示。又是吕芳诗！难道没有她就活不成？可是难道他如今的生活还撇得开她？！曾老六感到自己渐渐地变得沉着了，他同业务总管王强的合作也越来越默契了。他不再认为王强是要甩开他，他从王强的工作作风里头看出了新的含义：他是在开拓他曾老六的视野。他那种表面的威胁其实是在暗示他，激发他的冒险精神，所以他现在感到王强是从前的业务总管林姐送给他的宝贝。

有时候，地毯公司总部楼上那个窗口的灯光彻夜亮着，那是曾老六沉思的时分。这位地毯商倾听着夜空里传来的那些信息，时而兴奋时而忧郁，不知不觉地就进入了京城古老的历史故事。冥想占去了他生活的很大一部分，也给他增添了生活的力量。曾经有很长时间，他感到自己掉进了昏暗的深沟，求救无门。也不知盲目地挣扎了多久，他忽然就获得了解脱。他看着镜子，那里头的那张脸还是从前那副平庸的表情。空中的信息是怎么回事？从前他也听得见那些声音，但他那时不会分辨。某个漆黑的夜里，他一下子就领悟了一种螺旋哨音的含义，那是一股在黑暗中旋入更深的黑暗的强力，而这股力本身，是发自人心的内部。在螺旋哨音的周围，荡漾着各式各样的呜咽声。曾老六细细分辨着，他甚至看到了某些形象。

情感升华

吕芳诗的确从钻石城坐飞机来过京城，但她并不是像琼姐说的那样作为挂牌的小姐来接待新的顾客的，她很少露面。不过"红楼"夜总会的某些员工倒真的看见她接待了一名瘸腿的男子。那人瘸得很厉害，拄着拐杖，吕芳诗像幽灵一样陪伴着他。据说他是经营烟酒业的。这两个人都没有在"红楼"出现，那几名员工是在大街上看见他们的。也许他们是看走了眼吧，谁知道呢？然而整个夜总会的员工们都对于吕芳诗小姐的黄金时代有着深刻的记忆，大家只要一提起她的名字就会肃然起敬。有一名员工发誓说，他看见的女子的确是吕芳诗小姐，因为很少有人会像她那样，对待顾客如此周到体贴。

"谁能不爱吕芳诗小姐？"他说，"她是我们'红楼'的栋梁。在'红楼'里面你只要注意一下，到处可以听到她的声音，因为她总在说话。"

这个消息传到了曾老六那里。

"我还有希望吗？"他问琼姐。

"当然有啊。你怎么这样说话？也许就在明天。"

"我明白了。"

在深夜，那螺旋哨音钻入曾老六的心底，他半闭双目，感到通体舒畅。

在同一个时刻，吕芳诗小姐坐在飞回钻石城的飞机上。她看着下面密集的繁星似的那一大片乐园，她也听到了同一种螺旋哨音。她心里充满了感激之情。客舱里灯光昏暗，只坐了两名旅客，另一名是一个影子。

"吕芳诗小姐，我们会在天明时到达吗？"影子发出男人的声音。

"我从来不预计到达的时间。再说我也没法知道啊。"

吕芳诗闭上眼，她脑海里出现了那条美丽的小街，那家眼镜店，那些青砖瓦屋上停着的鸽子。她激动得全身微微颤抖。啊，她好像离开了一万年！她又听到了小花爹爹的歌唱，那是招魂的声音。本来琼姐是要同她一块去钻石城的，可是她临上飞机前又改变了主意。她记起了她女儿的什么事，发疯一般跑回去了。吕芳诗从未见过琼姐如此慌张，也许那只是个幌子。琼姐离开她，是要让她独自成长。

昏暗的机场大厅里响着吕芳诗一个人的脚步声，她一边走一边掏出了手机，她要和她的情人曾老六通话。

"老六，我已经回到钻石城了。我还在想着我同你的这次约会。在京城，我虽然没有见到你，但是每天夜里我房里总有海鸥闯进来，那不就等于你来了一样吗？老六，你在说什么……嘘，别说了。琼姐说，既然'红楼'已经重新开张了，我就应该离得远远的，这叫远程操纵！你在那边很好，请常去我家里看看，我把钥匙留在传达老头那里了。他是个睿智的老人，你慢慢会习惯他这种人的做派的。你要告诉我一些事？留着以后慢慢说吧，现在是半夜，我快到家了，我听到了老爹的歌声，他是在欢迎我呢。"

她关了手机，坐上了出租车。她心里想，老六真是个可靠的男人啊。

她走进那片树林时，四周静悄悄的。她来到台阶上，轻轻一推门，门开了，客厅的沙发上有个人影。吕芳诗走拢去，是小花坐在那里。

"我每天得到您的好消息。吕小姐，看来您的病完全好了。我看得出来您喜气洋洋，有了新的勇气去面对生活。我真有点嫉妒您。我们这里的人不能像京城的人那么豪放，我们只能苦熬。

但是呢，这种苦熬也有它的乐趣，苦中作乐嘛。我们是很压抑的，这种压抑不像一般人说的压抑，因为是有希望的压抑。就像你在沙漠里走，你知道太阳落山时分你会到达一个绿洲一样。我这样形容我同经理之间的爱情。听说您有了新的情人？"

"也许吧。我不知道要不要把他称为情人。我遵循职业道德为他服务，但他令我捉摸不透。以前从未有过这种感觉，也许是我自己改变了？"

坐在黑屋里，吕芳诗终于能够来回忆她的新男友了。所有的印象全是支离破碎的，她说不清这是个什么样的人。他的瘸腿萎缩得很厉害，但她同他之间的性爱十分圆满，是真正的合二为一。吕芳诗回想起那些细节时，居然有种陌生的感觉，就好像不是她，是另外一个人在性交一样。没想到琼姐经营的那一片原始森林里还藏着这么一只美丽的、说不出名字的动物！当她将这种经历说给小花听时，小花紧紧地握着她的手，轻轻地喘气，就仿佛是她自己在经历这一切一样！"啊，我感到了……啊，我感到了！"小花反复地说。

"我们去见爹爹吧。"小花又说。

房门的下面透着灯光，轻轻地一推就开了。老爹坐在桌前，一只体形很大的金钱豹将爪子搭在他的肩膀上。吕芳诗踌躇着不敢靠近。

"您不要怕，这是我的宠物。您从那边给我带来了什么好消息吗？"

"'红楼'夜总会重新开张了。"

"什么样的野物在森林里游荡？"

"有各种各样的，都来自最黑暗的钟乳石山洞。"

吕芳诗和老爹一问一答时，豹子趴在老爹的肩头睡着了。他们又聊了一会儿，小花便挽着吕芳诗回她们的房里去休息了。

她们已经躺了好长时间，小花还睁着眼。

"吕小姐，您把'红楼'搬到我们家里来了。爹爹今夜一定会梦见那里面的故事。您的运气真好！"

吕芳诗看见那头豹子居然趴在窗台上。小城的白夜充满了幸福的光辉。

蜕变

阿利躺在地下室阴暗的房间里，在他的床边坐着管家。

"阿琼让我来把你领走，你可以起来吗？"

"我的头昏得厉害，真是心狠手辣啊。我躺在这里想啊想的想不通，她究竟是用什么方法破掉这个案子的呢？"

"也许她从来就明白底细，不明白底细的是你。你是在'红楼'的地盘上，'红楼'是密不透风的王国，事情还能怎样？"

管家起身离开了。阿利摸了摸自己的脸，脸上坑坑洼洼的。他记得他一直戴着那副假脸的，看来是阿琼把它撕掉了。他看见琼的男友进来了。

"小伍！"

"阿利！"

"小伍，你能告诉我她是怎么认出我来的吗？"

"难道她还会把你看成别人？琼姐从来没认错过人。"

阿利泄气地闭上了眼，他听到小伍在他耳边说：

"你就在这地下室里慢慢腐烂吧。"

他走了之后，阿利在心里细细地琢磨这句话。他听到了楼上的喧闹，他还听到有人在走廊里喊："吕芳诗小姐！吕芳诗小姐！"然后是一阵脚步跑动的声音。他有些放心了。

潮湿的墙上有一幅画，画里头是两棵风中的椰子树。这幅画的年代一定很久了，油彩剥落，椰子树成了两处白斑。阿利于昏头昏脑中反复瞟见那白斑，一会儿就产生了幻觉。他走在远方的跋涉的路上，灰色的天庭里有大群的鸟儿飞翔。所有的鸟儿都在说人话："琼，琼，琼……"他歪了歪嘴，有点想笑，结果是心脏一阵抽痛。

阿利感到，这个地方是一个可以从容地思维的地方，不会有人来赶他走。也许，这就是小伍所说的"慢慢腐烂"。他逆风而行，努力在记忆中搜索，想找到那条北上的小路。

有人送来了肉汤，他坐起来，慢慢喝完了。

"楼上发生了什么事？"他问。

"是信息爆炸。谁也没料到做过的事会有这样多的结果产生。"

那人说话时在阿利的面前扭动着，好像在做柔道动作一样。

"吕芳诗小姐在这里吗？"阿利又问。

"她早就走了，可是我们这里还是人人都在谈论她。"

他收了碗出去了，走廊里立刻响起凄厉的叫声："吕芳诗！

吕芳诗小姐啊……"

一阵眩晕发作，阿利又躺下了。被子上的霉味使他脑海里关于故乡的想象繁殖起来。他随主人 D 老翁去过很多次南方那些小岛，那些小岛很像他和琼的故乡，可又总有某些地方不像。不像的地方给他带来新奇感，也带来焦虑。似乎是，同 D 在一起的日子是一些马不停蹄的繁忙日子。阿利一生都在猜，也许他现在已经接近水落石出了。上面那个女人对他的牵挂使他更加有了一种确信。瞧，她进来了，她多么苍白。她走到床前，居高临下地看着他说话。

"天下有情人终成眷属，没想到这事发生在夜总会的地下室里。细细一想呢，还是有根据的。从三十层楼掉到地下室——哈哈！"

琼姐轻轻地坐下来，拿起阿利的一只手。

"我头晕……"他竭力做出讨好的表情。

"都这么些年了，我还是忘不了，天哪……要是你恢复起来，事情又会怎么样发展呢？我想不出来。"琼姐用空着的那只手敲了敲脑袋。

"你不用发愁。刚才有人告诉我说我会在这个地方慢慢腐烂。"

阿利突然张开嘴，伸出满是舌苔的舌头，做出令人恶心的表情。

琼姐松开他的手，站起来，心事重重地离开了。

他躺在那里，于眩晕中看见了结满红果的荔枝树。那是多么难以承受的美啊。他听到上面有什么东西爆炸了，会不会来第二次大爆炸？他心平气和地想：难道能忘记这样的女人吗？他回忆她的手给他的感觉，那感觉始终滞留着。是的，那就是僵尸的手，居然令他发热的身体降了些温。刚到京城时所发生的一切并不是事先预谋的，那事自然而然就发生了，就仿佛水到渠成。从那以后，他和她的生活就变得越来越精彩了。刚才她是什么意思？她使他丧失了行动的能力，仅仅只是为了让他缓慢地腐烂吗？其实她，不也在他心中腐烂？这几天以来，他已经适应了在眩晕中思考了。他记起来了，他们北上的那条路上有很多贩卖食品的小贩，那些人总是用小推车拦着他们乘坐的卡车，问一个同样的问题："今年南方的天气是风调雨顺吗？"他和琼坐在后面的敞篷车厢里，两张脸被一路的灰沙弄得像鬼一样。

又一股眩晕的浪潮袭来时，阿利轻轻地对自己说："我得到了幸福。"

有鸟儿在走廊里叫，许许多多。一个童音在说："鸟儿叫，荔枝红。"

阿利伸手一抓，抓到了树叶。

东山再起

琼姐坐在玻璃阁楼房里，那些黑色的云朵缓缓地从她旁边移过，此情此景又令她想起了南方小岛上那场热烈的追逐。"红楼"解禁的事简直不可思议，没有任何正式的公文，她也未接到政府的通知，事情就发生了。

有一天太阳很好，她在树林里的木椅上假寐。她瞌睡重重，但老是听见女儿小牵在周围跑来跑去，口里慌乱地尖叫着："死！死！死啊。"后来她终于忍无可忍了，就猛地一挣扎醒过来。她听到树叶骚响，有人过来了，那人是"红楼"的传达老头，琼姐看见他已经老得不成样子了。

"我们歇得太久了，夜总会应该重新开张了。"他说话时没牙的嘴一瘪一瘪的。

"那么，我们如何开张？"

"我不知道……"

老头咕噜着一连串她所听不懂的话，转背就离开了。琼姐随后也走出树林，她看到杨树林里不断地飞出一种黑鸟，越来越多，将整个地区的天空都遮蔽了，给人一种恐怖的感觉。她喊了几声小牵，小牵没应。她冲进酒窖里，搜索了一圈，还是没看到女儿。她脑子里充满了狂乱的念头。

她就是在这种情况下重新进了城。

她先是到了地下娱乐城，那里有一个会议，她进入会场时，所有的人都鼓掌欢迎她。他们全都自称是"红楼"夜总会的员工，但她不认识他们。后来陆陆续续又来了一些人，从后来的人们当中她认出了部门经理、会计、前台接待员、传达老头等。她想，也许她得了健忘症吧。她和这些人在一起商定了很多事，可她一回到酒窖就全忘得干干净净，她只模模糊糊地记得"帝国大厦"这几个字。她回来时看见小牵在挖蚯蚓喂小鸭。

她就这样到了帝国大厦，回到了从前的氛围中，当然这个氛围与从前又大不相同了。老传达对她说：

"琼妈妈，好！我们帝国大厦是半空长出的蘑菇！"

在她的员工花名册上，除了吕芳诗和小保安，所有的人的名字都在。可是吕芳诗，这个心气很高的美丽的小姐，前"红楼"夜总会的台柱，她在哪里？琼姐当然知道她在哪里，琼姐只是不愿意将她叫回来，让她恢复从前的那种生活。其实话又说回来，从前那种生活不是已经不存在了吗？那么，她如果短时期地回来一下也不失为一件好事。住在郊区的酒窖时，她好几次在深夜同穿白衣的名叫"吕芳诗"的女子会面。她同她长谈，那年轻女人悄悄地来，悄悄地去，从来不留下痕迹。也许她和钻石城的吕芳诗是同一个人，可她不承认，她反复地对琼姐说："我是另外一个吕芳诗。"她同这个吕芳诗之间的话题总是关于仇恨的，而同那个钻石城的吕芳诗，琼姐常常谈起的是关于幸福的话题。她爹爹在离钻石城不远的地方栽树，她从不用手机同她爹爹联系，同样，她也从不同钻石城的吕芳诗联系。她只同这两个人在内心深处对话。

现在，所有的来客的身份都变得神秘起来了。他们是谁？来自何方？从事什么职业？富裕还是不富裕？这些问题的答案全都蒙着一层雾。她又招聘了一批新的小姐，有美貌的，也有不那么漂亮的。她们都是些非常敬业的女孩，而且她们一律非常自豪地认为，京城因她们的缘故而增加了吸引力。顾客身份的隐秘已成了心照不宣的事，如果有人问起某个阴沉的男子，员工们就会回答："他呀，属于一年四季在地球上空飞来飞去的那种人。"或者说："他同蚂蟥是亲戚。"或："他不属于贫血的上层，他是劳动人民。"等等。回答总是相矛盾的。

尽管有很好的业绩，琼姐还是想念远方的吕芳诗。她觉得，虽然这些小姐们也很不错，但吕芳诗的业绩是看不见的那种。像吕芳诗这样的小姐她一生中才遇到一个，这也是她让她离开这个"原始森林"去钻石城的原因。从前她在京城时已经显示出了她非凡的能力。

琼姐的眼角已经有了不少皱纹。阿利在前几天对她说：

"你不觉得你的情感生活是一片空虚吗？"

当时她很想哈哈大笑。怎么会是一片空虚？当然不是！她知道阿利也并不这样认为，他只是在挑衅罢了。啊，爹爹的那些月光下的红柳！那不是她的财富又是什么呢？

新近她招来了一名漂亮的女孩，她的家在北方的一个大城市。她是从家里逃出来的，因为她母亲命令她"去死"，她就跑掉了。这个女孩长得很像吕芳诗，琼姐对她寄予厚望。她的缺点是不够坚强，在生活中有点喜欢东张西望。比如昨天，她来向她诉苦说："妈妈啊，也许我母亲是对的？现在我倒是真的有点想死了。"琼就鼓励她，要她往深里去想，因为"母亲的话总是有道理的"。琼姐想到这件有希望的事，心情就变得明朗了。一大群白鸽挨着大玻璃窗扫过去，鸽子散去之后，她看到先前的黑云变成了耀眼的白云，眼前纯净的蓝天令她想起关于永生的那些事。

"我们要筹办一个世纪舞会。"脸上蒙着假脸的男子进来说。

诉衷情

吕芳诗的头顶又出现了那种奇异的星空，远处的沙漠里升起许许多多白色的墓碑。有一个人快步朝她走过来，原来是小保安。

小保安来到她面前，问：

"吕小姐，您看见他了吗？"

"他在哪里？！"吕芳诗开始喘气。

"那座尖顶碑旁边啊，您仔细看！"

吕芳诗看见了。是他，他显得有点落寞。

"阿龙！"她喊。

他朝她笑了一下，却没有过来。

她想过去，小保安拖住了她。她想起某人对她说过的话："在钻石城，所有发生过的事都不会消失。"她把这句话告诉小保安，小保安笑起来，说："还应该补充一句：但也不能重返。"接着他又问她：

"您还打算回京城吗？"

"我会不时返回，你觉得他也会返回吗？"吕芳诗指着独眼龙问小保安。她心里有点发堵。

"他也会返回。"小保安肯定地点头。

吕芳诗的目光追随着那个身影，看着他越走越远。她心里并不悲哀，反而变得敞亮了。她盯着那颗最亮的星看，那颗星比月亮小一些，但也够大的。她发现那颗星在渐渐隐去，到后来它所占据的那块地方就只剩下深不可测的天空了。那块天是一个深洞，呈水墨色，似有无限层次。

"我哥哥天天都会同我谈话。"小保安自豪地说。

他俩默默地往回走。后来他们到了大街上，深夜的大街比白天还要亮。吕芳诗想起了一个问题，她对小保安说：

"我们这里并不是极地，怎么会有这种天象的？"

"可能是人心所致吧。别的地方也不会有这种星星。"

"我爱你哥哥，是真爱。"

"当然哪。"

他们在十字路口那里分手了。冬不拉的声音突然变得无比高昂。

吕芳诗小姐在广场那里遇见了小花，小花一脸忧郁的神情，样子老了好几岁。她紧紧地抓着吕芳诗的手，似乎想说什么又说不出来。

"小花姐啊，你有什么苦处就说出来吧！"吕芳诗动情地说。

"啊，您完全弄错了。我非常幸福，我选择了正确的生活道路，我……正要去实现我的目标呢。我带您去一个地方。"

她俩来到了一户人家的院子里，那里有很高的葡萄架，架上挂满了沉甸甸的白葡萄，茂盛的叶子将上面的天空全部遮住。她俩在石桌旁坐了下来，这时夜莺就唱起来了，鸟儿就在附近。虽然光线不太亮，吕芳诗还是看到了小花眼里的泪。

"这就是他的家。"小花说,"他一个人住在这里,可是他很久很久都不回家了。他住在旅馆的顶楼,将一生都献给了事业。"

吕芳诗默默地打量这栋三层小楼,看见所有的窗户全是黑洞洞的,星光照在乳白色的墙上,显得有点凄凉。

"他现在没有个人的生活了,这不是很奇怪吗?可是我,我不觉得奇怪,我希望他这样。他的行为总是符合我的希望,因为这个,我才幸福嘛。先前我只是一个普通的服务员,不明白我们这个行业的最高追求,现在我比过去成熟多了。我爹爹对我很满意。"

"我也是这样!"吕芳诗热烈地响应说,"现在——现在我同从前大不一样了!我有一个最好的朋友,她叫琼,她教给了我一切!"

"我知道她是您的老板,她是个天才女人!我问您,您怕不怕鬼?"

"不怕。"

"那么您跟我来吧。"

她们一块进了屋,站在黑乎乎的过道里,背靠着墙。忽然,吕芳诗感到自己的双脚悬空了,接着背后的墙也消失了。"天哪,天哪。"她喃喃地说,紧紧地抓住小花伸过来的一只手。

"这里总是这样的,"小花说,"我已经习惯了。您要上楼去吗?"

"不,不去了,我们出去吧。"吕芳诗慌乱地说。

小花发出一阵轻笑,她显得满心欢喜。

她们从屋里出来时,看见满葡萄架的葡萄都在闪光,它们全都变成了钻石。小花说:"刚才我告诉您,我选择了正确的生活道路,您怎么看?"

"我还不完全明白,但我已经有点明白了。"

小花还要回旅馆去值班。吕芳诗看着她离开的背影,想到这个女子的巨大能量,心里不由得升起一股崇敬之情。她拐到一条小街上,想抄近路回去。有一个人迎面向她走来,是小花的老爹。

"吕小姐,您看见小花没有啊,我找她找了一夜了。现在都已经是黎明了,她究竟躲到什么地方去了?"他显得很焦虑。

"她刚刚同我分手呢,她去旅馆值班去了。"

"啊,原来这样!有女儿的人真辛苦,您说是吗?"

"是这样。那么,您为什么找她呢?"

"她的爱得不到实现,她遭受了巨大的打击,我为她担心。"

吕芳诗凝视着老爹那英俊而刚毅的脸庞,心里一阵激动。

"老爹啊,您就放心好了。您的女儿很像您,她是个了不起的人,我看没有她闯不过去的关口。"

"那么,您爱上钻石城了?"他古怪地笑了笑,转移了话题。

"也许有好长时间了,我不知道是从什么时候开始的。"

吕芳诗和老爹回到家里时,小花的妈妈迎了出来。老妇人将黑头巾扎到了脑后,脸上显得年轻了好多。

"她来过电话了。你的担心完全没有理由,我们应该相信她。"女人说。

"你说得对,妈妈。要不是遇见吕小姐,我简直就走投无路了。吕小姐是我们家的宝贝,就像是我们的二女儿一样。"

小花妈快乐地拍着吕芳诗的肩说：

"从她来我们家那天起，我就看出她是来给我当女儿的！现在常云和细柳都已经恢复了，她们是昨天离开的。吕小姐不是来治病的，是来给我当女儿的！"

她不由分说地推开老爹，挽着吕芳诗往屋里走，那神气就好像吕芳诗只属于她一个人。一个疑问盘旋在吕芳诗的脑海里："我究竟有没有病？"

吕芳诗小姐躺在清亮的月光和星光里同"独眼龙"对话。她刚一躺下他就来了，站在窗外，她听得到他的声音，却看不见他。他们说起了京城那些激动人心的时光；相互间的仇恨；绵绵无尽的思念；以及寻找情感出口的艰辛。这种谈话令吕芳诗感到窒息，她大张着口出气，像被扔上岸的鱼一样。她有点害怕，暗想道："他该不会要我的命吧？"

"我老觉得我是顺着那个钟乳石岩洞走到这里来的。从前，在那个山谷里头，你是怎么想的？"她顺着自己的思路提出这个问题。

"那时我被爱情冲昏了头脑，什么也想不起来。我听见了你在叫喊，可当时我在岩层的最下面，被那些石头卡住，一动也不能动，所以我没法回答你啊。我知道，我永远失去你的信任了。"

突然，一切全改变了。他的声音变得比较低沉，吕芳诗感到他比先前稳重多了。他从前很少说话，是个沉默的家伙，她从未想到她还能同他这样谈话。吕芳诗在这宁静的氛围里思路变得既活跃又宽广。她仿佛变成了那个少女，走在去中学的途中，路上行人稀少，人行道上的槐树不断地向她招手，她在槐花的醉人的香气里反复地对自己说:"京城,京城,京城!"

慢慢地,他的声音变得含糊不清了。她有点着急,跳下床到窗口那里去看,仍然是那一派无比宁静的景色,就连鸟儿都不叫了。花园的绿色吸收了空中的光亮,到处都有绿宝石在闪烁。小花还没有回来,大概她正在达到她人生中的巅峰吧。吕芳诗用嘲弄的声音对自己说:"天底下竟有这样一个疗养院。"她的声音一落,挂在墙上小包里的手机就响起来了。她接了电话,对方却不出声。"一定是阿龙。"她说。

"我不是阿龙,我是T。"对方突然说话了,"我是T啊,你的老情人。我正在下到一个水潭里去,你听到了吗?"

吕芳诗小姐听到蛤蟆的叫声。她心中升起无限的喜悦。"T,T,T……"她小声地对着手机低语。

新启示

在帝国大厦的"红楼"舞厅里,曾老六遇见了久违了的林姐——他公司从前的业务总管。曾老六不会跳舞,他抱着去碰碰运气的想法进舞厅去看看。他一边走进去一边问自己:"到底想碰什么样的运气?"就在这时一位香喷喷的舞女朝他冲过来,抱住了他。

"曾经理啊,您可让我想坏了!"

曾老六听出了她是林姐，但他不习惯林姐这种异样的热情，他觉得自己一定是脸红了。曾老六提议去楼下酒吧里喝一杯，但林姐不肯，她要同他坐在舞厅边上的沙发上谈话，她说："这里的氛围特别好。"

在激越的音乐声中，他们的谈话时断时续。曾老六觉得林姐的变化很大，不论是外貌、表情还是派头，都完全变成另外一个人了。这个妖艳的、涂脂抹粉的中年女人就是从前那位模样姣好的职业女性？而公司的现任主管还是她的男友？令人昏头昏脑的音乐和这群魔乱舞的场面使得曾老六根本想不清这种问题。林姐紧紧地搂着他，凑在他耳边说：

"您的吕小姐就在舞池里，瞧，她在同那个瘸子跳'慢三'呢。她是今天的女王，我们都爱她。"

曾老六热得身上出汗了。他看了又看，满眼都是陌生的面孔，有的漂亮有的不漂亮，但所有的面孔都充满了激情。

"吕小姐是我的情敌，我曾经和黑社会串通去谋害她。可为什么一到这个舞厅里，亲眼看见她跳舞，我就一点嫉妒心都没有了呢？"

"林姐，你能把她叫到我们这里来吗？"曾老六问。

"不能！"林姐似乎吃了一惊，她推开他。"她是沉浸在爱情之中，难道您不懂得'红楼'的行规？"

曾老六万分羞愧，他站起来要走，林姐却拖住他。

"多待一会儿吧，今后难得有这样的机会了。"

他以为林姐还要对他说什么，但林姐什么也没说，只是用迷惘的目光看着一对舞伴。曾老六顺着她的视线看过去，看见了王强和一位女郎。他问林姐是否是同王强一块来的,林姐缓缓地摇头。这时一个秃头的老男人朝这边走来,林姐跳起来扑向他,曾老六立刻掉转头走出了舞厅。

他还没来得及下楼,就被琼姐拦住了。琼姐问曾老六愿不愿意去"监视室"里观看舞会场景。曾老六先是一愣,没有听懂,接着马上反应过来了。琼姐将他带到那个小黑房间内就离开了。他在那把椅子上坐下来,正对着舞厅。当他的眼睛慢慢适应了黑暗时,他眼前就出现了人腿的森林。那么多的腿,男腿和女腿,随着音乐的节奏在运动,有的优雅,有的活泼,有的刚劲,有的淫荡,有的灵巧……窗玻璃像一把剪刀,将腿以上的身体部分全部剪去了。有一瞬间,他看见了吕芳诗修长的腿,她穿着黑丝袜和高跟鞋,她的舞伴正是那瘸腿。他俩配合得天衣无缝,产生一种奇异的美感,曾老六简直看呆了。但这四条腿一闪就过去了,曾老六再也没有找到它们。他生平第一次对这件事感到遗憾:为什么他没有学会跳舞?

他悄悄地起身出去,穿过昏暗的走廊进了电梯,下楼,叫了一辆出租车回家。他在公寓的走廊里被一个东西绊了一下,差点摔倒。

"你是谁?"

"我就是从前的那条蛆。你是去'红楼'找我去了吧?"

曾老六开了门,她一溜就进去了。她让曾老六不要开灯,然后就跳上了窗台,坐在那上面欣赏街景。

"啊,京城!啊,古树!啊,各式各样的爱人!啊,银色小跑车!啊,街角的绑匪!啊……"

277

她大呼小叫，乱七八糟地发议论。曾老六想，她叫累了就会下来的，于是在黑暗中躺下了。他心里有点伤感，他又想起那个问题：为什么他没有学会跳舞？从前有过美好的机会，为什么吕芳诗没有教他？他还没有来得及细想，女孩就从窗台那边向他跳过来，扑到了他身上。

曾老六差点昏过去了。

当他恢复神志时，椰子已经穿好了衣服准备离开。

"曾老六，你的生活乱七八糟！在我的家乡，那个小岛上，人们早起早睡，过着勤劳清明的生活。我迟早要回到那里去。"

"椰子，椰子，我真羞愧啊！"

她走了，曾老六听见她进了电梯，又出了电梯，马路上响起她的高跟鞋的声音，清脆而坚定。他突然记起，这个女孩是琼的同乡。南方那个炎热的小岛上，多年以前发生过什么事？曾老六的手机响了。

"我是芳诗，我在钻石城边的沙漠里找那些坟墓，找着找着就迷了路。我的骆驼不敢再往前走了，我和骆驼要在这里过夜。这里的地底下是多么喧闹啊！我听到了你在地底下说话，所以我才打电话给你。你最近好吗？"

"好，好，好！"曾老六说，禁不住热泪盈眶。

她在电话那头沉默了。好久好久，曾老六只听到陌生的鸟叫，后来她就关了机。曾老六闻到一股公墓的气息涌进房内，月光下的空气泛出阴惨的蓝色。他心里有点恐惧。

他盼着天亮，他想，要是天一亮，他就会恢复勇气，加倍努力地工作，做一个正直的商人。也许是生平第一次，他思念起他的父母来。这两位不安的老人，如今在什么地方游荡？难道他曾老六是爱他们的吗？他打算后天，最迟星期三，一定要去探望他们，同他们深入地谈一谈心底的那些困惑。的确，除了琼妈妈，只有他的父母是最理解他的。

他镇静下来，等待着窗帘那里发白，等待着京城重新沸腾起来。他竭力想弄清刚才电话里的鸟叫究竟是什么鸟儿发出的，想了又想。不，他不知道，京城里确实没有那种鸟。

巨大的舞厅

陌生男子递上空白的名片，琼姐接过来看了看，有点吃惊。

琼姐问他要找哪一位小姐。

"他们说您既是经理又是妈妈，为什么您不尝试一下当小姐？"

那人彬彬有礼，但面目模糊，鼻子仿佛塌了一边。

"我当然可以当小姐。实际上，我一直在做小姐。"琼姐说。

"这里的气息非常纯正。"他伸长脖子嗅了几下。

他俩一同消失在大厅侧面的一个门洞里。

琼姐将他领进那个密室。一走进房间，两人的身体就消失了，只有嗡嗡的谈话声在房里震响。

"我一直想弄清大厦的基础。我来过好多次了。"

"我知道您这个人的存在，可是我没料到您真的会出现。我有点激动，今天是一个什么日子？"

"'红楼'十周年啊，难道妈妈已经忘了？"

"最近我的生活有点混乱。我同时侍候三个客人，我学会了分身法。我虽然学会了分身法，身份的转变还是会产生某种不适。"

"不适马上就会过去的。帝国大厦是京城最古老的大厦，这种地方同'红楼'这样的夜总会十分匹配。"

"其实，我隐隐地感到您有一天会冒出来的。这种感觉有好久了。"

"您是一位打开局面的女性。多少年了，京城召唤着您这样的女性。"

"可是您是从哪里来的？"

"我住在顶层。我极少下来。我同这个巨大的森林里的各种野物和谐相处。您让我看到了希望，我爱您。"

"先生，您让我神魂颠倒了。"

"我深感荣幸。"

那一天，"红楼"的员工们看见他们的总经理陪伴着那位面目模糊的男子在大楼的电梯里上上下下。琼姐满脸红晕，喝醉了酒一样。

与此同时，琼姐的男友小伍驾驶着越野车成功地飞越了悬崖之间的深沟。他从车里出来时冷汗淋漓，脸色苍白，心中充满了幸福感。有一名砍柴的老翁问他："你到哪里去，勇士？"他回答说："天堂。"

夜总会的接待室里人来人往，这些顾客脸上的神情并不是那种休闲的放松，而是有些紧张，有些诡异，也有些热烈的企盼。这些身份不明的穿黑衣的男子时常莫名其妙地发出笑声，露出白森森的、充满兽性的牙齿。琼姐进来时，他们自动地让出一条小路，仿佛霜打的麦苗一样萎靡不振了。琼姐高傲地点了点头，不动声色地走进里面的小房间。隔了一会儿，她从门后伸出她的头，大声问道：

"你们是来解决性问题的吗？"

所有这些男子都默默地，有点害怕地看着她。琼姐哈哈一笑，将门用力关上。接待室里响起一片叹息的声音。

那个小房间通到地下室。琼姐从地下室绕到大楼的后门，走了出去。经过酒吧时，她看见了阿利那张憔悴的脸——不是假脸是真脸。一名男服务员正在撵他出去，也许他赖在那里时间太长了。琼姐朝服务员招招手，他立刻跑出来了。琼姐凑在他面前嘀咕了几句，他使劲点头，然后回到里面，不再撵阿利了。

琼姐招了一辆出租车，说："去第二医院。"

身上缠满纱布、插满管子的D老翁躺在重症观察室里。琼姐站在玻璃隔断的外面看着他，他背对着她，却声音洪亮地说起话来。

"阿利的梦想也在实现。有多少年了？你记得吗，琼？你在山的那边，我在山的这边，阿利这小子在山顶……昨夜我又听见'红楼'舞厅里奏响了那个曲子，那是我和你的曲子。当时我正将那些鸭子赶进水塘，天上下雨了……你在听吗？"

"我在听。大家都以为你死了呢。"琼姐的声音颤抖。

"可是我却在这里，谁料得到？我本来可以去死了，可我丢不下这些美丽的事物。如今'红楼'的当红小姐是谁？"

"她的化名叫'南方的一条蛆'。"

D老翁想转过身来面对着琼姐，但他的身体无法挪动，他努力了几次，脖子奇怪地扭动着。

"我很害怕。"琼姐说，伸出一只手扶住墙，"我觉得我要死了。"

"还早着呢，死是一个漫长的过程。那条蛆，你很欣赏她吧？"

"是啊，她为'红楼'注入了活力。本来世界是个苦役工场，她将苦役变成了美。她很了不起。我要走了，爸爸！我还会来的，你可不要趁我不在就放弃啊，你得答应我。"

老翁翻过身来了，琼姐发出一声惊叫。那张脸上，本来该长鼻子的地方长出了一只角，灰色的，尖尖的。这使他的面目显得十分狰狞。琼姐镇定下来，满脸羞愧。

"即使变成了魔鬼，你也别放弃。爸爸，我明天再来。"

她穿过病房的走廊，她的高跟鞋发出恐怖的响声。

出了病房来到外面，看见到处都是穿条纹病人服的男子在游荡，他们都用草帽遮着脸。有一个人掀起了草帽，琼姐就看到了他脸上的那只角。

她加快步伐，逃出了医院。马路边，小伍的车子停在那里。

"小伍，你设想一下看，一个明天就要死的人，他今天最想做的是什么？"

"应该是飞越鸿沟吧。"他握住方向盘的手抖了一下。

"你说得有道理啊，你是怎么知道的呢？"

"就是刚才，我以为我明天会死呢。可是现在，我变得很快乐了。京城郊区有数不清的鸿沟，够我这一辈子来飞越的了。"

车子停在"红楼"所在的帝国大厦门口。琼姐看见小保安失魂落魄的脸，那样子仿佛不是这个世界里的人。

"小保安，你已经继承你哥哥的事业了吗？"她拍拍他的肩头。

"琼妈妈，我没有。啊，我说错了，是的，我继承了。怎么说呢，我觉得我真怯懦，我该死……"

"不要这样想，你慢慢总会习惯的。你现在一天比一天英俊了，成了男子汉了。你那栋楼里有漂亮女孩子吗？"

"有的。可是我不爱她。"

"你当然爱她，要不你怎么躲着她呢？"

"琼妈妈是怎么知道这些事的啊？"小保安吓坏了。

"是你哥哥告诉我的嘛。你不是继承了他的事业吗？哈哈！"

琼姐离开他随人流进了电梯。她看见电梯里头有一个穿条纹病人服、戴草帽的人，那人用草帽死死地遮住自己的脸。琼姐感到全身的血都凝住了。幸亏那人在五楼下去了。琼姐低声问身边的助理："那是谁？"助理回答："是这栋楼里美容院的贵宾顾客，一个有钱的人。"

琼姐走进她的玻璃阁楼房时，看见天空突然暗下来了，就像夜里一样，可现在还不到中午呢。她刚才一直在想，万一那个美容院的顾客在电梯里堵住她，逼她承认某桩犯罪，她该怎么办？她心里和这天空一样变得黑沉沉的，一些顽固的记忆盘踞在那里。一个念头突然跳出来：那人该不是阿利吧？他可是什么都做得到的。琼姐感到自己现在也许可以回答住在隔壁的面目模糊的男子提出的问题了，那是一个关于帝国大厦的基础的问题。

同样的问题不也困惑着她本人吗？

他住在这个阁楼房的隔壁，身上散发出高级烟草的香味，可是他的脸永远是模模糊糊的。琼姐不知道他是什么身份：房客？退休者？隐士？黑社会成员？或者社会问题研究者？这些日子她同他已经处熟了。似乎是，他赞同她的所有的工作。他说："二十年前，我也是一名嫖客，染上了梅毒。那种病摧毁了我的健康，却训练了我的思维。"他是背对着琼姐，面对这大玻璃窗说这些话的，当时琼姐看见那些黑云在天空愤怒地翻腾。

她坐在这把沙滩椅里头，闭上眼，想起了酒窖里被囚禁的日子。难道她在复仇？她要加倍索取吗？她将一些人派往了北方的钻石小城，她往她爹爹所在的地方送去了她的爱。她这样做的更深更隐蔽的目的则是扩大自己在京城的地盘和影响。政府现在不是已经容忍她的存在了吗？也许还暗暗欣赏她的工作呢。想到这种局面，琼姐有点想笑，可是她又笑不出来，因为她的老情人D还在医院里苟延残喘呢。这时响起了三下谨慎的敲门声。

她开门让他进来。在这个空房间里，他像鲨鱼一样游动着，口里一边说着："我就像一条鱼一样爱着您。"他总是让她感到很惬意。

"帝国大厦是京城最高的建筑，"她说，"也是野人云集的场所。在它的地下室里，最为穷凶极恶的计划一个接一个地炮制出来。有人在我们的舞厅里看到了世上最精彩的探戈，舞者是一名瘸腿绅士和一名盲女。"

"您搬进大楼那一天我就感到了：您是我们的历史。"

他朝她一鞠躬，无声地游出去了。琼姐的心刺痛了一下，她记起了流失的那段时间。她终于在沙滩椅里面睡着了。

她在半夜里醒来，打着寒噤站起来。她下楼来到那个新的、巨大的舞厅里。那里面的空寂令她肃然起敬。

然而有人从侧门进来了，是那位瘸腿绅士。

"吕芳诗小姐回钻石城去了吗？"琼姐明知故问。

"是啊。她将我这颗悲伤的心遗弃了。可我为什么还是觉得有点幸福？您能设想这种事吗？"

"当然能。'红楼'的事业不就是为了这个吗？"

"琼妈妈，您就像我的亲妈妈。我特地来对您说这个的。"

他的拐杖一下一下地点着地板，他走远了。

琼姐因为心绞痛而坐到了地上，但她对自己非常满意。在窗外，在半空中，有激越的音乐奏响了。

煎熬

阿利在地下室同那只黑熊度过了一夜。熊是很坦然的，一想到它，它就出现了。它老是像人一样站着，起先站在房门边，后来就慢慢地挪到了阿利躺着的那张床的床头。阿利想，这家伙是琼派来的一个探子。它将两只前掌搭在床头，还不时伸出爪子去抚摸阿利的脸。那爪子沉甸甸的。阿利想，它会不会突如其来地一下扼死自己？因为有了这种期待，他就没法平静下来，也没法入睡了。后来他关了灯，他一抬眼就可以看到那两点绿色的小火。他对它说："原来你就是琼送给我的礼物，她想得真周到啊。"黑熊听到他的话，又用爪子在他额头上按了两下，使他误认为末日来临了。可是并没有那种事发生。

奇怪的是到了下半夜，他的热病就渐渐好了。当他发现这一点时，他激动得想大声叫喊。可是他不敢叫，因为怕黑熊。"原来你就是医生啊！"他说，同时就感到力量正在一点一点地回到体内。他可以行动自如了。

墙上有黑熊的影子。在这黑房间里，那影子是一团发出微光的灰色的东西，是某种异物。有人在走道里通夜弹着冬不拉，轻声唱着哀伤的歌，歌词是维吾尔语，也许那是个新疆人。阿利竭力想猜透周围氛围的含义，他在努力中甚至闻到了老虎皮毛的味道，那是同黑熊的皮毛完全不同的味道。然而他越努力，在这个巨大的谜团中就陷得越深。有一刻，他忽然同外面的歌手一道唱出了一句维吾尔语，把他自己都吓了一跳。他可是从来没学过维吾尔语啊。黑熊用爪子在他脸颊上按了一下，似乎对他表示鼓励。

也许外面天亮了，但地下室里看不到。他摸黑往外走，黑熊紧随他身后。走到门口那里，却又看见天并没有亮，也许还是黎明前吧。他站在路灯下，头有点晕，后脑勺有点痛，仿佛被人打了一棍子一样。他用一只手扶住路灯的灯杆想站稳，可是黑熊在他手臂上轻轻按了一下，他的手臂立刻就像断了似的垂下来了。他觉得自己快要跌倒，这时黑熊就在他的腰部支撑着他。昏头昏脑中他听到有人在门口那里喊：

"老D家的阿利，主人唤你了！老D家的阿利，主人唤你了！"

他软弱无力，迈不动步子，黑熊推着他在走。

后来他就同那个人面对面了。

"我同D见过面了，他说他认为你把自己安排得很好。你有什么要求吗？"

阿利看见他脸上只有半个鼻子，目光飘忽不定。奇怪，力量又回到了他身上，回身一看，黑熊不见了。

"我，我也想见D先生，可是我知道现在已经不可能了。他好吗？"

"你最好将他彻底忘记。你还没回答我的问题呢。"

"我想有个住处，有份工作。"阿利鼓起勇气说。

"你不是都已经有了吗？莫非你对这个工作不满意？小伙子啊，你应该实际一点！如今流落街头的人难道还少吗？"

阿利皱着眉头考虑了一会儿，然后抬起头来。他想看清这个人，然而他的努力失败了。他的脖子以上仿佛被一团雾裹着，五官时而被遮住时而露出来。他的手胖胖的，皮肤绷得很紧，像是吸饱了水分。不知为什么，阿利感到这个人生活起来很艰难。他想，这个人会不会是D先生的儿子呢？他抬起一只手，重重地放在阿利的肩头，说：

"D先生在病中确实唤过你，这说明他对你的信任。单单这一件事就值得你三思而行了，你说对吗？你看那影子般的帝国大厦，当它不开灯的时候，我们就全都被笼罩在它的黑暗里头，而且全都思索着同一个问题。难道你对你的琼失望了?还是你另有寄托?"

"先生,您能告诉我D在哪里吗?"

"不能。这属于帝国大厦的机密。我很抱歉。"

那人回到大楼里面去了。阿利继续前行,路灯已灭,天亮了。京城独有的含义不明的骚动开始了。

"红楼"的小保安朝他走来。他认识这位青年。

"先生,我在生活中失去了方位感。您能帮我吗?"小保安对他说。

"我愿意帮你,但你为什么认为我可以帮你呢?"

"因为你同上层有联系啊。"

"请说出你的问题吧,小伙子。"

"我想要知道'红楼'的内部纪律。"

"这是不可能的。"

小伙子闷闷不乐地走开了。阿利看着他的制服,眼前浮现出当红小姐吕芳诗的身影,她代表着一个过去了的、辉煌的时代。那么现在是什么时代?京城的阳光依然热力四射,据说夜间有稀有的猛兽穿街而行。而这些行人,脸上的表情越来越复杂了。这样的时代会是一个什么样的时代?此刻,他对D老翁的思念比任何时候都强烈。

他又看见了D的管家,管家佝偻的身影正在横穿马路。他也看见了阿利,他愣了一下,拐进了一条小胡同。好多天以来,阿利脸上第一次浮现出了淡淡的笑容。看来,所有从前那些联系依旧存在,他有些放心了。

陷阱

曾老六抬起头来,看见他的父母风尘仆仆地进了他的办公室。两人往靠墙的沙发上一坐,立刻又跳了起来,疑神疑鬼地张望。

"我们刚刚旅行回来,去了南方,一次痛苦的旅行。"父亲说。

母亲似乎对他的话不太满意,冷笑了一声,不情愿地坐下了。

"原先我们对你不放心,"父亲继续说,"所以不敢去远的地方。现在形势改观了,因为'红楼'夜总会又营业了。我们对夜总会那位妈妈的意志力十分敬佩,一想到有她在生活中为你导航,我们就像吃了'定心丸'似的。于是我和你妈收拾起简单的行李,高高兴兴旅游去了。可是我们看到了什么?啊,真是满目疮痍啊。我形容不好那些事,让你妈说吧。"

"你爹爹又在夸张了。实际上我们的旅行还是很愉快的,我们去了很多小岛,岛上都有那种白色的墓,小小的、朴素的,像是一些白玉兰。当然确实也有件不愉快的事,每天夜里有条黑龙来拜访我们。它满满当当地占据了我们的房间,那是我第一次见到龙,当然就吓坏了。其实它也并不来伤害我们,只是它身上的粗鳞发出腥味,很不好闻。它搅坏了你爹爹的兴致,结果呢是你爹爹变得很阴沉,不论走到哪里总看见伤口——树干上啦,花瓣里啦,红墙上啦,游艇的甲板上啦,到处都布满了它们。这就是他说的'满目疮痍'。可是这并不是我们要说的,我和你爹爹是来说吕芳诗小姐的事的。"母亲说到这里不怀好意地看了曾老六一眼。

"老六,我和你妈妈想不明白,你怎么可以忘记这样一位小姐?"

曾老六觉得父亲在责备他。为了什么呢?

"我并没有忘记她。"

"可是你也没有去追求她!"他提高了嗓音,满腔愤怒。

"我没有能力。我——我只能这样追求。"曾老六的声音像耳语。

平时有点耳背的父亲却听到了。

"这样追求就等于没有追求!你这个糊涂虫!!"

他的尖叫回荡在办公室里,有两个职员从门那里探进头来看了看。

"抱歉,抱歉!"爹爹说,和母亲一道向门口走去。

他俩走了,桌子上留下母亲扔下的一朵干菊花,那是他们旅行的纪念物。

房里变得空空荡荡的,曾老六竭力想回忆他俩说了些什么,可怎么也想不起来了。不错,他们说起了吕芳诗小姐。现在吕芳诗小姐成了一个黑洞,他没有办法进行这方面的思索了。他听见王强在办公室外面对谁说:"我要杀了你!"这个王强真是有气魄,有底气!他不是至今仍同他合作得很好吗?他很想起身到前面房里看看，但他还是坐着没动。王强是不愿意别人插手他的工作的。曾老六百无聊赖地坐在那里。

他用钥匙打开最下面的那个抽屉，拿出一个黑皮小本，翻开第一页，看见了那潦草的字迹：**下午四点在湖边**。他将小本扔回去，将抽屉又锁上了。

王强进来了，一头乱发，像野人一样。

"曾经理，我们的业务取决于同'红楼'夜总会的关系。"

"我知道。那又怎么样呢？大不了不做生意罢了。"

"现在已经没做生意了，我今天要去赛车。"他说完就走了。

曾老六想，看来，他自己在画地为牢啊。为什么他不能听取爹爹的意见呢？他走过去闩上门，在长沙发上躺了下来，他的办公室的墙上有两面钟，这两面钟在相对的两面墙上嘀嗒嘀嗒地响，节奏一致，分不清谁是谁。他的目光移到抽屉那里，又想起了那几个字：下午四点。他心里冒出一个幼稚的念头：如果他和吕芳诗变成了这两面钟，那个追求的问题不就不存在了吗？他的思维一下子活跃起来了。刚才，他爹爹不就是盯着这面钟，说出关于追求的话的吗？原来他是这个意思！真是条老狐狸啊。想到这里，他从衣袋里掏出了手机，那上面写着：**王强掌握着真理**。短信是吕芳诗发来的。曾老六长长地吐出一口气。他记起了爹爹说到的那些小岛上的白色的墓，也记起了他说"满目疮痍"时的表情。只有不追求才是真正的追求啊。他感到自己恢复了精力。

助理站在门外，他大概已经等了好久了。

"曾经理，有些情况。"他的眼睛看着地下。

"你就在这里说吧，我马上要有事出去。"

"昨夜他们突袭'红楼'夜总会,查获了一个黑钱庄,有人供出了经理。"

"你怎么知道的?"

"嘿嘿,经理,如今我们公司同那夜总会不就是一个单位了吗?"

"胡说八道!你是说政府要查处我吗?"

"嗯。"他又垂下了眼睛。

曾老六感觉到他在暗笑,不由得怒火攻心。

"你这个奸细,滚开!"

小伙子跳起来就跑出去了。那几个职员都伸长了脖子,诧异地看着曾老六。他站在堆满地毯的大厅里,高声喊道:"小龙!小龙!"

小龙是他的司机,他要出门躲灾去。一名职员胆怯地靠近他,轻声对他说,小龙已经被捕了,就在前天。

"见鬼!什么罪名?"他暴跳如雷。

"是嫖娼。在'红楼'被抓的。"

曾老六听了差点两眼翻白,他赶紧伸手扶住办公桌站稳了。

"经理!经理!您没事吧?"

年轻的职员虚伪地微笑着,曾老六恨不得抽他一个耳光。

"是那女的举报的,她的名字叫'蛆',她和同事对小龙下了套。小龙这下倒霉了,她们还……"

"闭嘴!"

曾老六跌跌撞撞地来到马路上,招了一辆出租车。

"你随便开吧,我还没想好去哪里。"

他很沮丧，他不知道为什么。琼到底是什么样的女人？他能理解这样的女人吗？当然很难。那么，他也不能进入吕芳诗的内心。她是琼的学生，她俩心心相印。

司机板着脸，这辆车像风一样往前驶去，然后又来了几个危险的急转弯。曾老六在后座上被几股力扭过来扭过去的，思维也变得十分狂乱。

"你找死啊？！"他大声呵斥。

"您说对了，我就是找死！"司机恶狠狠地说。

曾老六忽然觉得自己解脱了，他横躺在后座上，死死地抓住座位扶手，任车子如何扭摆也不松手。其间听见子弹穿过车窗，一共有两颗。

欢乐谷的游戏

在顶楼的玻璃房里，曾老六乘坐的出租车正好在琼姐的视野之中。

"那是一辆开往天堂的灵车。"她身边的隔壁男人说。

"我倒愿意将这种疯狂行动称之为'欢乐谷的游戏'。"

"您总是对的。我听见夜总会在生长，这种柔性的植物会征服京城。我在等这件事发生。"

"您对我们过奖了。实际上我也像这个曾老六一样常常发狂。

我更喜欢那种马车，上面有铃铛，丁零，丁零……"

她沉浸在遐想之中，将身边的男人忘记了。于是那影子似的男人悄然退出，将房门无声地合上了。

房内的琼姐站在玻璃窗前，用一根细长的木棍指挥着那辆出租车，某种快感在她的全身蔓延开来。她在想，刚才这个男人是从外省流浪到这里来的呢，还是从这个大厦里头生长出来的？下面舞厅里，瘸腿男人在寂寞地独舞，琼姐听到了拐杖点地的声音。那些黑衣舞者们散布在京城的四面八方。

遥远的爱

曾老六和阿利是在地下娱乐城的那个幻影重重的酒吧里相遇的。在那之前曾老六被出租车司机抛在无人的死胡同里，然后他又在街上溜达了大半天，饥肠辘辘，这才钻进地下娱乐城吃了一份快餐。他从餐厅里的座位上站起来要走，有人一把扯住了他，那人很面熟。

"这里头已经设好了机关，他们要捉拿您。他们很严密，可是有一个最安全的地方，那就是他们布哨的区域的边缘——那个酒吧。您去那里吧，那走廊上岗哨很多，您不要管他们，只管往里冲就是。"

"请问您的姓名，我觉得我认识您。"曾老六说。

"您当然认识我,只是在这种地方您想不起来罢了。没关系,只要我认识您就够了。您快走吧。"

曾老六急走,穿过重重的岗哨拐进了那个玻璃酒吧。空空荡荡的酒吧里只坐了一个顾客,曾老六刚一选好一个角落坐下,那个人就端着酒杯朝他走过来。他有一张年轻光鲜的脸,只是那双手倒不那么年轻了。曾老六想,也许自己中计了,这个人就是政府的人。

"经理,您来得正是时候啊。"他假笑着说,伸出一只手来。

曾老六厌恶地同他握了一下手,等待着。

"我叫阿利,是您的同谋。"

服务员送来红酒,他们俩碰杯了。阿利问他有什么打算,并说这是琼要他来询问他的。

"我没有什么打算,只希望他们撤销对我的通缉。"

"没有人通缉您啊,都是您自己的决定。您决定自投罗网嘛。"

阿利哈哈大笑,笑得眼泪都出来了。

"没关系,我也是自投罗网,可我不也过得很好吗?"他又说。

就在这时,曾老六看见阿利的半边脸皮掉下来了,也许是他将半边假脸撕下来了,这一下就显出了他未老先衰的本来模样。曾老六记起自己在"红楼"见过这个人,他有点放心了。

"那么,我们都在自己的罗网里头。"曾老六说,"您觉得'红楼'的前景如何?靠欺骗手腕来拢住顾客是否是长久之计?"

"'红楼'的前景是不用担心的,因为它是理想啊。"

这时酒吧里的氛围忽然变得很暧昧了——大部分灯都熄了,只剩下两盏顶灯,前面一盏,后面一盏。他们身旁的玻璃墙在幽暗中发出反光。曾老六看着阿利左边那半边衰老的脸，听着他断断续续的谈话，只觉得眼前的一切都变得不真实起来，阿利的话也慢慢地听不懂了。他似乎听到阿利在说起"权利"啊，"情欲"啊，"生理性"啊等抽象的词语，但不知他为什么要说这些。难道他是为了练习口才？

在地下的时间过得飞快，曾老六一看手表，已经是半夜了。面前这个人还在说话，嘴巴一张一合的。突然，曾老六听懂了他的一句话。

"难道您能放弃您生活里的那个亮点吗？"他的声音有点阴森。

"我不能放弃。"曾老六冲口而出。

"这就对了，天天想着'红楼'就可以了。要善于一边获取一边放弃，这样您就等于没有放弃任何东西。"

"您到底是谁？"曾老六感到毛骨悚然。

"我是琼背后的一个男人。"他右边的假脸在微笑。

"她背后有好几个男人。"

"'红楼'的男女比例总是协调的。"

两个人都听见了轮船汽笛的声音，他们一齐将头偏向声音传来的那边。

"令人陶醉啊。"阿利说。

"我大概是喝醉了。"

"那也一样。这样的夜里，谁会来这种酒吧？这是一个毒害灵魂的地方。"

他俩相互搀扶着走出酒吧。到了走廊里，曾老六才发现那些哨兵只是一些贴在墙上的纸人。他俩在昏灯的微弱光线里，冲着那些纸人挥动拳头，口里吼出一些脏话。曾老六感到奇怪的是，整个地下娱乐城里似乎只有他们两个人。也许那些服务员早就离开了？于是他故意张开喉咙大喊："服务员！服务员！！"走廊里响起回声，像有几百个人在喊一样。当他停下来时，阿利就开始唱歌了。

曾老六听不懂阿利的歌。那有点像南方的穷乡僻壤的山歌，歌声里有一股野马般的力量被强大的缰绳抑制着。阿利唱完后就撇下曾老六，消失在一个房间里。那奇怪的歌声对曾老六产生了很大的刺激。他有点自惭形秽，又有点不服气，他还有种恍然大悟的感觉。他的酒已经醒了，他站在娱乐城大门的门外，看见了在大街上奔跑的小孩子们。他们都是夜间从家里偷跑出来的。天上星光灿烂，京城的形象和蔼可亲。

永恒的"红楼"

小保安和博物馆的女孩一块躺在图书馆的地上。他俩在那地毯上滚来滚去的滚了好久了。博物馆的女孩要从他这里探听关于"红楼"的内幕。她用两腿夹住他瘦瘦的腰身，拼命挤压他。

"我只不过是一个做保安工作的，所有的事情都瞒着我们这些下级工作人员啊……有一些漂亮的女孩子，但她们都和我无关，她们名花有主，我对于她们来说不存在……你问吕芳诗？那是陈年旧事了，谁还记得她？"小保安在逼供之下说出了这番话。

"我记得她，你说说她吧。"

"她？她是一朵假花，没有香味，在每个人眼前招展。那些嫖客都被她害苦了。见鬼。"

"不许你诽谤吕芳诗小姐！她是我的偶像！"她突然抽了他一个耳光。

小保安惊跳起来，捂着脸十分委屈地问：

"你为什么打我？"

"为什么打你？我告诉你吧，我爱的不是你哥哥，是吕芳诗！我尝试接近你哥哥，就是为了弄清吕芳诗小姐这个人。"

"那么，你要成为吕芳诗小姐这样的人？"

"你算是说对了！！"

她扑上来在小保安脸上亲了一口。

"博物馆的夜晚是一些恐怖的夜晚。要不是有你哥哥告诉我的那些关于吕芳诗小姐的故事伴随着我，我恐怕都已经神经错乱了。现在你哥哥已经魂归西天了，我老觉得是我杀了他。要是我当时不从他口里掏出那些原始资料，他也就不会因为空虚而要去西北旅行了。"

她紧紧地皱着眉头，满眼哀伤。

"我老是缠着你哥哥问：'她为什么出走？'啊，那种夜晚！啊，京城的寂寞！我能够理解吕芳诗小姐的渴望。"

他俩躺在地上，看见整个图书馆都在旋转。女孩举起一只颤抖的手做成鸟的头部,口中发出乌鸦的惨叫。小保安感到世界正在消失。

"你是一个多么刚烈的女孩啊!"小保安后来感叹道。

"我叫她来她就来。"

"谁?"

"吕芳诗小姐啊。她的体内有一团冷火。"

小保安握着女孩的手,那手汗津津的。

"那么,刚才她又来了吗?"他问。

"是啊。她惦念着'红楼'的那位妈妈呢。"

两人一块来到楼上的博物馆,从陈列柜里取出两把军刀,开始了比武。小保安躲躲闪闪,女孩却是十分勇猛,她甚至希望小保安刺中自己。后来她挥刀砍过来,小保安吓得扔了刀跑到外面走廊上去了。

他从消防梯往下跑,女孩在后面追,一边追一边喊:

"你杀了我吧!你杀了我吧……"

他终于在第八层楼那里摆脱了她,拐进了电梯,下了楼来到大街上。这时他才发现自己还穿着睡衣,敞着前胸,像个二流子。他害怕遇见警察,连忙躲进公共厕所。

公共厕所里居然已经住了两个真正的二流子。他们已经在洗手间开了一个铺,那里面塞满了他们的用具,还有炉灶。

"滚!"那个三角眼盯着小保安说。

"这里是公厕,我要上厕所啊!"

"滚!!"两人异口同声。

他们上前来推他,一把扯下他的睡衣,让他裸体站在那里。

小保安哀求他们让自己待一会儿。

"待多久?"三角眼问,"会有人来给你送衣服吗?我看你是个盗贼!"

"你的衣服在哪里?"另一个问。

"在旁边这栋楼的十七层,门没关,你们去帮忙取一下吧。"

"好啊!!"两人大叫着飞跑出去了。

小保安穿好衣服,也跟在那两人后面跑。可是那两个人并没有跑往他住的那栋楼,而是跑到酒店里去了。

博物馆的那女孩站在他的那栋楼的门口向他招手,女孩已经换了衣服,穿着色彩鲜艳的裙衫,手里拿着一束玫瑰花。她迎上来亲吻小保安,用空着的那只手搂住他往电梯里走。在电梯里,她激动地喘着气,凑近小保安的脸说:

"你就是吕芳诗小姐派来的那个人啊!命运让我逐渐地走到了你的身边……"

有一天半夜,曾老六在马路上游荡,他看见他的父母同琼一块走过来了。他心中一惊,想要躲开,可是已经来不及了。

"老六老六,我和你母亲对你放心不下啊!"父亲叫叫嚷嚷的。

曾老六站在那里,很难堪。他说:

"这个时分了,你们怎么还在外面?"

"你不是也在外面吗?"父亲嘲弄地反问他。

"曾经理啊,我在和你父母谈论吕芳诗小姐的事呢。"琼姐说,"你瞧,吕芳诗属于我们大家。这么多年都过去了,还是这样!"

琼姐一说起吕芳诗来就显得神采奕奕。这时站在一旁的母亲开口了。

"老六啊，琼妈妈说得对，这不是你一个人的事。吕芳诗小姐虽说已经去外地了，可是她对你的看法还是很致命的。"

曾老六听见母亲说出"很致命的"这几个字，先是觉得很刺耳，接着就笑出了声。

"有什么好笑的？有什么好笑的？"母亲很生气。

"妈妈，爸爸！你们以前说过，你们对我最放心，还说我最有主见。现在到底出了什么事？难道我陷入危险了吗？"

"你被自己的自负蒙在鼓里！你在毁掉自己的前程！"

父亲气急败坏地拖着母亲离开了。曾老六尴尬地对琼姐说："琼妈妈，您看我们家的人脾气有多么暴躁！"

"因为这是在谈论芳诗啊！你的父母真了不起，他俩见过世面。老六啊，我们第一次见面时，我就觉得在什么地方见过你，觉得你不是一般的顾客，看来我没看错人啊。我的夜总会不就是为你这样的人经营的吗？刚才我也对你父母说了这件事。他俩最怕的事就是哪一天你不耐烦了，放弃吕芳诗小姐，孤独地在这世上走完一生。"

琼姐走近他，拿起他的一只手，紧紧地握住。她的温情的流露让曾老六大受感动。

"琼妈妈啊，我曾老六在这个世上孤零零地活了三十几岁，忽然就遇见了您，遇见了芳诗小姐，我的生活从此就改变了。我有了某种方向感，我不再孤独了。您看到我夜里在这马路上走来走去，这就是内心充实的证据！要是没有你们，要是没有'红楼'，我的生活肯定是一团糟！就像一只空空的花生壳！可是我有了芳诗小姐，我午夜时分在马路上徘徊……琼妈妈，我明白我父母的一番苦心了。"

路灯忽然灭了，他俩被笼罩在黑暗中。四处响起了叽叽喳喳的鸟叫声，曾老六恍然回到了从前的那一夜。那个时候，他曾竭力想看清黑暗中的某种轮廓，现在那个轮廓已经浮出来了。鸟儿们一个劲地扑打着他的裤腿，他心里有点恐惧，又有点渴望。他听到琼姐在旁边轻轻地笑。

"琼妈妈，您在笑什么？"

"我为你感到高兴啊，老六！"

琼姐拉着曾老六的手示意他往前走。

"你看那边上空，那是从前的'红楼'。在京城，任何东西都永远不会消失。那栋大楼，它的基础已经不见了，可它还好好地浮在那里。"

除了刚才辨认出来的那个图案的轮廓，曾老六什么也看不见。他想，也许这个由几条线条构成的图案就是琼妈妈所说的"红楼"？琼姐很兴奋，她说起"红楼"从前的那些事：说到她怎样从黑暗的、幻影重重的底层挣扎出来；怎样不顾一切地建立了这个海市蜃楼一般的夜总会；怎样获得那些志同道合的同事们和顾客们的支持；怎样陷落沉沦，又怎样出其不意地东山再起。当她说话的时候，周围的小鸟儿变得十分不安，绕着他俩飞来飞去，甚至停在曾老六的头上和肩膀上。

一股热流从曾老六头上往下流，流到颈窝那里。他闻到了浓烈的原始森林的气味，正如他到过的大兴安岭的森林的气息。那只停在他肩上的鸟儿轻轻地啄着他的脸颊，一下一下地，有点痛。

"琼妈妈，您的新楼里上演的是一出什么戏？"

曾老六故意做出玩世不恭的样子，但刚说完又后悔了。

"我不知道，老六。且演且看吧，你不也是这样吗？"

"嗯。真美啊，我真荣幸。我看见了。"

"你还会来吗？老六？"

"当然，当然。我会总往您那里跑，有时一天会跑两次。"

"现在我要去工作了。祝你好运。老六！"

"也祝您好运，琼妈妈！"

她消失在黑暗中。有四只鸟儿落在曾老六的头上、肩膀上。它们轻轻地叫了几声，然后就开始排泄了。他被原始森林的气息包围着，惊异而又感动。他一动不动地站在那里用力回忆，他想记起他刚才看见过的那个图案，可是无论他如何用力，那个图案也不再出现了。风儿轻轻地吹着他的脸，那些鸟的排泄物使他脸上感到了凉意。

路边有个苍老的声音问他："您在找她吗？我是从那边来的。"

这个老头弹起了冬不拉。

他正打算往家里走时天就亮了。他看见父亲搀着母亲从街头那边走过来了。他俩在外面游了一夜，显得疲惫不堪。

"老六！老六！琼妈妈全都告诉我们了！你不愧为我们的儿子！"

父亲虚张声势地挥着胳膊，同母亲拐进另外一条街。

京城"轰"的一声恢复了活力，满街车流不息。

曾老六看见总管王强夹着公文包，昂着头在快步行走。他长发飞扬，令他想起古代的勇士。他脸上浮起欣慰的笑容。他低头检查了一下自己的西装，诧异地发现衣服上一尘不染。

（完）

2010年9月15日于北京金榜园

图书在版编目（CIP）数据

吕芳诗小姐/残雪著.—长沙：湖南文艺出版社，2019.2
ISBN 978-7-5404-7901-5

Ⅰ.①吕… Ⅱ.①残… Ⅲ.①长篇小说－中国－当代
Ⅳ.①I247.5

中国版本图书馆CIP数据核字（2017）第000202号

吕芳诗小姐
LV FANGSHI XIAOJIE

残雪　著

出 版 人：曾赛丰
责任编辑：陈小真
责任校对：黄　晓
装帧设计：弘毅麦田
湖南文艺出版社出版、发行
（湖南省长沙市东二环一段508号　邮编：410014）
网址：www.hnwy.net
湖南省新华书店经销
湖南省众鑫印务有限公司

版次：2019年2月第1版
印次：2019年10月第2次印刷
开本：880 mm×1230 mm　　1/32
印张：10
字数：223 千字
印数：8，001-16，000
书号：ISBN978-7-5404-7901-5
定价：45.00元

本社邮购电话：0731-85983015
若有印装质量问题，请直接与本社出版科联系调换